Commentaires élogieux à propos de *Meurtre au petit déjeuner*, le premier livre de la collection Mystères de l'auberge de la Baleine grise

« Avec des débuts fort prometteurs, voilà une auteure de romans à mystères à découvrir. »

— *Publishers Weekly*

« Ce livre plaira sûrement aux lecteurs de polars. »

— *Library Journal*

« [...] Même si cela peut sembler démodé de décrire un livre comme étant exquis, le style de Karen MacInerney comporte le charme des romans à mystères d'antan avec une touche d'esprit moderne. *Meurtre au petit déjeuner* offre une belle évasion aux amateurs de polars. Dès votre première lecture, vous n'aurez qu'une envie : vous replonger aussi souvent que possible dans l'univers de l'auberge de la Baleine grise. »

— *Bed and Breakfast America*

CADAVRES
EXQUIS

au menu

AUTRE PARUTION DE KAREN MACINERNEY :

Meurtre au petit déjeuner

Karen MacInerney

CADAVRES EXQUIS

au menu

De la collection
— Mystères de l'auberge de la —
Baleine grise

Traduit de l'anglais
par Jo-Ann Dussault

Copyright © 2007 Karen MacInerney
Titre original anglais : Dead and Berried
Copyright © 2008 Éditions AdA Inc. pour la traduction française
Cette publication est publiée en accord avec Llewellyn Publications, Woodbury, MN

Éditeur : François Doucet
Traduction : Jo-Ann Dussault
Révision linguistique : Serge Trudel
Correction d'épreuves : Nancy Coulombe, Isabelle Veillette
Design de la couverture : Sylvie Valois
Photo de la couverture : © istockphoto
Mise en page : Sylvie Valois
ISBN 978-2-89565-688-3
Première impression : 2008
Dépôt légal : 2008
Bibliothèque et Archives nationales du Québec
Bibliothèque Nationale du Canada

Éditions AdA Inc.
1385, boul. Lionel-Boulet
Varennes, Québec, Canada, J3X 1P7
Téléphone : 450-929-0296
Télécopieur : 450-929-0220
www.ada-inc.com
info@ada-inc.com

Diffusion
Canada :   Éditions AdA Inc.
France :   D.G. Diffusion
              Z.I. des Bogues
              31750 Escalquens – France
              Téléphone : 05.61.00.09.99
Suisse :   Transat – 23.42.77.40
Belgique :   D.G. Diffusion – 05.61.00.09.99

Imprimé au Canada

SoDEC

Participation de la SODEC.
Nous reconnaissons l'aide financière du gouvernement du Canada par l'entremise du Programme d'aide au développement de l'industrie de l'édition (PADIÉ) pour nos activités d'édition.
Gouvernement du Québec - Programme de crédit d'impôt pour l'édition de livres - Gestion SODEC.

À Eric, mon partenaire dans le crime… et dans tout le reste.
Je t'aime!

Remerciements

J'aimerais d'abord remercier mon époux, Eric, et mes enfants, Abby et Ian, qui m'aident à trouver le temps d'écrire — et qui me donnent des idées de meurtres et de victimes potentielles. (Ian, je suis désolée de ne pas avoir pu retenir l'idée des boules de feu ; peut-être dans un prochain livre.) Eric, je te remercie particulièrement pour ta collaboration lorsque je te demande d'exécuter certaines tâches qui m'aident à élaborer les détails de l'intrigue — ainsi que pour garder le fort quand je suis sur la route. Tu représentes l'époux idéal pour une auteure.

Comme toujours, je tiens aussi à exprimer toute ma gratitude à Dorothy et à Ed MacInerney, à Carol et Dave Swartz, de même qu'à ma merveilleuse grand-mère Marian Quinton pour leur amour et leur soutien. Un grand merci également à Jessica Faust, mon extraordinaire agente littéraire, ainsi qu'à Barbara Moore, Alison Aten, Connie Hill, Jerry Rogers, Brett Fechheimer et toute l'équipe de Midnight Ink. Votre soutien m'est très précieux.

Je souhaite remercier l'équipe des Austin Mystery Writers, y compris Mark Bentsen, Andrew Butler, Dave Ciambrone, Judy Egner, Laney Henelley, Mary Jo Powell, Kimberly Sandman, Rie Sheridan et Sylvia Dickey Smith, pour leur critique honnête et profonde — et leur amitié. Je vous suggère fortement de vous procurer leurs publications ; si vous ne parvenez pas à les trouver en librairie, je suis certaine qu'elles seront disponibles sous peu*. Je remercie aussi les Cozy Chicks — Laura Durham, Diana Killian, Michele Scott, Maggie Sefton, J.B. Stanley et Heather Webber —, ces autres auteures de romans à mystères, pour leur humour, leur camaraderie, leur créativité et leur soutien. Leurs livres sont tous fabuleux et disponibles en librairie*. Je vous recommande de les lire dès que vous aurez tourné la dernière page de celui-ci, bien entendu.

Ma reconnaissance s'adresse également à Lindsey Schram, Melanie Williams, Debbie Pacitti, Mary Flanagan, Dana Lehman ainsi que Bethann et Beau Eccles pour leur amitié et leur soutien — que deviendrais-je sans vous ? Ma collègue Candy Calvert mérite aussi une mention spéciale — elle a su rendre la démarche de publication beaucoup plus agréable. Merci à Susan Wittig Albert pour ses perles de sagesse. Quant à Barbara Burnett Smitt, tu me manques chaque jour.

Je tiens particulièrement à remercier le magazine *Bed and Breakfast America*, la Maine Innkeepers' Association et Midnight Ink pour m'avoir appuyée dans le cadre du concours *Muffins are Murder*, et notamment *Bed and Breakfast America* pour avoir publié les histoires de l'auberge de la Baleine grise dans leur merveilleux magazine. Je dois également souligner l'apport de tous mes lecteurs qui m'ont envoyé leurs recettes en plus d'avoir parlé du concours à leur entourage — mes juges ont pris quelques kilos et je possède maintenant plusieurs bonnes recettes pour les occasions spéciales. (Au cas où vous ne le sauriez pas, c'est Barbara Hahn qui a remporté le concours avec ses muffins streusel aux petits fruits et au citron.)

Finalement, je remercie tous ceux qui ont lu *Meurtre au petit déjeuner* et qui ont pris le temps de me faire part de leurs commentaires — vos courriels m'ont été d'un grand soutien les jours où je manquais d'inspiration devant le clavier !

---

* En anglais.

Je m'étais habituée à entendre des bruits la nuit. C'est ainsi quand vous habitez dans une auberge vieille de cent cinquante ans. Les invités vont et viennent dans leurs chambres, les tuyaux vibrent et les murs craquent, sans compter le vent qui gémit parfois en s'infiltrant sous le toit.

Mais je n'avais encore jamais perçu de bruits en provenance du grenier.

Je me redressai dans mon lit et jetai un coup d'œil au réveille-matin. Il était 3 h 32. Biscuit se mit aussitôt à cracher en direction du plafond, mais je n'apercevais que ses yeux qui brillaient dans la lueur verte du réveil. J'allumai à tâtons la lampe de chevet et je vis ma chatte tigrée de couleur champagne dressée sur ses pattes, le dos rond et les poils hérissés, sa queue ayant triplé de volume.

Assise, immobile, je restai aux aguets. Mon sang bourdonnait dans mes oreilles. J'entendais les vagues qui venaient s'écraser contre les rochers sur la plage et le murmure du vent léger de

1

l'autre côté de la fenêtre, mais le plafond au-dessus de moi continuait à être silencieux. Les minutes s'écoulèrent et je finis par me détendre. Sans doute était-ce juste le vent.

Au moment où j'allais éteindre, le bruit se produisit de nouveau. On aurait dit que quelqu'un frappait au-dessus de ma tête. Je saisis sur-le-champ ma couette à deux mains pour la remonter jusqu'à mon menton. Rien dans le manuel de gestion d'un gîte touristique n'indiquait quoi faire en présence de squatters dans le grenier. Ou de fantômes.

Quelques mois auparavant, alors que nous étions assises au rez-de-chaussée dans la cuisine peinte en jaune, mon amie Charlene m'avait raconté que, selon la légende, l'auberge était hantée. Comme, jusqu'à présent, je n'avais pas été importunée par quoi que ce soit, à part des invités exigeants qui étaient partis sans payer la note, j'avais haussé les épaules.

Mais seule dans ma chambre par un soir d'octobre sans lune, cette histoire de fantômes devenait soudainement fort crédible. Je sentais ma langue s'épaissir dans ma bouche tandis que j'essayais d'avaler ma salive. Un moment plus tard, le coup fut suivi d'un craquement au-dessus de mon lit.

Biscuit bondit hors du lit et alla gratter à la porte de la chambre. Un bruit sec en provenance du plafond lui répondit et elle miaula faiblement avant d'aller se cacher sous mon lit, derrière le volant blanc. J'aurais bien voulu aller la rejoindre, mais je n'étais pas certaine de pouvoir m'y glisser.

Mon regard s'arrêta sur le téléphone posé sur la table de chevet. Et si j'appelais John, mon voisin ? C'était le shérif adjoint de l'île. Il serait ici en cinq minutes et je pourrais aller retrouver Biscuit sous le lit et le laisser s'occuper du grenier.

J'étais tentée, mais j'hésitai. Nous nous fréquentions depuis peu et je ne voulais pas qu'il croie que j'essayais de jouer à la demoiselle en détresse. Je jetai un coup d'œil à ma chemise de nuit en flanelle délavée. Si John me voyait ainsi, il verrait bien que mon but ne consistait pas à le séduire. Ou bien que je n'étais pas habile en la matière.

Je tendis encore l'oreille, mais tout demeura silencieux au-dessus de moi. Pourquoi m'étais-je débarrassé de mon aérosol capsique? Quand je vivais au Texas, j'en gardais toujours une petite bouteille dans ma table de chevet. Mais avant de déménager dans le Maine, je l'avais mise au rebut, ainsi que plusieurs paires de jambières et la version en format de poche du *Guide de la femme intelligente sur l'art de trouver l'âme sœur.*

Mais ce soir, en me glissant hors de mon lit et en avançant doucement sur le plancher froid, je regrettai mon geste. Une autre planche craqua au-dessus de ma tête. Je sentis l'adrénaline monter en moi. De toute manière, le poivre de Cayenne contenu dans l'aérosol capsique ne se révélait sans doute pas très efficace sur les fantômes. Si c'était *bien* un fantôme qui déambulait là-haut.

Je frissonnai davantage au contact de l'air frigide sur mes mollets nus. Puis, je fouillai dans le tiroir de la table de chevet pour m'emparer de ma lampe de poche. Comme les pannes de courant se voulaient fréquentes à Cranberry Island, j'en gardais toujours une près du lit. J'essayai de l'allumer, mais sans succès.

Je fouillai de nouveau dans le tiroir en lâchant un juron. Ma main se referma sur une boîte d'allumettes et, tout en tâtant pour repérer une chandelle, je tombai sur une vieille lampe de lecture. Je la saisis et l'ouvris. Elle projeta au sol un faible halo lumineux, mais il fallait bien que je m'en contente.

J'avançai à pas de loup jusqu'à la porte et tournai la poignée froide. La porte grinça et je sentis quelque chose me frôler la cheville. Je retins un cri en apercevant une tache orange traverser le couloir à vive allure.

Je me dirigeai vers le grenier, mais de toute évidence, Biscuit n'avait pas l'intention de me suivre. Pour la première fois, je me dis que j'aurais dû choisir un gros chien, du genre doberman, plutôt qu'une grosse chatte de couleur champagne comme animal de compagnie.

Tout en progressant sur la pointe des pieds vers la trappe du plafond, j'entendis un fracas au-dessus de moi. *Un fantôme*, songeai-je alors. *L'auberge est hantée.* Cela faisait des années que je n'avais pas pensé aux histoires de fantômes, mais à ce moment-là, je vis défiler dans ma tête tous les contes de peur dont j'avais connaissance et qui faisaient référence à des bruits de pas de petits enfants qui cherchent désespérément à fuir les flammes de l'enfer, à des spectres de femmes assassinées par leurs maris jaloux et à des âmes torturées qui se sont pendues dans une cave ou dans un grenier. *Un grenier.*

Ridicule. Comment peut-on marcher dans un grenier si l'on se voit pendu à une poutre? Il ne s'agissait sans doute que d'un écureuil. Un gros écureuil.

En tendant la main vers le cordon pour ouvrir la trappe, je songeai que je n'avais jamais vu d'écureuils dans les parages. Le plafond craqua encore une fois au moment où ma main se refermait sur l'extrémité du cordon. Si c'était bien un écureuil qui se déplaçait là-haut, il étaient sûrement bourré de stéroïdes.

Le souffle court, je tirai sur le cordon. Les charnières rouillées de la trappe grincèrent en signe de protestation. Je dépliai l'échelle et regardai le trou noir au-dessus de moi en tenant ma lampe de lecture à bout de bras pour éclairer les poutres poussiéreuses. Il n'y avait rien. Je luttai contre l'envie de courir me refugier dans ma chambre pour me cacher sous mes couvertures, déposant plutôt un pied tremblant sur le premier échelon.

Tu as trente-neuf ans, Natalie. Peu importe ce qu'il y a là-haut, tu es capable de te défendre. Je grimpai prudemment jusqu'à ce que ma tête émerge dans la froide noirceur. Toujours avec ma lampe de lecture, j'éclairai le grenier. Il y avait deux fauteuils à dossier en échelle brisés, une tête de lit en fer forgé rouillée et une boîte à chapeaux à moitié déchirée. Je poussai un soupir de soulagement. C'était sûrement un écureuil, après tout.

Puis, j'éclairai les lames de bois qui se trouvaient au-dessus de ma chambre.

J'étais certaine d'avoir entendu des pas. Et pourtant, le plancher se voyait recouvert d'une fine couche de poussière.

· · ·

Je me réveillai en sursaut le lendemain matin. Il était 7 h 40. J'avais plus d'une heure de retard. Je bondis de mon lit, enfilai un jean et un chandail, puis descendis en courant dans la cuisine.

Dans la lumière pâle du petit matin, les fantasmagories de la veille me parurent bien lointaines. Les rayons du soleil faisaient briller le vieux plancher en pin, rendant les murs jaunes encore plus éclatants. Tout en remplissant d'eau la carafe de la cafetière, j'aperçus la pile de draps et de serviettes qui s'empilaient dans la buanderie. J'éprouvai alors une certaine inquiétude. Polly Sarkes venait habituellement m'aider deux fois par semaine, mais hier matin, elle ne s'était pas présentée.

Polly avait vécu toute sa vie sur l'île. C'était une joie que de voir son gros visage souriant entouré d'un halo de cheveux qui frisottaient quand l'air se révélait humide — et elle constituait une femme de ménage hors pair. Je l'avais embauchée en juillet quand la quantité de serviettes sales était devenue si imposante que je m'étais mise à rêver, la nuit, à des piles de linges sales se mettant à grimper l'escalier pour venir m'étouffer dans mon sommeil. Même s'il y en avait moins à laver maintenant et que son aide ne m'était plus indispensable — en fait, je n'avais pas les moyens de me l'offrir —, je savais que Polly avait besoin de travailler et je ne pouvais pas me résoudre à la perdre.

Jeune quadragénaire, Polly ne s'était jamais mariée. Elle réservait toute sa chaleur et sa tendresse à ses chats. Il s'agissait aussi d'une femme pragmatique, enjouée et très consciencieuse. Voilà pourquoi je me montrais inquiète. Elle n'était pas du genre à ne pas venir travailler sans avertir et elle n'avait pas répondu à mes appels téléphoniques.

Mes yeux s'arrêtèrent sur les corbeilles à linge qui débordaient. Si Polly ne me contactait pas ce matin, j'irais chez elle.

Quelques minutes après, l'arôme envoûtant du Moka Java et le glouglou rassurant de la cafetière emplirent la cuisine. J'allai chercher dans le réfrigérateur des œufs et du beurre pour préparer un gâteau aux pêches et aux framboises, une de mes recettes préférées. Je jetai un coup d'œil à l'horloge : il était déjà 7 h 45. Si je me dépêchais, le gâteau serait prêt tout juste avant 9 h. Le petit déjeuner commençait officiellement à 8 h 30, mais avec un peu de chance, mes invités descendraient plus tard.

La saison estivale à l'auberge de la Baleine grise, le gîte touristique que j'avais ouvert six mois plus tôt, avait été bonne, mais après la fête du Travail, le nombre de clients avait grandement diminué. Mon estomac se serra à la pensée des mois peu occupés qui s'annonçaient. Entre les factures de chauffage et l'hypothèque, j'avais au moins besoin de quelques réservations durant l'hiver si je voulais que mon auberge survive jusqu'au printemps. J'allais peut-être me voir obligée de me dénicher un revenu d'appoint. Mais lequel ? Tricoter des chapeaux pour la boutique de cadeaux de l'île ? Je ne savais pas tricoter, mais j'aurais tout le loisir de l'apprendre si jamais les réservations se faisaient rares.

J'étais en train de chercher la crème sure quand la porte de la cuisine grinça derrière moi. Je me retournai le cœur battant, mais ce n'était que Biscuit. Elle leva vers moi ses grands yeux verts et miaula en venant se frotter contre mes mollets, exactement comme si elle ne m'avait pas abandonnée lorsque j'avais besoin d'elle.

— Traîtresse, murmurai-je en me penchant pour lui caresser la tête.

Après avoir rempli son bol de nourriture sèche, je refermai la porte du garde-manger. Je sursautai en entendant les charnières grincer. Je croyais que le bruit que j'avais perçu la veille émanait du grenier, mais se pouvait-il qu'il ait été produit par quelque chose sur le toit ? Je frissonnai légèrement en développant le bâtonnet de beurre et en le déposant dans un grand bol. Je ne croyais pas aux fantômes, mais ce qui s'était passé hier m'avait vraiment donné la chair de poule.

Je regardai par la fenêtre la vue qui s'offrait à mes yeux. Au loin, sur le continent, le soleil se levait sur le mont Cadillac paré de ses couleurs automnales, et la lumière orangée du petit matin se reflétait sur l'océan glacé. Je sortis de ma rêverie pour fouiller dans le tiroir des ustensiles. J'aurais tout le temps d'admirer la vue plus tard. Je venais de mettre la main sur les fouets du batteur électrique quand la porte de la cuisine grinça de nouveau.

Je me retournai aussitôt, armée d'une cuillère en bois, puis j'étouffai un juron. J'avais espéré que mes invités se lèvent tard.

Mais hélas… Candy Perkins se tenait debout dans l'embrasure de la porte, vêtue d'un t-shirt rose qui moulait sa poitrine généreuse. Avec son sourire rose pâle et ses joues fardées, elle avait l'air d'une Shirley Temple en version adulte. Mes yeux glissèrent sur ses seins. Une Shirley Temple aux formes *vraiment* épanouies.

— Bonjour, Natalie !

Elle parlait de cette voix aiguë et pétillante que j'avais toujours associée aux adolescentes. Elle s'approcha de la table — une grande table de ferme qui brillait comme un sou neuf —, sortit un calepin couvert de brillants et un stylo mauve, et prit place sur une chaise.

Ses cheveux blonds bouclés étaient encore mouillés, puisqu'elle venait de prendre sa douche. On aurait dit des tire-bouchons qui encadraient son visage rose. Mes yeux détaillèrent son t-shirt : aujourd'hui, elle portait le slogan « Girls Just Want to Have Funds ».

— Salut, Candy ! lançai-je en essayant de lui rendre son sourire guilleret. Vous êtes matinale.

— J'espère que cela ne vous dérange pas, gazouilla-t-elle. J'ai pensé que ce serait bien de vous observer travailler le matin et de prendre des notes.

Cela faisait trois jours que Candy séjournait à l'auberge. Comme elle souhaitait elle-même acquérir un gîte touristique, elle avait choisi l'auberge de la Baleine grise pour en apprendre davantage sur la profession. Au début, j'avais été flattée. Mais après soixante-douze heures passées en compagnie de Candy qui épiait mes moindres faits et gestes, je commençais à me sentir étouffée.

— Je peux avoir du café ? demanda-t-elle.

Je hochai la tête en direction de la cafetière.

— Servez-vous. Les tasses sont sur la tablette, la crème dans le réfrigérateur et le sucre à côté de la cafetière.

— Oh, pas de sucre ni de crème pour moi, dit-elle en tapotant son ventre plat. Ma taille et les glucides ne font pas bon ménage.

En passant près de moi pour aller se verser du café, elle regarda d'un air intéressé ce qu'il y avait dans mon bol

— Et que préparons-nous ce matin ?

— Un gâteau aux pêches et aux framboises, répondis-je, déterminée à garder un ton amical. C'est l'une de mes recettes préférées.

— Hou là ! fit-elle en voyant les ingrédients. Il y a beaucoup de beurre. Et de la crème sure en plus ?

— Eh oui.

Je grimaçai en plaçant les fouets du batteur dans le bol. Il n'y avait rien de pire que de confectionner un bon gâteau sous les yeux d'une personne maigre toujours prête à vous faire la leçon sur les méfaits des matières grasses et des glucides. Candy n'avait pas encore abordé le sujet, mais je savais que cela ne saurait tarder.

Elle se remplit une tasse de café et retourna s'asseoir d'un air affecté pendant que les fouets transformaient les œufs et le lait en un liquide doré. J'arrêtai le batteur et pris la farine en refusant de penser aux calories. Je salivai plutôt à l'idée du goût savoureux du gâteau tout bourré de beurre et de cassonade et garni de pêches à souhait.

Candy m'interrogea par-dessus mon épaule.

— Et qu'y a-t-il d'autre au menu ?

Je lui jetai un regard furtif.

— Des œufs brouillés au fromage, des galettes de saucisses et des demi-pamplemousses grillés.

Candy observa ma taille à la dérobée, laquelle, je devais l'admettre, s'était épaissie.

— Seigneur ! Je ne sais pas si je vais pouvoir conserver ma ligne si je deviens aubergiste, commenta-t-elle.

Je tirai sur mon chandail et mis en marche le batteur tout en combinant les ingrédients secs dans un bol. Heureusement, le bruit des fouets rendait toute conversation impossible. Quand j'arrêtai le batteur, les œufs et le lait étaient presque transformés en mousse.

— Avez-vous déjà songé à offrir des petits déjeuners faibles en glucides ? lança-t-elle dès que les fouets cessèrent de tourner. Cela pourrait aider, ajouta-t-elle, les yeux fixés sur mon ventre.

Je souris en remettant le batteur en marche et en coupant le beurre dans la farine. Je laissai l'appareil fonctionner le plus long-temps possible. La texture du gâteau en souffrirait peut-être, mais ce moment de silence en valait la peine.

Je déposai rapidement dans le moule les pêches, la pâte et le mélange de crème sure et de confiture aux framboises. Je venais tout juste de verser la dernière cuillerée de pâte et d'enfourner le moule quand le téléphone sonna. Je remerciai le ciel in petto — maintenant que le batteur était arrêté, je voyais bien que Candy s'apprêtait à reprendre son sujet de prédilection préféré — et je saisis le combiné.

— Auberge de la Baleine grise, bonsoir !

— Bonsoir ? Il n'est même pas 8 h.

Je souris en entendant la voix enjouée de ma meilleure amie, Charlene Kean. En plus d'être en charge du bureau de poste et de détenir le titre incontesté de reine du commérage, elle possédait la seule épicerie de l'île. Elle ne correspondait pas à ce que je m'at-tendais d'une femme du Maine — elle était davantage du genre Neiman Marcus que L. L. Bean et elle achetait régulièrement des produits de beauté Mary Kay —, mais nous étions devenues amies dès mon arrivée sur l'île.

— Désolée, Charlene. Je manque un peu de sommeil, expliquai-je en cassant un œuf dans un grand bol.

J'étais sur le point de lui mentionner les bruits du grenier, mais je m'immobilisai en observant les yeux bleus de Candy rivés sur moi.

— Quoi de neuf? demandai-je plutôt.

— Je n'ai pas pu t'appeler hier, mais j'ai reçu un envoi spécial pour toi.

— Un envoi spécial? Qu'est-ce que c'est?

— Je ne sais pas, mais il se trouve dans une glacière en polystyrène. Et il y a une note qui indique qu'il faut le faire congeler dans les quarante-huit heures. Alors, je l'ai mis au congélateur. L'adresse de retour se trouve dans une ville du Texas.

Le Texas? J'avais travaillé durant quinze ans au ministère des Parcs et de la Faune du Texas, à Austin, mais je n'anticipais aucun colis de ce coin de pays.

Je cassai un autre œuf et jetai la coquille.

— C'est bizarre, dis-je.

— Veux-tu que je te l'apporte? proposa Charlene. Ou bien penses-tu venir à l'épicerie un peu plus tard?

Mes yeux s'arrêtèrent sur la pile de carrés au caramel que je prévoyais remettre à Charlene au cours de l'après-midi. En plus des gâteaux et des scones que je préparais pour mes invités, il m'arrivait souvent d'en vendre à l'épicerie, histoire de me faire un peu d'argent et d'attirer les gens à mon auberge. Cela n'avait pas vraiment donné de résultat jusqu'à présent — Charlene avait plutôt l'habitude de les manger tout en se plaignant d'être serrée dans son pantalon —, mais je ne perdais pas espoir.

— Je vais essayer d'y aller aussitôt après le petit déjeuner. Au fait, as-tu vu Polly récemment?

— Non. Pourquoi?

— Je suis un peu inquiète. Elle était supposée venir m'aider à faire la lessive du lundi, mais elle ne s'est pas présentée. Si jamais elle ne vient pas aujourd'hui, je vais aller voir chez elle ce qui se passe.

— C'est étrange. Cela ne lui ressemble pas. Je vais me renseigner autour de moi.

— Merci, soupirai-je en cassant le dernier œuf et en saisissant le lait. Et comment s'est déroulée ta soirée hier avec le beau révérend ?

Charlene me répondit d'une voix haut perchée.

— Richard ? Il m'a amenée manger du homard au Spurrell's Lobster Pound.

Presque toutes les femmes de Cranberry Island enviaient Charlene. Elle fréquentait depuis peu le révérend Richard McLaughlin, le charmant pasteur épiscopal qui venait d'être affecté à l'église de l'île. Dès son entrée en fonction à St-James au mois d'août dernier, des femmes qui n'avaient pas mis les pieds à l'église depuis leur baptême s'étaient soudainement mises à renouer avec leur foi.

— J'ignorais que les membres du clergé gagnaient un aussi bon salaire, dis-je pour la taquiner tout en allant chercher un paquet de saucisses dans le congélateur et en les déposant dans une poêle en fonte.

— Alors, comment c'était ?

— C'était fabuleux, murmura Charlene. Tout simplement fabuleux. Richard est tellement merveilleux. Il est sincère, attentionné, compatissant…

— Et pas si mal physiquement, ajoutai-je.

Les cheveux noirs ondulés de Richard McLaughlin, ses yeux bruns profonds et sa voix sonore comptaient pour beaucoup dans le nombre accru des fidèles à l'église. Selon Charlene, les ventes de rouges à lèvres avaient triplé depuis son arrivée au presbytère.

— Ça, tu peux le dire. Dimanche passé, quand je suis allée à la messe, il m'a serrée dans ses bras au lieu de simplement me serrer la main. Je te jure, si elles l'avaient pu, la moitié des femmes m'auraient embrochée vivante.

J'éclatai de rire tout en soulevant les saucisses de la poêle avec une spatule pour les empêcher de coller.

— Je te crois.

Charlene poursuivit d'une voix rêveuse.

— Tu sais, même s'il est *très* beau, ce que je préfère en lui, c'est sa vision de la vie. Il apprécie vraiment la beauté de l'île et de sa communauté. Il m'a dit que ce serait un péché que de ne pas partager tout cela avec le reste du monde.

Je me raclai la gorge. Je n'étais pas certaine de bien comprendre, mais quelque chose sonnait faux.

— Que veux-tu dire par «partager tout cela avec le reste du monde»?

Elle prit une profonde inspiration.

— Eh bien, je sais que dans le passé, nous avons toujours été contre le fait d'accueillir davantage de gens sur l'île…

— Tu parles de Premier Resorts International?

Il s'agissait du promoteur qui avait quasiment réussi à acheter le terrain voisin de l'auberge. Il souhaitait remplacer la colonie de sternes qui nichaient à cet endroit, une espèce menacée, par un complexe hôtelier et un terrain de golf. Charlene et moi nous étions toutes les deux opposées au projet. Le promoteur avait connu une fin malheureuse, contrairement à l'histoire qui s'était bien terminée. Une association de protection avait acquis le terrain afin de s'assurer que les sternes et le reste de l'île seraient préservés des golfeurs en chandail en polyester.

— Non, non, protesta-t-elle. Ce serait complètement différent.

Les saucisses commencèrent à grésiller et je les remuai dans la poêle.

— De quelle façon ?

— Grâce à la Weintroub Development Company. Tu sais, la parcelle de terrain qu'elle possède du côté du marais de canneberges.

— Tu veux dire le domaine de Cranberry ? Le projet fétiche de Murray Selfridge ?

Murray Selfridge était l'un des trois représentants du conseil de l'île. Il avait acheté beaucoup de terrains au fil des ans et s'était mis à courtiser les promoteurs dans l'espoir d'en tirer un gros profit. Sa tentative de faire construire un terrain de golf avait échoué, mais il encourageait vivement le conseil à examiner d'autres projets qui « permettraient d'améliorer la qualité de vie sur l'île ». J'observai par la fenêtre trois mouettes qui tournoyaient dans le vent. Comment était-il possible d'améliorer la qualité de vie sur l'île ? À moins d'offrir des subventions pour les frais de chauffage l'hiver.

— Tu es donc en faveur des nouvelles manigances de Murray pour faire encore plus d'argent ? demandai-je en décochant un regard furtif à Candy et en espérant qu'elle se rendra dans une autre pièce.

Elle me zieuta avec ses grands yeux bleus papillotants de Shirley Temple. Je me retournai pour jeter un coup d'œil par la fenêtre. Pendant un moment, j'imaginai que je faisais subir à Candy le supplice de la planche à bord du *Good Ship Lollipop*[*].

— Ce n'est pas juste une question d'argent, répondit Charlene d'un ton acerbe, me ramenant ainsi à la réalité. Richard dit que la population des îles des environs décline depuis des années. Regarde ce qui est arrivé à Swan Island et à Isle au Haut. Elles sont

---

[*] N.d.T. : Le *Good Ship Lollipop* fait référence à une chanson de Shirley Temple.

désertes. Cranberry Island pourrait connaître le même sort, avec le peu de familles qui restent pour y habiter.

— Et tu crois que la solution consiste à ériger des résidences estivales d'un million de dollars? interrogeai-je sèchement.

— Elles pourront toutes être habitées l'hiver, précisa-t-elle rapidement. D'ailleurs, certaines sont très abordables.

— Abordables? répétai-je d'une voix incrédule. Qui peut se permettre une hypothèque de 600 000 $ à Cranberry Island? À moins d'être trafiquant de drogue, je ne vois pas.

Je savais que Richard se montrait habile dans l'art de faire des boniments, mais je ne pouvais pas croire que Charlene avait succombé à ses belles paroles. Il faut dire qu'avant de devenir révérend, Richard avait connu une brillante carrière dans la vente d'installations de salles de bains. Il s'était de toute évidence créé un petit empire avant de changer d'existence et d'entrer au séminaire. Je m'étais souvent demandé ce qu'il avait pensé de son assignation à Cranberry Island, dont la population annuelle dépassait à peine cent habitants. Je le soupçonnai de vouloir bâtir un autre empire en appuyant le projet de Murray Selfridge.

Charlene poursuivit sa description.

— Le but du projet immobilier est d'attirer des nouvelles familles sur l'île, avec des enfants qui iraient à l'école.

Je devais admettre que la population annuelle posait problème. Le nombre d'élèves inscrits à l'école à classe unique avait grimpé à sept il y a quelques années, mais depuis le déménagement de deux familles sur le continent, il avait chuté à quatre.

— En plus d'emplir les poches de Murray Selfridge, lui rappelai-je.

— Le progrès et la recherche de profit ne sont *pas* incompatibles, répliqua-t-elle d'un ton affecté.

— Seigneur, Charlene! On croirait entendre une publicité.

— Je savais que tu ne comprendrais pas. Ton colis t'attend; tu peux venir le chercher.

Je perçus un clic, puis la voix de Charlene fut remplacée par la tonalité du téléphone. Ma meilleure amie venait de me raccrocher au nez.

2

Candy se racla la gorge.

— Tout va bien ?

— Oui, oui, tout va bien.

Je regardai la pile de carrés au caramel. Et si je confection-nais les carrés au chocolat favoris de Charlene ? Je pourrais les lui offrir pour faire la paix. Puis, je me souvins qu'elle suivait un régime — un autre aspect positif de la venue sur l'île du révérend McLaughlin.

Candy aspira comme si elle s'apprêtait à poser une autre ques-tion, mais au même moment, j'entendis les pas de ma nièce dans l'escalier.

Gwen n'était pas du genre lève-tôt et elle ne s'était jamais sou-ciée de ne plus rien avoir à se mettre sous la dent après le passage des invités dans la salle à manger. Elle disait fréquemment qu'elle préférait se lever tard, quitte à ingurgiter des crêpes. Voilà pourquoi je fus surprise de la voir non seulement debout à 8 h, mais même coiffée et habillée. Elle avait remonté en chignon ses cheveux bruns bouclés, et son pull cache-cœur rouge et son jean serré mettaient en valeur sa mince silhouette. Je l'accueillis en souriant. Gwen, une jeune fille très affable, serait capable de tenir Candy occupée tandis que je finissais de préparer le petit déjeuner. Ses yeux bruns allèrent de Candy à moi. Puis, elle fit un sourire amusé.

— Bonjour, tante Natalie! Salut, Candy! Dis donc, tu t'es levée tôt, ce matin.

— Je ne voulais rien rater, expliqua joyeusement Candy.

— Toi aussi, tu es matinale, répliquai-je à ma nièce. En quel honneur?

— Je dois me rendre au phare pour faire des esquisses.

— Es-tu sûre de vouloir y aller ce matin? dis-je en observant par la fenêtre les deux filets de nuages visibles. Le ciel me semble plutôt couvert.

— Désolée, mais j'ai promis à Fernand d'y être.

En plus de m'aider à l'auberge, Gwen étudiait les beaux-arts avec Fernand LaChaise, l'artiste en résidence de Cranberry Island. Je l'avais engagée uniquement pour l'été et durant ce temps, elle avait suivi quelques cours, mais comme elle était vraiment douée, elle avait décidé de prolonger son séjour. Cependant, elle avait beau avoir du talent, je la soupçonnais de vouloir rester bien plus pour Adam Thrackton, un jeune pêcheur de homards qu'elle avait rencontré sur l'île, que pour l'amour de l'art.

Je soupirai en me laissant tomber contre le comptoir. Gwen alla jeter un coup d'œil dans le four.

— Mmm… Du gâteau.

— Il va être prêt dans une demi-heure, annonçai-je. Tu pourrais en apporter à Fernand, ajoutai-je, pleine d'espoir.

— Dans une demi-heure? dit-elle en regardant l'horloge. Je ne peux pas attendre aussi longtemps. Garde-m'en un morceau, d'accord?

Je poussai un soupir de résignation.

— Il reste des scones dans la boîte à pain.

— Merci.

Elle saisit trois scones et les enfouit dans le sac de toile avec son matériel d'art. Décidément, les régimes minceur, ce n'était pas pour elle. Je la détaillai avec envie; malgré sa fine silhouette, elle mangeait comme un cheval. Gwen se versa du café dans une tasse de voyage. À l'instant où elle tendait la main vers le sucre, elle aperçut les carrés au caramel.

— Sont-ils pour Charlene?

— Oui. Je dois aller les lui porter un peu plus tard.

— Si tu veux, je peux les lui laisser en passant.

J'hésitai. Il serait sûrement préférable que j'aille moi-même à l'épicerie afin d'essayer d'arranger les choses avec Charlene, mais je n'en avais pas envie. De plus, si jamais Polly ne venait pas, il faudrait bien que je prenne mon vélo pour faire un saut jusque chez elle et je n'étais pas certaine d'avoir le temps de me rendre aussi jusqu'à l'épicerie.

— Cela me rendrait service, indiquai-je. J'ai également reçu un envoi spécial. Cela te dérangerait-il de le prendre avant de revenir?

— Pas de problème.

Elle serra fermement le couvercle de sa tasse et se dirigea vers la porte.

— Je serai de retour dans quelques heures pour m'occuper des chambres.

Avant de refermer la porte derrière elle, elle s'immobilisa, le regard espiègle, et fit un petit signe de tête à Candy.

— Je te souhaite une belle matinée !

Le vent d'automne s'engouffra dans la cuisine au moment où la porte se refermait.

— Vous devez dépenser une fortune en chauffage, supposa Candy en reprenant son calepin. Utilisez-vous le gaz ou l'électricité ?

• • •

À 8 h 30, j'avais réussi à extraire Candy de la table de la cuisine pour l'installer à une table de la salle à manger.

Elle palpa la nappe et s'empara de son stylo.

— Qui s'occupe du linge de maison ?

— Une habitante de l'île vient m'aider quelques jours par semaine. Puis-je vous servir encore du café ?

Je remplis sa tasse et retournai dans la cuisine, appelée par la minuterie du four. Après l'avoir éteinte, je sortis les pamplemousses coupés en deux que j'avais fait griller. Puis, je les disposai dans une assiette et poussai la porte battante.

Candy ne se trouvait plus seule dans la salle à manger. Je déposai l'assiette de pamplemousses sur le réchaud et saisis la cafetière avant d'aller saluer mes invités du Missouri, Barbara et Ray Hahn, qui avaient choisi la table près de la fenêtre. Ils étaient accompagnés de leurs deux teckels, Elmo et Capitaine Pluto. Depuis une semaine, ces deux chiens mettaient de la vie dans l'auberge, malgré les protestations fréquentes de Biscuit. C'était la dernière journée des Hahn et j'étais triste de les voir partir, mais heureusement, Barbara m'avait donné sa recette préférée de muffins : des muffins streusel aux petits fruits et au citron. L'un des plus beaux aspects de mon métier réside dans le fait que vous rencontrez des gens merveilleux qui vous dévoilent leurs recettes favorites. J'avais bien l'intention d'essayer sous peu celle de Barbara.

— Bonjour, Natalie!

Je souris en entendant l'accent texan de Barbara — elle ne l'avait pas perdu, même si cela faisait plus de vingt ans qu'elle vivait dans le Missouri. Cela me rappelait ma vie à Austin. Il faut dire que depuis mon arrivée dans le Maine, il y a moins d'un an, je n'avais pas entendu beaucoup de personnes parler avec cette voix nasillarde du Sud.

— Prenez-vous tous les quatre le bateau courrier de ce matin? demandai-je.

Ray hocha la tête et se pencha pour caresser le crâne soyeux d'Elmo. Le petit chien, harnaché à une minuscule voiturette, avança en s'aidant de ses pattes antérieures. Même si ses pattes arrière étaient paralysées, les Hahn avaient découvert une façon de lui permettre de se déplacer. Ils adoraient les animaux autant que Polly, songeai-je. Cela ramena à ma mémoire l'absence de celle-ci. Je commençais réellement à croire qu'il lui était arrivé quelque chose.

— Mon fils nous attend pour l'aider à faire les vendanges dans son vignoble, expliqua Barbara en ajustant le collet de son chemisier. Nous allons manger un dernier homard cet après-midi avant de partir.

— J'aurais peut-être dû investir dans le vin plutôt que dans l'hôtellerie, dis-je à la blague.

— Vous possédez un endroit splendide, indiqua-t-elle. De plus, les homards sont presque donnés!

— Je ne dirais pas non à du vin bon marché, ajoutai-je au moment où Russell Lidell pénétrait dans la salle à manger.

— Bonjour, lançai-je d'un ton enjoué.

Russell secoua la tête en guise de salut. Je remarquai qu'il portait un costume, contrairement à son pantalon en toile et à sa chemise oxford froissée habituels. Son double menton débordait sur le col blanc bien amidonné de sa chemise tandis que les coutures de son veston brun foncé craquaient sur son large dos. Au moins, je n'étais pas la seule de l'auberge à apprécier les aliments riches en calories.

— Comme vous êtes chic ce matin, le complimentai-je. Une réunion matinale ?

— Ouais.

Il versa généreusement du sucre dans sa tasse et ajouta une grosse cuillerée de crème. Russell travaillait pour la Weintroub Development Company et il séjournait à l'auberge depuis presque une semaine. Même s'il n'avait pas plus de vingt-cinq ans, il arborait la carrure et le teint rougeaud d'un homme prédisposé aux maladies coronariennes.

— Un ingénieur doit venir au marais examiner les différentes options de drainage, informa-t-il.

— Et comment progresse le projet de développement ?

— Bien, répondit-il en étirant son col avec un doigt.

Sa cravate, ornée de fers à cheval rouges, semblait l'étouffer au point d'empêcher l'air de se rendre à son cerveau.

— Cela fait-il longtemps que vous œuvrez pour la Weintroub Development ? m'enquis-je..

— J'ai commencé il y a un an.

Je me penchai pour verser de nouveau du café dans sa tasse qui était déjà à moitié vide.

— Il s'agit donc de votre premier projet ?

Il serra ses grosses lèvres pulpeuses.

— J'ai aussi négocié d'autres projets immobiliers.

Il avala une autre gorgée de café et son visage rougit encore davantage.

— Ici, dans le Maine ?

— C'est ça, dans le Maine.

— Est-ce que j'en reconnaîtrais ?

— Euh… ils ne sont jamais véritablement parvenus à la phase de construction, dit-il en ajustant sa cravate et en levant le menton. Mais celui-ci aboutira.

Il me fixa de ses yeux brun-vert.

— Je sais que vous n'êtes pas vraiment en faveur des projets de développement sur l'île — on m'a parlé du terrain de golf —, mais celui-ci se fera.

— Hou hou ! fit une voix mielleuse dans mon dos.

Je me retournai et vis Candy qui me tendait sa tasse.

— Puis-je avoir encore un peu de café ?

J'acquiesçai et revint à Russell. Je me sentis soudainement plus optimiste face au développement de l'île. Si les autres projets ne s'étaient pas concrétisés, peut-être en serait-il de même pour celui-ci.

— Eh bien, je vous souhaite bonne chance pour cette réunion, lançai-je. Vous pouvez aller vous servir au buffet.

• • •

À 10 h, la salle à manger était vide, mais Polly n'avait toujours pas donné signe de vie. Accroupie devant le réfrigérateur, je tentais de dénicher de la place pour ranger les restes lorsque Candy poussa la porte de la cuisine. Elle se glissa sur une chaise et me regarda essayer de coincer l'ultime demi-pamplemousse sur la tablette du bas. Je me levai et essuyai mes mains avec un torchon à vaisselle, puis je saisis une boîte de café vide dans le garde-manger avant d'agripper mon manteau accroché près de la porte.

— Où allez-vous ? demanda Candy.

— J'ai des courses à faire.

Comme la maison de Polly se trouvait située près du marais, je pourrais toujours en profiter pour cueillir des canneberges. L'eau me monta à la bouche à l'idée des petites boules rouges au goût suret qui m'attendaient là-bas. Heureusement, je ne pensais pas que Candy serait intéressée à venir patauger dans un marécage.

— Des courses pour l'auberge ?

Elle lécha ses lèvres roses à la manière d'un chat.

— Non, répondis-je. C'est pour moi.

Je souris poliment et franchis la porte de la cuisine avant qu'elle n'offre de m'accompagner.

En marchant jusqu'à l'abri où je rangeais les vélos, j'inspirai à pleins poumons l'air frais automnal. Les cynorhodons, les petits fruits rouges des rosiers sauvages, contrastaient avec les bardeaux gris de l'auberge, et quelques chrysanthèmes roses continuaient bravement de fleurir dans les jardinières bleues.

Je m'arrêtai en entendant les coups de marteau provenant de l'atelier de John. Je regardai l'abri des bicyclettes en me disant que cela pouvait bien attendre un peu. Je sentis battre mon cœur en dévalant la pente jusqu'au petit hangar gris construit à côté de l'ancienne remise pour voitures à chevaux de l'auberge. John avait converti le hangar en atelier et l'ancienne remise en appartement qu'il me louait à un prix nominal. Arrivée devant la porte, j'hésitai en songeant que je devrais peut-être retourner à l'auberge pour me rendre plus présentable — avec un peu de rouge à lèvres ou au moins un chandail sans taches de décoloration —, mais l'idée de tomber encore une fois sur Candy chassa de moi tout désir de coquetterie.

Je lissai plutôt mes cheveux, secouai la farine restée collée à mon chandail, puis frappai deux fois à la porte. Lorsque John ouvrit, ses yeux verts exprimèrent à la fois de la surprise et du plaisir.

Avant même que je prononce un mot, il m'attira dans ses bras. Comme toujours, l'odeur de bois sur sa peau et la chaleur de son corps sous sa chemise en flanelle me firent frissonner.

— J'espérais te voir, murmura-t-il à mon oreille.

Je me penchai en arrière pour examiner son long visage et ses cheveux ébouriffés pâlis au soleil. Ses lèvres esquissèrent un sourire qui accentuait les rides autour de sa bouche et mon cœur se mit à battre un air de samba. Je détournai mes yeux de sa figure pour inspecter l'atelier derrière lui. Le plancher était recouvert de copeaux et de sciure de bois, et un gros morceau de bois de grève trônait sur son établi.

— Tu amorces un nouveau projet? demandai-je.

— Dans quelques minutes, oui. Hier, j'ai fini de peindre les derniers bateaux et je vais aller les livrer aujourd'hui. J'ai pensé prendre un mois de congé pour me consacrer à mes propres projets.

John était sculpteur et il transformait le bois de grève en de magnifiques œuvres d'art. Malgré cela, ses ventes couvraient à peine ses frais de chauffage. Voilà pourquoi John finançait ce qu'il appelait son «passe-temps artisanal» en sculptant des petits bateaux qu'il vendait à la boutique des artisans de l'île, sur le quai. Il gagnait également un peu d'argent en tant que shérif adjoint de Cranberry Island, ce qui avait pour double avantage de me procurer un sentiment de sécurité. J'avais lu tellement d'histoires d'horreur à propos d'invités qui harcelaient les aubergistes célibataires. Le fait d'avoir un représentant de l'ordre sur les lieux — et aussi beau et attentionné que John — me rassurait dans mon sommeil.

— Que fais-tu demain soir pour dîner ? s'enquit-il.

Je fis la moue.

— Sans doute de la chaudrée aux palourdes surgelées.

— Pourquoi ne viens-tu pas manger chez moi ? Je t'inviterais bien ce soir, mais je n'aurai pas l'occasion d'aller faire l'épicerie avant demain.

— J'adorerais cela. Je m'en vais au marais de canneberges ; veux-tu que je t'en rapporte ?

— Non, merci. Je ne sais jamais comment les apprêter. Par contre, je ne refuserais pas quelques tranches de pain aux canneberges, si jamais tu décides d'en faire cuire, dit-il en me faisant un clin d'œil.

J'éclatai de rire.

— Je t'apporterai un pain demain soir.

Il m'entoura encore une fois de ses bras et je me sentis fondre tandis que ses lèvres se posaient sur les miennes dans un long baiser langoureux. Malgré l'impact sur mes finances, je souhaitais passer un peu moins de temps à l'auberge et beaucoup plus avec John.

— Je dois aller à la boutique des artisans, mais nous pourrions prendre un café plus tard si tu es dans les environs, ajouta-t-il.

— Viens quand tu veux, dis-je.

Il m'embrassa à nouveau, profondément, et j'en oubliai presque Polly et les canneberges. Puis, il me poussa en direction de l'abri de vélos.

Mes lèvres sentaient encore la chaleur des siennes lorsque je sortis une bicyclette de tourisme rouge et fixai la boîte de café vide à l'arrière de celui-ci. Tout en escaladant la colline, je me demandai ce que Candy ferait durant mon absence. J'espérais ne pas avoir omis de verrouiller la porte de la réception ; je ne serais pas surprise qu'elle décide de s'occuper en fouillant dans ma paperasse. Parvenue au sommet de la colline, je fis une pause pour souffler quelque peu et je me retournai pour admirer l'auberge.

Les volets bleus de la maison en bardeaux gris étaient un ton plus pâle que le bleu du ciel, et les fenêtres étincelantes réfléchissaient la lumière du soleil comme des miroirs bien polis. Derrière l'auberge, il y avait un pré qui, au début de l'été, était recouvert d'un tapis de lupins rose et mauve qui descendait jusqu'au rivage, là où les vagues venaient s'écraser contre les rochers.

Je ne me lassais jamais de cette vue qui était à couper le souffle. Pendant que j'admirais l'auberge — mon auberge, me rappelai-je fièrement —, mes yeux s'attardèrent un moment sur le toit au-dessus de ma chambre. Je frémis en pensant aux bruits que j'avais entendus la veille. Je ne me montrais pas très enthousiaste à la perspective de posséder une auberge hantée. Toutefois, ce serait peut-être bon pour les affaires que d'organiser des conférences sur la parapsychologie.

Je repris la route pour descendre de l'autre côté de la colline abrupte. Les taches vert foncé des buissons de bleuets qui bordaient le chemin avaient viré au rouge cannelle, tandis que les aiguilles vertes des pins et des épinettes faisaient ressortir encore davantage les feuilles cramoisies et jaune doré des érables et des bouleaux. Plus je prenais de la vitesse, et plus le vent balayait mes cheveux. Même si je m'inquiétais à propos de Polly, je savourais ce petit instant de liberté, loin des corvées de lessive et des invités agaçants. De plus, j'avais très hâte d'aller cueillir des canneberges. Je sentis mon estomac se nouer en songeant au sort que le projet de développement comptait réserver au vieux marais.

La première fois que j'avais entendu parler du domaine de Cranberry, je m'étais rendue à la bibliothèque de Somesville, sur le continent, afin d'en apprendre davantage sur les marais de canneberges. Je n'avais jamais réalisé que celui de Cranberry Island faisait partie des quelques marais naturels qui avaient survécu sur la côte est — la plupart d'entre eux avaient été drainés ou avalés par la production commerciale de canneberges.

Malheureusement, Murray Selfridge avait réussi à s'en accaparer la majeure partie. L'île en détenait un bout alors que Polly disposait de la petite parcelle qui s'étirait derrière son chalet, mais Murray avait acquis les titres de tout le reste. Charlene m'avait raconté que Murray avait souvent offert à Polly de lui acheter sa portion, mais qu'elle avait toujours refusé.

Arrivée en bas de la colline, au lieu de poursuivre en ligne droite vers le quai et l'épicerie de Charlene, je décidai de tourner à gauche, sur Cranberry Road, dans le but d'emprunter le petit chemin asphalté qui menait à la résidence de Polly.

Mon vélo rebondissait sur les multiples bosses et je parvins de justesse à éviter un nid-de-poule aussi immense qu'un cratère de météore. Une chance que Polly ne possédait pas d'automobile; aucun véhicule n'aurait pu survivre longtemps sur cette voie défoncée.

Après avoir pédalé durant quelques minutes sous un couvert de pins et d'épinettes parsemé ici et là de maisons et de piles de cages à homards, je débouchai sur une éclaircie et aperçus la petite habitation à ossature de bois de Polly.

À l'extrémité du sentier en gravier qui se prolongeait jusque chez elle, je débarquai de mon vélo et l'appuyai contre la galerie. Puis, je grimpai les trois marches de celle-ci. La peinture blanche de la balustrade, nettoyée à la brosse, pelait à quelques endroits. Polly m'avait indiqué qu'elle avait demandé à son cousin Gary de l'aider à la repeindre au cours de l'été. De toute évidence, il n'avait pas eu le temps. Une petite chatte d'Espagne se prélassait sur les planches bien balayées et un gros matou gris à qui il ne restait plus que la moitié d'une oreille vint se frôler contre moi. Je frappai à la porte, puis je me penchai pour lui gratouiller le menton. Personne ne vint répondre.

Je jetai un coup d'œil à l'intérieur par la fenêtre à meneaux. Un chat tigré paressait sur le canapé usé du petit salon et le bout de comptoir de la cuisine que je pouvais distinguer par la porte était vide. Les planches de bois plièrent sous mon poids au moment où je descendis les marches pour me rendre derrière la maison. Polly déposait toujours les bols d'eau et de nourriture des chats sur la galerie arrière. Elle veillait à ce qu'ils soient constamment pleins. Avec dix bouches affamées à alimenter, je m'étais souvent demandé comment elle parvenait à payer sa propre nourriture. Aujourd'hui, cependant, les récipients étaient tous vides. Ce n'était pas normal.

Un petit contingent de chats surgit des buissons à l'instant où j'ouvris le contenant en acier galvanisé placé près de la porte et que je versai de la nourriture dans les bols en plastique. En remettant le couvercle sur le contenant, je vis sortir le chat tigré ainsi qu'un autre petit chaton blanc par la chatière encastrée dans le bas de la porte de la cuisine. Je cherchai Pepper, une petite chatte grise que Polly avait rescapée récemment, mais elle se trouvait hors de vue. Polly pouvait-elle l'avoir apportée chez le vétérinaire ?

Les visites chez ce dernier ne duraient pourtant pas deux jours. Et Polly m'aurait contactée. Mais où pouvait-elle bien être ? J'essayai de me rappeler avec qui elle était parente — sans doute avec tous les habitants de l'île —, mais je ne pus penser qu'à son cousin Gary et j'ignorais comment le rejoindre. Je m'appuyai contre la balustrade pour scruter au loin du côté du marais. Une mouette tourbillonnait dans le ciel sous les rayons du soleil. J'étais sur le point de rebrousser chemin quand quelque chose attira mon attention.

Sous l'un des érables aux couleurs flamboyantes, une tache verte se détachait sur l'herbe jaunie. Je dévalai les marches et avançai sur le petit sentier qui menait au marais en m'enfonçant dans le sol mou. À mesure que la tache grossissait, je pus mieux voir de quoi il s'agissait. C'était un chandail. Un frisson me traversa le corps et je franchis en trébuchant les quarante-cinq mètres qui nous séparaient.

Je m'arrêtai à quelques mètres de l'érable, mes bottes s'enfonçant dans la terre argileuse. Ma salive avait un goût de bile que j'avalai aussitôt. J'avais déjà vu ce chandail. Et je connaissais la personne qui le portait.

Ses yeux bruns sans vie fixaient le ciel bleu. Une tache rouge s'étalait sur sa poitrine telle une fleur macabre épanouie et un revolver gisait dans sa main ouverte. Je venais de trouver Polly Sarkes.

3

JE RECULAI EN TRÉBUCHANT ET FERMAI les yeux, mais l'image du visage de Polly resta bien imprégnée dans mes rétines. J'avalai la bile qui était remontée dans ma gorge et m'obligeai à regarder de nouveau. Le revolver brillait au soleil et les taches de sang avaient commencé à coaguler. Je m'éloignai en frissonnant.

La découverte de ce cadavre gisant au sol me fendit le cœur. C'était trop horrible… et tellement injuste. Pauvre Polly. Je me rappelai sa voix douce et enjouée, les histoires qu'elle me racontait à propos de ses chats qu'elle aimait comme ses enfants. La fierté qu'elle tirait de son travail.

Qu'est-ce qui avait bien pu la pousser à s'enlever la vie ?

Et comment n'avais-je pas vu sa détresse ?

Polly se montrait toujours pleine d'entrain. C'était aussi une femme très pragmatique. Je n'avais jamais détecté chez elle le moindre signe de désespoir, comme on s'y attend chez une personne qui songe au suicide. Au moment où je me retournai vers le corps immobile, une mèche de ses cheveux bruns, soulevée par le vent, alla se déposer sur sa joue pâle. En l'examinant de plus près, je remarquai une tache violacée au-dessus de son œil gauche. Mes yeux se dirigèrent ensuite sur le revolver qui reposait encore dans sa main sans vie.

Vite, il fallait que j'appelle la police.

En voulant me précipiter chez Polly, je dérapai sur une touffe d'herbe et retrouvai maladroitement mon équilibre. Je devais également avertir John. Je grimpai deux à la fois les marches de la galerie et priai que la porte, comme la plupart des maisons de Cranberry Island, ne fût pas verrouillée.

Heureusement, la poignée tourna aisément. En me ruant dans l'entrée jusqu'au téléphone de la cuisine, je fus assaillie par une odeur d'huile de cuisson et d'encaustique au citron. Je composai de mémoire le numéro de John, mes doigts glissant malhabilement dans les orifices du cadran du téléphone. Aucune réponse. John devait toujours être en train de travailler dans son atelier.

Je jetai un coup d'œil au babillard accroché à proximité du téléphone dans l'espoir d'y relever les numéros des services d'urgence. À part un numéro griffonné à la hâte avec la mention «abri» à côté, le tableau était vide.

J'aperçus sous le comptoir une pile d'annuaires téléphoniques. Je saisis celui du dessus pour découvrir le numéro de la police en me demandant pour la énième fois pourquoi l'île n'avait pas les moyens de s'offrir le service 911.

Un instant plus tard, je décrivais la situation à l'opérateur radio de la police tout en balayant la pièce des yeux. Le comptoir portait des traces de coups de couteau, mais le formica brun pâle brillait de propreté, tout comme le linoléum vert olive du plancher. Une pendule à coucou et un calendrier de chats étaient fixés aux murs jaunes. Contrairement à la porte de mon réfrigérateur qui se trouvait couverte de messages et de mémos, il n'y avait rien sur celle de Polly, hormis la recette de scones aux canneberges que je lui avais donnée la semaine précédente. Je fournis l'adresse de Polly à l'opérateur et acceptai de demeurer près du corps jusqu'à l'arrivée de la police.

Après avoir raccroché, je me dirigeai impulsivement vers le frigidaire. Sur la tablette du dessus, il y avait un litre de lait non entamé et des canneberges fraîchement cueillies. Les autres tablettes étaient bien rangées. Polly avait aligné tous les pots de gelées et de confitures ; on aurait même dit que quelqu'un avait nettoyé la croûte qui s'était formée sur le bec verseur du flacon de moutarde.

Je refermai la porte du réfrigérateur et examinai la cuisine. La mort de Polly se révélait si dégoûtante alors que tout dans sa maison se voulait d'une propreté irréprochable — même avec la présence de dix chats. J'eus de nouveau la nausée en pensant au corps de Polly, abandonné ainsi dans le marais. Quelque chose clochait dans cette histoire. Polly ne se serait jamais enlevé la vie sans au moins avoir laissé des instructions au sujet de ses chats. Elle les aimait comme si c'était ses enfants.

Sur la galerie, les félins s'étaient attroupés autour des bols de nourriture sèche. J'avais oublié de leur procurer de l'eau. Je pris donc deux bols vides et allai les emplir dans l'évier, puis je revins les déposer à côté des autres. En regardant les chats s'empiffrer, je réalisai que je n'avais pas encore vu Pepper. Peut-être se cachait-elle dans la résidence.

Je me déplaçai dans le salon en appelant Pepper. La pièce se trouvait tapissée de photographies affichant non pas des gens, mais bien les membres de la bande poilue de Polly. Des chats en porcelaine s'alignaient sur le manteau de la cheminée, et il y avait aussi un petit téléviseur dans un coin, non loin du foyer. Le canapé semblait confortable malgré son tissu usé. Le dossier se voyait d'ailleurs protégé d'une couverture tricotée à la main. Tous les meubles dans la maison avaient indéniablement beaucoup servi, mais Polly en avait pris grand soin.

Je grimpai au premier étage en continuant de prononcer le nom de Pepper. La porte de la salle de bains se situait en face de l'escalier. La pièce sentait le shampooing et le désinfectant, et en dépit du tapis de bain à fleurs roses, la couleur verte du rideau de douche donnait au carrelage blanc une apparence plutôt glauque. Je me dirigeai instinctivement vers le lavabo et j'ouvris l'armoire à pharmacie en me disant que si Polly souffrait de dépression, j'y trouverais sûrement une bouteille d'antidépresseurs dissimulée derrière les médicaments courants.

Un examen vite fait des tablettes ne dévoila rien de plus que les réserves habituelles d'antihistaminiques, d'antiacides et d'aspirine. Il y avait un rasoir bleu sur la tablette du bas. Je le pris et le retournai dans mes mains en fronçant le nez à la vue des poils noirs collés aux deux lames rouillées. Je le remis aussitôt à sa place. Puis, je tirai le rideau de douche en plastique afin d'inspecter la baignoire en porcelaine. Sur le rebord de celle-ci, on distinguait un rasoir rose et de la crème à raser. Je jetai un coup d'œil rapide à la lame du rasoir — celle-ci était propre — et ramenai le rideau de douche à sa position initiale avant de réintégrer le corridor.

À gauche se trouvait une petite chambre qui servait aussi de salle de couture. Je balayai le local des yeux, du lit à deux places défait à la machine à coudre appuyée contre le mur du fond. Une pile de tissus pliés ajoutait une touche de couleur. Je me penchai pour regarder sous le lit : il n'y avait rien.

L'unique autre porte dans le corridor donnait pareillement sur une chambre à coucher : celle de Polly. La première chose que j'aperçus en entrant fut une valise ouverte sur un lit à deux places aux couvertures bien tirées. Je m'approchai pour en scruter le contenu : quelques chemisiers, des paires de bas et une jupe verte en velours côtelé qu'elle avait déjà portée à l'église. Je palpai le tissu un moment en réfléchissant à la dernière fois où j'avais vu Polly vêtue de cette jupe. C'était à l'occasion d'un repas paroissial, à la fin de septembre. Elle avait apporté un pâté au poulet. Je me rappelai aussi le bandeau vert à fleurs qu'elle arborait dans le but de dompter ses cheveux rebelles. J'éprouvai un pincement au cœur en déposant la jupe. Polly ne m'avait jamais parlé de son intention de partir en voyage.

J'examinai ensuite la commode. Le bois foncé reluisait à force d'être poli et Polly avait décoré le dessus en marbre avec un napperon en dentelle et un plat en cristal empli de lavande séchée. Le tiroir incurvé du dessus était juste assez entrouvert pour qu'un chaton puisse s'y glisser. Je l'ouvris donc complètement, mais il n'y avait qu'une rangée de bas roulés en boule et un panier de sous-vêtements pliés. J'aperçus une boîte en carton rouge coincée entre les bas en coton blanc. J'écartai ces derniers pour l'observer de plus près, mais je retirai aussitôt ma main en réalisant qu'il s'agissait d'une boîte de balles de revolver.

Je repris mon souffle, puis appelai Pepper encore une fois. Comme la petite chatte ne donnait pas signe de vie, je me précipitai hors de la chambre vide et dévalai l'escalier jusqu'à la porte d'entrée.

Le vent frais d'automne, qui contrastait avec l'air renfermé de la maison, me fit du bien, et je pris une profonde inspiration en laissant la porte claquer derrière moi. Je m'arrêtai pour écouter le cri des mouettes dans le ciel et le bruissement du vent dans l'herbe, puis je redressai mes épaules et avançai en direction du marais — et de Polly.

À peine avais-je fait quelques pas que je perçus le bruit d'un moteur. Une Jaguar bourgogne approchait en rebondissant sur le chemin cahoteux et je grimaçai en reconnaissant l'automobile de Murray Selfridge. J'espérais pour lui que son garagiste soit du genre à se déplacer. Je tressaillis en entendant le châssis de l'auto frotter contre un morceau d'asphalte arraché.

Le véhicule s'immobilisa dans un crissement de pneus devant la résidence de Polly et je vis trois hommes sortir de l'habitacle en cuir. Murray Selfridge portait sa tenue de plaisancier. Russell Lidell se tenait près de lui, encore plus rouge que d'habitude. Je ne reconnus pas le troisième homme, un grand maigre dans la mi-quarantaine, mais je supposai qu'il s'agissait sans doute d'un arpenteur-géomètre ou d'un ingénieur.

Les sourcils épais de Murray se rehaussèrent quand il m'aperçut sur le sentier étroit.

— Que faites-vous ici ? cria-t-il.

Je lui répondis, la gorge serrée.

— J'ai découvert Polly dans le marais, expliquai-je d'une voix étouffée et inhabituelle. Elle est morte. La police est en route.

Il sembla surpris.

— Morte ? Que lui est-il arrivé ?

Je retins mes larmes en songeant à la tache rouge sur la poitrine de Polly.

— Elle s'est suicidée, dis-je d'une voix étranglée. Ou bien elle a été assassinée.

Murray trébucha et ses bras battirent l'air tandis qu'il essayait de retrouver son équilibre.

— Assassinée ? Êtes-vous sûre qu'elle est décédée ?

Ses cheveux gommés brillèrent au soleil au moment où il s'avança vers moi.

Je hochai la tête.

— Oui, j'en suis certaine.

— Où est-elle ? souffla-t-il. Que lui est-il arrivé ?

Je montrai du doigt l'érable rouge.

— Elle se trouve là-bas. Je ne suis pas supposée en dire plus. Je dois veiller sur elle jusqu'à ce que la police arrive.

Murray remonta son pantalon en toile et quitta le sentier pour se diriger vers Polly, mais je levai le bras pour lui bloquer le passage. Ma voix était soudainement redevenue ferme.

— La police m'a dit d'empêcher quiconque de s'approcher.

Il s'arrêta. Je regardai ensuite Russell et l'arpenteur-géomètre qui avaient commencé à gravir le sentier jusqu'à nous. Russell avançait d'un pas prudent sur le sol mou, en levant haut les pieds dans les airs comme s'il voulait éviter de salir sa paire de richelieus noirs.

Il franchit les derniers mètres sur la pointe des pieds, le souffle coupé par l'effort.

— Qu'est-il arrivé ? demanda-t-il.

Murray lui répondit.

— Polly Sarkes est morte.

Puis, il me dévisagea.

— Natalie ne veut pas nous dire ce qui est arrivé.

Russell se redressa.

— C'est bien Polly Sarkes qui est la propriétaire de cette maison ? interrogea-t-il en posant un regard évaluateur sur la petite habitation en bois.

— Effectivement, confirma Murray.

— Euh…

L'arpenteur-géomètre ouvrait la bouche pour la première fois.

— Je ne sais pas quand je vais pouvoir revenir. Pourrions-nous au moins examiner les lieux ? s'enquit-il en se tournant vers moi. Nous n'irons pas près du corps. Je veux seulement prendre quelques mesures.

Il m'observa en clignant des yeux sous les rayons du soleil.

Une femme venait de mourir et tout ce qui l'intéressait, c'était de prendre des mesures ?

— D'accord, répondis-je. Mais tenez-vous loin de l'érable.

J'approchai à environ trois mètres de l'endroit où reposait Polly et j'attendis en lui tournant le dos. Le simple fait d'être si près d'elle rendait la scène encore plus réelle et mes yeux s'emplirent de larmes tandis que j'essayais de suivre les mouettes qui tourbillonnaient dans le ciel bleu. Au bout d'une minute, j'entendis un bruit de frottement derrière moi. Je pivotai, effrayée. Il semblait émaner de Polly.

Je fis quelques pas pour voir d'où originait le son, puis je le perçus de nouveau. Cette fois-ci, je le reconnus. Il provenait d'une petite chatte grise toute maigre qui tremblait aux pieds de Polly. C'était Pepper. Dans mon empressement à courir dans la maison pour appeler la police, je ne l'avais pas remarquée.

• • •

La police n'était pas encore arrivée que Russell avait déjà perdu tout espoir d'épargner ses chaussures, et il se traînait péniblement à la suite de Murray et de l'arpenteur-géomètre. Tout en tenant Pepper dans mes bras, je les observai avancer dans le marais.

L'arpenteur s'arrêtait toutes les deux minutes pour s'accroupir et examiner quelque chose, pendant que Russell et Murray ne cessaient de se retourner pour décocher des regards furtifs dans ma direction et dans celle de la résidence de Polly. Je demeurai debout à quelques mètres de Polly en caressant la petite chatte tremblotante et en jetant un coup d'œil à Polly de temps à autre pour m'assurer que les mouettes ne s'attaquent pas à elle. C'était d'ailleurs surprenant qu'elles ne l'aient pas déjà repérée.

Je patientais depuis au moins une demi-heure lorsqu'une vieille camionnette s'immobilisa à côté de la Jaguar de Murray. Trois personnes en sortirent. Je poussai un soupir de découragement quand je distinguai la démarche empesée du sergent Grimes. Son ventre débordait sur sa ceinture de police et ses cheveux gras étaient tirés vers l'arrière. Une odeur de vieux tabac parvint à mes narines lorsqu'il s'approcha de moi, suivi de deux hommes que je ne reconnus pas. Ils transportaient des caisses lourdes ; je présumai qu'il s'agissait sans doute de l'équipe judiciaire.

— Un autre mort, Mademoiselle Barnes ?

Grimes jeta un coup d'œil au corps étendu par terre. Je trouvais qu'avec ses yeux rapprochés, il avait l'air d'une belette.

— Vous avez le don de tomber sur les cadavres.

Il faisait référence au promoteur assassiné que j'avais découvert un peu plus tôt dans l'année. Grimes avait longtemps cru que c'était moi la coupable. Et je n'étais pas certaine qu'il se fut remis de sa déception en constatant que quelqu'un d'autre avait commis le meurtre. Grimes s'approcha de Polly et l'examina. Je détournai mon regard en apercevant le flash d'un appareil photo.

— C'est de toute évidence un suicide, commenta-t-il.

Je dévisageai Grimes.

— En êtes-vous sûr ? Elle a laissé ses chats sans personne pour s'en occuper et il n'y avait aucune note. De plus, tout porte à croire qu'elle faisait sa valise pour partir en voyage.

Grimes fronça les sourcils.

— Elle faisait sa valise pour partir en voyage ? Comment le savez-vous ?

— J'ai dû aller dans sa maison pour appeler la police. Comme je ne trouvais pas Pepper, j'ai fait le tour des pièces.

— Pepper ? demanda Grimes, l'air confus. Mais de quoi parlez-vous donc ?

Je soulevai dans mes bras la minuscule boule de poils.

— La petite chatte. Je l'ai découverte ici.

Je frissonnai en réalisant que c'était probablement la raison pour laquelle les mouettes ne s'étaient pas attaquées au cadavre.

— Vous avez donc falsifié les preuves ?

— Je n'ai touché à rien.

Je me rappelai alors la boîte de balles. Ainsi que la porte du réfrigérateur, l'armoire à pharmacie et la valise.

— Du moins, à presque rien.

Grimes transféra tout son poids sur l'autre pied.

— De toute façon, cela n'a aucune importance.

Il orienta son menton en direction de Polly.

— Si je me fie à mon expérience, cette affaire sera vite classée.

— Moi, je trouve cela étrange, répliquai-je. Je connaissais Polly. Je ne peux pas croire qu'elle ait pu aller au milieu du marais pour se tirer une balle. Elle n'aurait jamais abandonné ses chats. De plus, pourquoi une personne ferait-elle sa valise si elle a l'intention de se tuer ?

Grimes haussa les épaules.

— Elle a peut-être changé d'idée. Le billet coûtait trop cher et elle a décidé de faire un aller simple seulement.

Il s'esclaffa de son bon mot.

— De cette manière, pas besoin d'avoir peur que la compagnie aérienne égare vos valises, non?

— Vous allez *tout de même* envisager la possibilité d'un homicide, n'est-ce pas?

Grimes sortit un paquet de Marlboros de la poche de sa chemise et s'alluma une cigarette avec son briquet doré. Pendant qu'il protégeait la flamme de son autre main, le vent transporta des cendres encore allumées jusqu'aux experts judiciaires qui se tenaient penchés sur le corps de Polly. Le plus petit des deux hommes leva la tête.

— Éloignez-vous avec cette cigarette. Vous êtes en train de contaminer la scène.

Grimes grommela et recula de quelques pas, les oreilles rougies par la honte. Il me décerna un regard furieux.

— N'allez surtout pas vous en mêler, Mademoiselle Barnes. Cette enquête ne concerne que les experts de la police, d'accord?

La chaleur me monta à la figure. Si j'avais laissé les experts mener l'enquête la dernière fois qu'un cadavre avait été trouvé sur Cranberry Island, j'aurais été condamnée à trente ou quarante ans de prison pour un crime que je n'avais pas commis.

Je serrai Pepper contre moi.

— Veuillez me pardonner si j'hésite à vous écouter.

— Eh bien, vous n'avez pas le choix.

Il se pencha vers moi en dirigeant son pouce vers sa poitrine.

— C'est moi, la police, siffla-t-il.

Son regard bleu était devenu glacé.

— Si je décide qu'il s'agit d'un suicide, eh bien, c'est bel et bien un suicide. Point final.

Il prit une autre bouffée de cigarette et me tourna le dos.

— Maintenant, rentrez chez vous. Si jamais j'ai des questions, je sais où vous trouver.

DE RETOUR À L'AUBERGE, JE REFERMAI la porte de la cuisine en serrant encore Pepper contre moi. L'aspect chaleureux du plancher en pin et du comptoir en bois massif contrastait joyeusement avec le linoléum vert olive et le comptoir en formica de Polly, mais même l'odeur de cannelle ne parvint pas à chasser ma tristesse. Je déposai Pepper à côté du bol de Biscuit. Elle en renifla le contenu et, à mon grand soulagement, se mit aussitôt à manger. Heureusement, Biscuit n'était pas dans les parages. Je n'osais pas imaginer ce qui se serait produit si elle avait découvert que j'avais laissé un chat étranger — et un chaton, de surcroît — se servir dans son bol.

Je saisis le combiné et composai le numéro de John, mais il ne répondit pas. Je jetai un coup d'œil dehors en direction du quai; le skiff de John, le *Mooncatcher*, n'y était pas amarré. Il devait être parti à la boutique des artisans livrer les petits bateaux qu'il avait sculptés. J'hésitais à appeler Charlene lorsque je remarquai une glacière en polystyrène sur le comptoir. Gwen m'avait donc rapporté mon colis.

Je retournai le récipient dans mes mains et examinai l'adresse inscrite sur l'étiquette. Le paquet provenait de Brenham, au Texas, une ville située à environ deux heures de route d'Austin. Qui diable connaissais-je à Brenham ? Je m'emparai d'un couteau dans le porte-couteau et coupai le ruban d'emballage. Puis, je soulevai le couvercle.

Deux contenants de deux litres de glace à la vanille Bluebell reposaient sur de la glace sèche. Je sentis l'eau me monter à la bouche en sortant les récipients de la glacière et en les déposant sur le comptoir. En arrivant dans le Maine, j'avais été dévastée d'apprendre que la glace maison Bluebell n'était pas distribuée au nord de la ligne Mason-Dixon. C'était ma glace favorite et elle me manquait cruellement.

Qui pouvait bien me l'avoir expédiée ? J'enfilai un gant et écartai la glace sèche pour fouiller dans le fond de la glacière. Je finis par trouver une enveloppe insérée dans un sac en plastique. Je déchirai l'enveloppe et en retirai une carte sur laquelle on distinguait une photo de campanules avec une vieille ferme en avant-plan. À l'intérieur de la carte, quelqu'un dont j'ignorais l'écriture avait rédigé deux phrases. *Joyeux anniversaire*, disait la première. *À bientôt*, disait l'autre.

Je retournai la carte, mais le reste était vide. Et il n'y avait pas de signature.

Je jetai un coup d'œil aux deux contenants jaunes. La personne qui me les avait envoyés connaissait non seulement mon parfum de glace préféré, mais aussi la date de mon anniversaire. Je venais de célébrer mon trente-neuvième anniversaire la semaine précédente. Je fixai la carte un instant en essayant de deviner de qui elle pouvait bien provenir. Comme je ne trouvais pas, je lançai la carte sur le comptoir. De toute façon, avec la matinée que je venais de vivre, je me souciais vraiment peu de l'origine de cette glace à la vanille. Je voulais uniquement la dévorer.

Je saisis donc une cuillère et, après avoir rangé l'un des contenants au congélateur, j'ouvris le second et savourai les yeux fermés la crème riche qui fondait dans ma bouche.

Au moment de me servir une deuxième cuillerée, je me dis que des carrés au chocolat se révéleraient délicieux avec cette glace à la vanille rafraîchissante. De toute manière, je ne pouvais rien faire pour Polly et cuisiner me rendait toujours de bonne humeur. Au diable les glucides : j'avais besoin de chocolat. Je me décernai une autre cuillerée, puis rangeai le contenant au congélateur avant d'aller chercher les ingrédients dans le garde-manger.

En prenant une tablette de chocolat à cuire, je vis une boîte de cerises séchées que j'avais achetée pour faire des scones. Cerises et chocolat… Je saisis la boîte et la plaçai sur le comptoir avec le chocolat.

Pendant que je retirais les carrés de chocolat de leur emballage pour les faire fondre au bain-marie, mes pensées revinrent à Polly. Je ne m'étais pas encore remise de l'horreur de la scène. Je revis le revolver gisant dans sa main pâle. Je me rappelai avoir lu que c'était davantage les hommes qui se suicidaient par balle, les femmes ayant plutôt tendance à utiliser des méthodes moins violentes, comme mourir d'une surdose de drogue. Les armes à feu constituaient moins la norme pour elles.

Je brassai le chocolat avec une cuillère en bois tout en observant les carrés se transformer en une pâte épaisse. Quoi qu'il en soit, pourquoi Polly possédait-elle une arme à feu ? Et quand on a l'intention de se tuer, pourquoi se rendre à l'extérieur et se tirer une balle dans un marais de canneberges?

Il pouvait s'agir de sa façon de protester contre le projet de construction, songeai-je alors. Elle s'était peut-être suicidée dans le marais pour bien marquer son opposition à la vente des terrains. Dans ce cas, cependant, elle aurait laissé une note, non? Je ne pouvais pas l'imaginer se résoudre à abandonner ses chats. Je jetai un coup d'œil à Pepper qui avait fini de manger et qui se dirigeait vers la porte de la buanderie. Non, elle n'aurait jamais déserté Pepper. Sans compter que le refus de Polly de se départir de sa maison représentait l'unique obstacle au projet de la Weintroub Development Company. Sa mort ne ferait que faciliter les choses à cette dernière et la personne qui hériterait de sa résidence se montrerait peut-être plus encline que Polly à vendre et à encaisser l'argent. Mes yeux glissèrent sur la boîte vide que j'avais déposée sur le comptoir et je me souvins alors de la boîte de canneberges que j'avais vue dans son réfrigérateur. Cela aussi m'avait intriguée. Pourquoi Polly aurait-elle acheté du lait et cueilli des canneberges pour une nouvelle recette si elle planifiait de s'enlever la vie? Elle avait également commencé à faire sa valise en prévision d'un voyage, vraisemblablement. Je brassai une dernière fois le chocolat et allai chercher des œufs et du beurre dans le frigo. Rien n'avait plus de sens.

Si Polly ne s'était pas suicidée, qui donc l'avait tuée? Murray Selfridge constituait un candidat potentiel. Il avait presque réussi à me tuer au cours de l'été en coupant les câbles de mes freins pour tenter de me faire peur et m'empêcher de protester contre la construction du complexe hôtelier et du terrain de golf. Cette action ne se révélait pas aussi «radicale» que de tirer une balle, mais de toute évidence, Murray se souciait fort peu de la santé et de la sécurité des gens, surtout quand il était question de faire de l'argent.

En laissant tomber un bâton de beurre dans le chocolat fondu, je repensai à la conversation que j'avais eue avec Russell Lidell ce matin, au petit déjeuner. Russell avait pareillement intérêt à ce que Polly soit morte. Il m'avait dit que le domaine de Cranberry serait érigé malgré tout. Il avait paru surpris du décès de Polly, mais qui dit qu'il ne faisait pas semblant ? Si son poste était en jeu, il était peut-être assez désespéré pour vouloir écarter de son chemin tout obstacle virtuel.

Je mélangeai le beurre dans le chocolat, puis éteignis le brûleur. Qui hériterait de la maison de Polly ? Le seul parent que je lui connaissais était Gary Sarkes et Charlene savait sûrement où il habitait. Par conséquent, je me résolus à appeler Charlene lorsque j'aurais fini de préparer les carrés au chocolat dans le but de m'excuser.

Puis, je me rappelai que c'était *elle* qui m'avait raccroché au nez. N'était-ce pas à elle de s'excuser ? Je soupirai et cassai un œuf dans le bol à mélanger. Pourquoi la vie était-elle si compliquée ?

Je mesurais le sucre quand quelqu'un sonna à la porte. Je levai les yeux, étonnée ; j'attendais un invité, mais il ne devait pas arriver avant la fin de l'après-midi. Il s'agissait sans doute d'un curieux qui avait entendu parler de la mort de Polly. Ou bien c'était le sergent Grimes qui venait m'interroger.

En pénétrant dans le hall d'entrée, j'aperçus une forme floue derrière le verre ancien de la porte. Je constatai à mon énorme soulagement que la personne se révélait trop grande pour que ce soit Grimes.

Une odeur familière d'eau de parfum me parvint aux narines lorsque je tournai la poignée de cuivre pour ouvrir la porte. En voyant l'homme devant moi, je ne pus m'empêcher de reculer.

Il était grand et maigre et portait un pantalon en toile fait sur mesure, ainsi qu'une chemise en chambray bien repassée.

Ses lèvres sensuelles affichaient comme toujours un sourire moqueur.

C'était mon ex-fiancé.

Comment était-ce possible ? Ici, dans le Maine ? D'après ce que je savais, Benjamin Portlock vivait encore au Texas.

— Natalie !

Il prononça mon nom avec son accent texan, en caressant lentement chaque syllabe.

Je me ressaisis.

— Benjamin… Mais que fais-tu ici ? Nous sommes dans le Maine, pas au Texas.

Il regarda autour de lui d'un air surpris.

— Vraiment ? C'est donc pour cela qu'il fait si froid.

— Il fait 10 °C, Benjamin.

— C'est ce que je dis. Et nous sommes seulement en octobre.

— Que fais-tu ici ?

— Eh bien, je viens séjourner dans ton bel établissement, dit-il en jetant un coup d'œil dans le salon derrière moi. C'est réellement joli chez toi.

— Mais tu n'as pas fait de réservation !

J'ignorais pourquoi cela avait de l'importance étant donné que l'auberge se trouvait pratiquement vide.

Il me gratifia d'un regard désinvolte et je me rappelai alors la raison pour laquelle je m'étais fiancée avec lui.

— Et pourtant, si !

— Non.

J'avais beau être distraite, je savais tout de même reconnaître le nom de mon ex-fiancé dans le livre des réservations.

— Si je me souviens bien, un certain Bertram Pence doit arriver à 16 h sur le bateau courrier. Il doit rester une semaine.

Je demeurai bouche bée.

— C'est donc toi, Bertram Pence?

Il s'inclina légèrement.

— À ton service. Je suis arrivé un peu plus tôt, j'en ai bien peur, mais j'espère que tu me laisseras quand même entrer.

— Pourquoi n'as-tu pas utilisé ton vrai nom?

— Aurais-tu accepté ma réservation?

Je mordis ma lèvre inférieure. Il avait sans doute raison. Mes yeux s'arrêtèrent sur la valise en cuir déposée à ses pieds.

— Entre, lançai-je. J'étais dans la cuisine en train de préparer des carrés au chocolat.

Benjamin se pencha pour saisir sa valise, puis il franchit le seuil de la porte.

— Veux-tu voir ta chambre ou préfères-tu venir avec moi dans la cuisine?

— Je crois que je vais t'accompagner à la cuisine, si cela ne te dérange pas.

Tout en retournant dans la cuisine, j'examinai ma tenue. Lorsque j'étais revenue du marais, j'avais enlevé mes bottes, exposant ainsi les trous dans mes bas de laine. Et mon chandail aux revers usés arborait des taches de décoloration. Ce n'était décidément pas le genre de tenue dont j'aurais voulu être revêtue pour des retrouvailles avec mon ex-fiancé. Je poussai la porte de la cuisine avec Benjamin sur mes talons.

— Je vois que tu as reçu mon cadeau d'anniversaire, indiqua-t-il.

Il prit la carte sur le comptoir et l'ouvrit. La plupart des hommes envoyaient des roses. Toutefois, Benjamin me connaissait suffisamment bien pour savoir que pour gagner mon cœur, la nourriture constituait une meilleure arme que les fleurs.

— Oui, répondis-je. Merci. Je n'avais pas reconnu l'écriture.

— C'est parce que ce n'est pas la mienne. La femme au téléphone a rédigé la carte pour moi.

Un mystère de résolu !

— D'ailleurs, ajoutai-je, je faisais justement des carrés au chocolat pour accompagner la glace à la vanille.

Benjamin déposa sa valise et s'assit à la table.

— Puis-je t'offrir une tasse de café ? proposai-je.

— Non, merci. Je vais simplement rester ici à contempler la vue.

— Elle est magnifique, n'est-ce pas ?

J'admirai l'océan bleu qui s'étendait sous nos yeux, puis je revins à Benjamin. C'était moi qu'il fixait.

Je rougis en me retournant pour verser une tasse de sucre dans le bol.

— Alors, qu'est-ce qui t'amène dans le Maine ? questionnai-je.

— Toi, répondit-il.

Je déposai la tasse à mesurer et m'appuyai contre le comptoir. Puis, je pivotai pour observer Benjamin. Son regard ordinairement malicieux brûlait d'une intensité déconcertante.

— Que veux-tu dire ? demandai-je tranquillement.

Il se leva, s'approcha de moi et mit ses grandes mains sur mes épaules. Son visage se trouvait à quelques centimètres du mien et une vague de souvenirs m'envahit. Je revis les brunchs au Texas French Bread où nous avions l'habitude de flâner en sirotant notre café et en rigolant au-dessus du journal… nos escapades dans la région du Texas Hill Country dans sa petite Miata bleue…

— J'ai commis la pire gaffe de ma vie en te laissant partir, avoua-t-il doucement. Je suis venu te demander de m'épouser.

Je le dévisageai d'un air incrédule.

— Nous en avons déjà discuté, bredouillai-je. Tu n'étais pas prêt, de toute évidence. Pourquoi serait-ce différent maintenant ?

Il me regarda de ses yeux bleus limpides entourés de longs cils noirs.

— Il a fallu que je te perde pour réaliser à quel point je tenais à toi. Nous formons un beau couple.

— Formions, précisai-je. De plus, j'ai refait ma vie. Même si je réussissais à te pardonner et à tourner la page, c'est ici que je vis. Toi, ta vie est au Texas.

— Je te demande de revenir avec moi.

— Quoi ? criai-je d'une voix rauque.

— Tu pourrais vendre l'auberge à profit et en acheter une autre à Austin. Nous pourrions joindre nos ressources et travailler ensemble.

Il m'attira vers lui et l'odeur enivrante de son eau de parfum me submergea.

— Imagine tout ce que nous pourrions faire, chuchota-t-il dans mon oreille.

Je sentis mes jambes ramollir. Ses lèvres n'étaient plus qu'à quelques centimètres des miennes quand la porte battante grinça.

Je bondis en arrière et tirai sur mon chandail. Candy Perkins se tenait debout dans l'embrasure. Elle jeta un regard appréciateur à Benjamin qui ne put s'empêcher d'admirer lui aussi ses courbes sensuelles en s'arrêtant un moment sur son t-shirt. Et je ne crois pas que c'était à cause du logo.

Candy me zieuta ensuite avec ses yeux bleus papillotants.

— J'espère que je ne vous interromps pas, dit-elle d'un air innocent. Je voulais seulement savoir si je pouvais vous observer pendant que vous ferez le ménage des chambres..

— C'est ma nièce qui s'en charge, indiquai-je d'un ton bourru. Si vous la trouvez, elle vous permettra peut-être de la suivre. Elle commence habituellement par les chambres du premier étage.

— Oh, eh bien, je vais donc essayer de la trouver.

Candy battit des cils en direction de Benjamin.

— J'espère bien qu'on va se revoir, minauda-t-elle.

Elle lui décocha une œillade brûlante, puis quitta la cuisine en se dandinant.

Benjamin la regarda s'en aller, puis se tourna vers moi. Il tendit la main pour me toucher le bras, mais le moment de grâce était passé.

— Je reste une semaine, Natalie. Tu n'es pas obligée d'effectuer un choix maintenant. Nous pouvons en discuter et décider quoi faire de l'auberge.

J'éloignai gentiment mon bras tout en évitant le contact troublant de ses yeux bleus.

Il soupira et retourna s'asseoir à la table.

— Eh bien, j'imagine que je ferais mieux d'aller déballer mes affaires.

À l'instant où il empoignait sa valise, Pepper émergea de la buanderie en miaulant faiblement.

— Qui est ce joli minet?

— C'est Pepper. Je l'ai trouvée ce matin. Sa maîtresse est… morte.

Je sentis une boule monter dans ma gorge en songeant au corps de Polly qui gisait dans le marais.

Benjamin leva les yeux, étonné.

— Morte? Comment?

Il avança tranquillement vers moi et déposa sa main sur mon épaule.

Je revis soudainement la scène effroyable à laquelle j'avais assisté et j'éclatai en larmes.

— Je l'ai découverte dans le marais de canneberges, murmurai-je. Elle a reçu une balle dans le corps. Il y avait du sang et elle était étendue par terre… C'était horrible.

Ce qui était arrivé à Polly constituait une telle injustice — perdre la vie aussi prématurément et de manière aussi violente — que je fus secouée d'un sanglot.

Benjamin m'attira doucement contre lui et m'entoura de ses bras en me berçant gentiment. L'arôme de cuir et d'eau de parfum ainsi que son odeur fauve familière se voulaient réconfortantes, et je fus tentée de me laisser aller contre sa poitrine.

Je me dégageai plutôt de son étreinte et m'essuyai les yeux.

— Je vais mouiller ton blouson, marmonnai-je.

— Mais non, murmura-t-il.

Il m'attira encore contre lui et colla ma tête contre sa poitrine.

— C'était sûrement terrible à voir, dit-il.

— Ça l'était. Elle était tellement pâle et le marais était si désert…

Benjamin recula et prit ma figure entre ses mains.

— Quelle affreuse découverte.

Il se pencha et avant même que je ne puisse réagir, il pressa ses lèvres chaudes contre les miennes. Je lui rendis son baiser un moment, le corps parcouru de doux frissons. Puis, mon cerveau se réveilla et me ramena à l'ordre. *Mais qu'es-tu en train de faire ?*

Je le repoussai et essuyai mes lèvres. Tandis que je tirais sur mon chandail, un mouvement à la porte attira mon attention.

John se trouvait dehors, la main levée, prête à frapper. Nos yeux se croisèrent un instant. Puis, il tourna les talons et s'éloigna.

Je me précipitai à la porte, mais John dévalait déjà la colline.

Benjamin vint me rejoindre et posa ses mains sur mes épaules pendant que je regardais John disparaître dans son atelier en faisant claquer la porte derrière lui.

— Qui c'est? demanda Benjamin.

— Mon voisin.

— Pourquoi n'a-t-il pas frappé?

— D'après toi?

J'agitai mes épaules pour qu'il retire ses mains et marchai jusqu'au comptoir. Je repris la cuillère en bois et la plongeai dans le bol. Il y a de ces jours où on a l'impression de jouer dans un film de série B. Et c'était exactement ce que je ressentais.

— Oh! je vois, fit Benjamin.

Je brassai la pâte en demeurant de marbre.

— Il n'est pas seulement ton voisin, n'est-ce pas?

— Nous nous fréquentons depuis quelques mois, expliquai-je froidement.

Benjamin éclata de rire.

— Eh bien, pas étonnant qu'il ait déguerpi aussi vite.

Il vint se placer derrière moi et glissa ses mains autour de ma taille, puis il se pencha pour me chuchoter à l'oreille :

— Rien de sérieux ?

Je laissai tomber la cuillère et enlevai ses mains de mes hanches.

— Viens, je vais te montrer où se trouve ta chambre.

Il haussa les mains en signe de résignation et recula.

— À vos ordres, Madame, agréa-t-il avec une politesse moqueuse.

Il prit sa valise et me suivit jusque dans sa chambre sans prononcer une parole ou poser ses mains sur moi. Mais ses yeux ne cessèrent pas de me poursuivre comme des missiles à tête chercheuse.

• • •

Quand je revins dans la cuisine, j'aperçus Pepper roulée en boule à côté du radiateur. Le chocolat avait commencé à faire des bulles et je me ruai pour éteindre le brûleur. Puis, je me mis à brasser le chocolat qui, heureusement, n'avait pas brûlé, et j'allai chercher un bloc de chocolat Valrhona dans le garde-manger.

En râpant le chocolat en copeaux, je levai les yeux vers la fenêtre. La porte de l'atelier de John, qui restait souvent ouverte les jours ensoleillés, se voyait fermée. Je maudis le culot de Benjamin en faisant claquer la lame de mon couteau sur la planche à découper.

Dès que les carrés au chocolat seraient dans le four, j'irais lui parler. De toute façon, il fallait bien que je lui annonce la mauvaise nouvelle à propos de Polly. Et il comprendrait sûrement quand je lui expliquerais ce qui s'était passé dans la cuisine avec Benjamin. J'étais presque certaine qu'il m'avait vue le repousser.

Mes pensées revinrent à Benjamin qui, je l'espérais, consacrerait le reste de l'après-midi à défaire sa valise et à s'installer dans sa chambre.

Nous avions vécu une histoire d'amour torride. Nous nous étions rencontrés à un cocktail organisé pour soutenir une maison pour femmes battues. L'étincelle avait jailli entre nous au moment où nous essayions en vain d'enlever les taches de mon éclair au chocolat sur ma robe en soie pêche. Il l'avait salie après être entré en collision avec moi.

Notre relation passionnelle avait duré un an. Après six mois de fréquentation — toutes ces soirées passées sous le Congress Street Bridge, à Austin, couchés dans l'herbe à observer les chauves-souris tourbillonner dans le ciel, et toutes ces matinées passées à flâner dans son loft du centre-ville —, il m'avait emmenée à San Francisco et m'avait demandée en mariage sur le Golden Gate Bridge.

J'avais accepté immédiatement.

Mais les choses changèrent aussitôt qu'il eut glissé à mon doigt le diamant de deux carats.

Benjamin se mit à travailler de plus en plus d'heures à la société à capital de risque et les week-ends que nous passions dans le Texas Hill Country et à Port Aransas furent remplacés par des voyages d'affaires à Las Vegas et à Los Angeles. C'était pour rencontrer de nouveaux clients, prétendait-il. Ils avaient besoin d'être pris en main.

J'ai découvert la vérité un mardi soir. Encore aujourd'hui, le simple fait d'y songer me fait rougir d'humiliation et c'est avec force que j'enfonçai le couteau dans le bloc de chocolat.

Benjamin devait encore une fois bosser tard et une collègue de travail m'avait convaincue de l'accompagner au Z Tejas, un restaurant du centre-ville où on servait ses tacos au poisson préférés. Je suis toujours partante pour des mets mexicains et je n'avais pas envie de passer la soirée seule. Vers 19 h, nous nous trouvions donc assises à une petite table en bois, dans un coin du resto, à profiter au frais d'un répit de la chaleur étouffante de juillet. Je venais de prendre ma première gorgée de margarita aux fraises et je tendais la main vers le panier de nachos lorsqu'une belle femme aux longs cheveux noirs pénétra dans l'établissement, vêtue d'une jupe noire en lycra et chaussée de talons aiguilles de sept centimètres de haut.

Elle se voyait escortée d'un homme qui avait glissé sa main autour de sa taille mince dans un geste de propriétaire et qui la guidait vers une table au milieu du restaurant. En le distinguant, je déposai mon verre de margarita et avalai péniblement ma gorgée.

Après lui avoir galamment tiré sa chaise, il l'invita à y prendre place en caressant ses cheveux noirs brillants. C'est à ce moment-là qu'il me vit.

Il me regarda d'un air paniqué un instant, mais il se ressaisit prestement et simula la surprise.

— Natalie !

Benjamin vint me rejoindre à la table où je me tenais assise, la mâchoire serrée et les yeux au bord des larmes.

— Quelle coïncidence !

Il se plaça derrière moi et m'embrassa rapidement sur la tête, comme un papillon qui se pose sur une fleur et s'envole aussitôt.

— J'aimerais te présenter une associée, indiqua-t-il en se tournant vers la femme en talons aiguilles. Zhang? Je te présente Natalie.

Puis, il se tourna vers moi.

— Zhang travaille avec nous en tant que consultante sur le dossier Trident. Nous étions venus discuter de notre stratégie.

Les yeux de Zhang se posèrent sur ma bague, puis sur mon visage. Elle me fixa d'un regard froid et évaluateur.

Benjamin salua mon amie Janet qui se trouvait assise en face de moi. Elle était sans voix.

— Voulez-vous vous joindre à nous? demanda-t-il en riant de bon cœur. Nous essaierons de ne pas trop parler boulot.

J'avalai encore une fois ma salive, mais la boule qui avait à présent pris la dimension d'un œuf d'oie dans ma gorge ne voulut pas descendre.

— J'imagine que vous avez d'autres sujets de conversation, répondis-je d'une voix étranglée.

Je me levai et saisis mon sac à main. Je fouillai dedans et en retirai un billet de vingt dollars que je lançai sur la table d'une main tremblante.

— Merci pour l'invitation, mais je n'ai plus faim.

Suite à quoi je me dirigeai aussitôt vers la sortie.

• • •

Je secouai la tête pour chasser ce souvenir et transférai les copeaux de chocolat dans le bol. Après avoir quitté le restaurant, j'avais mené ma petite enquête et j'avais découvert que Zhang ne constituait pas l'unique «associée» que Benjamin fréquentait régulièrement. Il était sorti avec deux ou trois d'entre elles au cours des six derniers mois. Et il faisait beaucoup plus que les «prendre en main».

Je déposai la planche à découper en soupirant. Benjamin représentait l'une des raisons pour lesquelles j'avais quitté le Texas pour déménager dans le Maine. Je croyais que je m'étais remise de notre rupture. J'étais surprise de réaliser qu'il me faisait toujours de l'effet.

Après avoir mesuré une demi-tasse de cerises séchées, je les incorporai à la pâte avec les copeaux de chocolat, puis je versai le tout dans un moule. J'enfournai ensuite le moule, réglai la minuterie et redressai les épaules.

Benjamin avait déjà gâché mon existence.

Je ne lui donnerais pas l'occasion de le faire une deuxième fois.

En dévalant la colline jusqu'à l'atelier de John, j'inspirai à pleins poumons l'air frais d'octobre. Le vent du large balaya mes cheveux au moment où je cognai à la porte. John ne vint pas répondre. Peut-être était-il chez lui.

En franchissant l'espace étroit qui séparait l'atelier de l'ancienne remise pour voitures à chevaux, je décochai un coup d'œil du côté du quai.

Une nouvelle fois, le skiff de John n'y était pas amarré.

Je retournai à l'auberge, le cœur serré. J'étais arrivée trop tard. Je me dis que j'aurais tout le temps d'expliquer la situation à John le lendemain soir.

Si j'étais toujours invitée, bien entendu.

• • •

Quand la minuterie sonna quarante minutes plus tard, Pepper ne broncha même pas — elle se remettait encore de son traumatisme, confortablement couchée près du radiateur —, mais moi, je sursautai sur ma chaise et jetai un coup d'œil dans le four. La surface de la pâte s'était craquelée à certains endroits et les copeaux de chocolat avaient fondu sur le gâteau brun. Je sortis le moule du four et le déposai sur une grille pour le laisser refroidir pendant que je préparais le glaçage.

En versant de la crème dans le bain-marie, je regardai encore une fois le téléphone. Charlene et moi avions beau nous être brouillées ce matin, elle me tuerait si elle n'apprenait pas de ma bouche que j'avais trouvé Polly — et que Benjamin séjournait à l'auberge.

À mon grand soulagement, la porte battante était demeurée fermée depuis que j'avais reconduit Benjamin à l'étage. Je saisis le combiné et composai le numéro de l'épicerie en espérant que Benjamin et Candy continueraient à rester invisibles, du moins jusqu'à ce que j'aie fini de parler à Charlene.

Charlene décrocha après six coups de sonnerie.

— Épicerie de Cranberry Island, bonjour ?

— Charlene ? C'est Natalie.

— Oh ! Salut.

— Je suis désolée pour ce matin, dis-je. J'ai quelque chose à t'annoncer.

— Tu veux parler de Polly ?

— Tu es au courant ?

— Emmeline Hoyle m'a tout raconté. Elle habite elle aussi sur Cranberry Road.

— Oh ! répondis-je. J'aurais dû t'appeler plus tôt.

— C'est tout ?

Le ton de sa voix était plutôt glacial.

— En fait, non. Je sais qui m'a envoyé la glacière.

— Qui ? demanda-t-elle d'un ton indifférent.

— Mon ex-fiancé. Il est ici, sur l'île.

Je fis une pause, mais Charlene demeura muette.

— Il séjourne à l'auberge et il dit qu'il veut m'épouser, lançai-je. Il m'a embrassée dans la cuisine et John nous a vus.

— Eh bien, cela complique un peu les choses pour vous, non ? demanda-t-elle doucement.

Je restai silencieuse un instant tout en brassant la crème. La conversation ne se déroulait pas comme je l'aurais souhaité.

— Je viens d'essayer une nouvelle recette, ajoutai-je désespérément. Des carrés au chocolat et aux cerises. Veux-tu que je t'en apporte ?

— Oh ! non merci, refusa-t-elle. Je suis à la diète.

— Ah bon ! Une diète.

Durant un moment, je n'entendis que le bourdonnement de la ligne téléphonique, puis le murmure des voix derrière elle.

— Eh bien, soupirai-je, je suppose que c'est tout.

— Je suppose.

— Passe une bonne journée.

— Merci, répondit-elle.

Puis, elle raccrocha.

Ce n'était pas bon signe.

La porte battante s'entrouvrit à l'instant où je reposais le combiné et Candy jeta un coup d'œil dans la cuisine.

— Encore en train de cuisiner ?

— Oui.

— Qui était ce bel homme que j'ai rencontré plus tôt ?

— Vous voulez dire Benjamin ?

Je fus surprise d'éprouver une pointe de jalousie.

— C'est mon ex-fiancé.

— Ex? demanda-t-elle en relevant les sourcils et en tapotant le pendentif brillant qui reposait au creux de son décolleté. Comme c'est intéressant. J'avais toujours cru que le Maine représentait un trou perdu alors qu'il semble y avoir beaucoup de bons partis ici, n'est-ce pas?

Je haussai les épaules.

— Peu importe, poursuivit-elle. Je voulais seulement savoir s'il y avait autre chose à faire cet après-midi.

— Non, à moins que vous aimiez faire la lessive, commentai-je. Je vais peut-être dresser les tables pour demain et me charger de ma paperasse un peu plus tard, mais c'est à peu près tout.

— Bien, dit-elle en regardant sa montre sertie de diamants. J'ai un rendez-vous dans une demi-heure. J'aimerais par contre que vous me montriez à m'occuper des tâches administratives un de ces jours, si cela ne vous dérange pas.

— Bien sûr, dis-je d'un ton las.

Elle sourit. Le rose de ses lèvres faisait ressortir la blancheur de sa dentition parfaite.

— Alors, tourlou!

— Tourlou, répondis-je à la porte qui se refermait derrière elle.

Je retournai à la cuisinière, heureuse de savoir que je n'aurais pas Candy dans les jambes le reste de l'après-midi. En incorporant le chocolat à la crème, je me concentrai sur le sort de Polly pour cesser de penser à Benjamin, dont la présence à l'auberge me troublait.

Je repassai dans ma tête la conversation que j'avais eue avec le sergent Grimes en me demandant quand — et si — il allait venir m'interroger. Il savait où j'habitais, ayant passé beaucoup de temps à l'auberge durant l'été à me harceler de questions. Je jetai un coup d'œil à l'horloge. J'avais abandonné Polly presque deux heures auparavant. La dernière fois que j'avais découvert un cadavre, Grimes s'était pointé moins d'une heure après son arrivée sur l'île.

J'avais le mauvais pressentiment que Grimes n'enquêterait pas sur la mort de Polly. Je revis le visage de celle-ci et songeai à la tache violacée que j'avais aperçue au-dessus de son œil gauche. Cela ressemblait à un œil au beurre noir. Était-ce dû à la coagulation du sang ?

Il faudrait que je demande à John les résultats de l'autopsie, pensai-je en fouettant le glaçage. Je plongeai un doigt dans le chocolat pour y goûter ; encore un peu de liqueur de cerises et ce serait parfait.

Les carrés au chocolat étaient toujours trop chauds pour être glacés, mais il n'y aurait pas longtemps à attendre. Je soupirai en regardant la porte de la buanderie. J'étais encore épuisée à cause des bruits dans le grenier qui m'avaient tenue éveillée et je me dis que j'avais besoin d'une bonne dose de caféine avant de m'attaquer à la montagne de draps et de serviettes. Si je ne m'y mettais pas sous peu, les piles finiraient par encombrer le rez-de-chaussée.

Je mis de l'eau à bouillir et frissonnai en me rappelant ces sons que j'avais entendus au-dessus de moi, dans ma chambre. Il fallait absolument que je me renseigne sur le fantôme de l'auberge de la Baleine grise. Malheureusement, Charlene ne paraissait pas disposée à m'en dire davantage sur les histoires de fantômes. Je pourrais toujours aller au musée de la ville pour m'informer, mais je ne tenais pas à ce que le monde entier sache que l'auberge était hantée. Les affaires tournaient déjà assez au ralenti. Je n'avais pas besoin en plus que l'auberge devienne une attraction touristique pour les chasseurs de fantômes.

Par contre, Matilda Jenkins, la conservatrice du musée local, connaissait tout de l'île; si l'auberge était réellement hantée, elle le saurait. Je pourrais possiblement dire à Matilda que j'effectuais une recherche sur l'historique de l'auberge. Et qui sait, elle me fournirait peut-être cette information sans que j'aie à lui mentionner les bruits étranges qui provenaient du grenier.

Je repensai de nouveau à Polly. Il faudrait également que j'aille faire un tour chez Emmeline Hoyle. Grimes avait beau croire que Polly s'était suicidée, je n'en étais pas aussi certaine. Même s'il y avait peu de chances, Emmeline avait peut-être aperçu quelqu'un emprunter le chemin pour aller rendre visite à Polly. Et il se pourrait qu'elle puisse m'en dire plus sur la famille de Polly. J'étais curieuse de savoir qui allait hériter de sa maison.

La bouilloire siffla et je versai l'eau dans la théière avec des feuilles de thé. Après avoir bu ma première tasse, je tâtai pour voir si les carrés au chocolat avaient suffisamment refroidi. J'étalai ensuite le glaçage au chocolat sur les carrés bruns, le cœur plus léger. Je me servis une portion et mordit à pleines dents dans le gâteau moelleux. C'était vraiment une recette à conserver. Le goût suret des cerises mélangé au chocolat foncé se révélait un pur délice. Charlene ignorait ce qu'elle ratait. Je regardai par la fenêtre pour voir si le bateau de John était revenu. Si oui, je pourrais lui en apporter une assiette afin de briser la glace entre nous. Mais ma *Little Marian* flottait seule sur l'eau.

J'exhalai un soupir en me traînant les pieds jusqu'à la buanderie et à la montagne de lessive qui m'attendait. Polly me manquait de plus d'une façon.

6

LE SOLEIL COMMENÇAIT DÉJÀ À SE coucher à l'horizon quand j'enfourchai mon vélo pour me rendre sur Cranberry Road. J'avais bu l'équivalent de deux théières et fait six lavages sans que John ou le sergent Grimes ne se soient montrés le bout du nez. Et je craignais que Benjamin ne réussisse encore une fois à me piéger si je traînais à l'auberge.

La maison d'Emmeline Hoyle se trouvait blottie au milieu des grands pins. Le parterre se voyait bien entretenu et la résidence venait d'être repeinte en vert menthe. Je me levai de mon siège pour mieux voir au bout du chemin : il n'y avait personne. La camionnette rouillée que la police avait empruntée était partie et la Jaguar de Murray avait ou bien survécu à son périple sur la route cahoteuse, ou bien été remorquée. J'appuyai mon vélo contre un arbre et me frayai un chemin parmi les nains de jardin qui peuplaient le parterre d'Emmeline. J'aurais dû ingurgiter un peu moins de thé, songeai-je en remontant l'allée. Quand je trébuchai sur un joyeux gnome qui poussait une brouette, je sentis le liquide ballotter dans mon estomac.

Emmeline ouvrit la porte presque sur-le-champ. On aurait dit qu'elle sortait tout droit des années 1950 avec sa robe d'intérieur rose. Elle avait noué un tablier fleuri autour de sa taille épaisse et ses joues étaient aussi rondes et brillantes que des petits pains briochés. Toutefois, la lueur d'intelligence que j'apercevais dans ses yeux bruns me disait bien qu'elle était loin d'être une June Cleaver.

— Que puis-je faire pour vous ? demanda-t-elle en s'essuyant les mains sur son tablier.

— Je suis Natalie Barnes. Je suis la propriétaire de l'auberge de la Baleine grise. C'est moi qui ai découvert Polly Sarkes, votre voisine, ce matin.

Elle hocha la tête.

— Elle travaillait pour vous, n'est-ce pas ?

— Oui. J'aimerais vous poser des questions à son sujet, si cela ne vous dérange pas.

Elle prit un air désolé.

— C'est terrible ce qui lui est arrivé, ne trouvez-vous pas ? Polly était aussi discrète qu'une petite souris. Je n'aurais jamais cru qu'elle pourrait connaître une telle mort, fit-elle en secouant la tête. Mais entrez, je vous en prie.

Je la suivis à travers le petit salon bien propre et ordonné jusque dans la cuisine. La fenêtre au-dessus de l'évier donnait sur le chemin cahoteux et je pouvais distinguer au loin la maison isolée de Polly.

— Veuillez vous asseoir, indiqua Emmeline.

Je tirai une chaise pour y prendre place. En la voyant emplir d'eau une bouilloire, je sentis mon estomac gargouiller.

— Puis-je vous offrir du thé ?

Je grommelai tout bas, mais répondit :

— Avec plaisir.

Comment allais-je pouvoir dormir ce soir-là avec toute cette caféine consommée ? Sans compter les nombreux allers-retours aux toilettes… De toute façon, j'avais peu de chance de trouver le sommeil si la nuit se déroulait comme celle de la veille.

J'examinai la cuisine pendant qu'elle s'affairait. Comme chez Polly, tout reluisait, mais Emmeline affichait des goûts moins conservateurs en matière de décoration. Les murs roses s'ornaient de modèles de broderie de différentes formes et grandeurs, et des pelotes à épingles en forme de légumes s'entassaient sur le rebord des fenêtres. J'avais l'impression de m'être égarée dans la section couture d'une boutique d'artisanat.

— Est-ce vous qui avez cousu tous ces modèles ? questionnai-je.

Emmeline me sourit fièrement.

— Oui, c'est moi. J'en ai aussi fait la conception. J'ai toujours été habile de mes mains.

Mes yeux survolèrent les fleurs et les papillons brodés, s'arrêtant sur une pièce particulièrement chargée de roses et d'iris et comportant au moins six colibris.

— Celui-ci est très élaboré. Il est réellement joli.

Emmeline rougit.

— Merci. J'ai souvent songé à participer à des foires artisanales sur le continent, mais Henry me dit constamment que cela n'en vaut pas la peine.

— Au contraire, vous devriez. Je suis certaine qu'il y a un marché pour vos broderies.

Emmeline me jeta un coup d'œil en tranchant un pain qui semblait être aux bananes.

— Je pourrais vous en broder une pour votre auberge, si vous voulez. Avec des baleines ou peut-être quelques mouettes.

Je ne me montrais pas très chaude à l'idée, mais je lui répondis :

— J'apprécierais beaucoup.

J'observai Emmeline déposer l'assiette de pain aux bananes sur la nappe jaune.

— Mmm ! dis-je avec un peu d'appréhension. Et vous cuisinez également ?

— Ce n'est sûrement pas aussi bon que ce que vous préparez à l'auberge, mais oui, j'aime cuisiner.

— Oh, je ne dirais pas ça !

Je mordis dans le pain dense et sucré. La saveur de la banane se mélangeait à une épice que je ne reconnaissais pas et mes papilles frémirent de plaisir. Ses travaux d'aiguille avaient beau être un peu trop excentriques à mon goût, je devais admettre que cette femme cuisinait vraiment bien.

— Il me faut cette recette.

Emmeline s'assit en esquissant un petit sourire.

— Cela me ferait plaisir de vous la donner. Mais j'imagine que vous n'êtes pas venue ici pour me parler de pain aux bananes et d'artisanat, n'est-ce pas ?

Je souris timidement.

— Non, pas vraiment.

— Que voulez-vous savoir à propos de Polly ? demanda-t-elle d'un ton énergique. La police a dit qu'il s'agissait d'un suicide et non d'un meurtre.

Je levai les yeux.

— Est-elle venue vous interroger ?

— Non.

Emmeline prit une bouchée de pain aux bananes qu'elle mastiqua longuement avant d'avaler.

— C'est ce que j'ai entendu dire à l'épicerie.

Je fis descendre dans mon gosier mon dernier morceau, puis j'essuyai ma bouche avec une serviette brodée. Ensuite, je m'appuyai contre le dossier de ma chaise.

— Quelque chose cloche dans cette histoire. Connaissiez-vous bien Polly?

— Nous avions l'habitude de nous saluer, mais c'est à peu près tout. Il s'agissait d'une femme plutôt solitaire.

— Diriez-vous qu'elle était le genre de personne à se suicider?

Emmeline plissa les paupières en observant par la fenêtre la maison vide de Polly.

— Je ne sais pas, répondit-elle lentement. Elle menait une vie très retirée, alors, qui sait? Cependant, la police a indiqué qu'elle s'était tiré une balle, ajouta-t-elle, le regard pénétrant. Les femmes n'ont pourtant pas coutume de se tuer ainsi, n'est-ce pas?

— En effet, elles utilisent généralement d'autres méthodes.

Emmeline se leva en entendant la bouilloire siffler. Je l'observai verser l'eau dans la théière en forme de gros lapin. Elle déposa ensuite celle-ci sur la table avec des bols de sucre et de crème ayant la silhouette de choux. J'attendis qu'elle ait repris sa place en face de moi avant de poser une autre question.

— Est-ce que quelqu'un venait lui rendre visite?

— Pas souvent. Comme je l'ai déjà mentionné, c'était une femme plutôt solitaire.

Elle sembla réfléchir.

— Attendez. Ces dernières semaines, j'ai aperçu le nouveau révérend à une ou deux reprises. Il remontait le chemin en direction de chez Polly.

Je me penchai vers elle.

— Le révérend McLaughlin?

— C'est son nom. C'est un très beau jeune homme, ne trouvez-vous pas? Il est venu la visiter.

— Est-il venu au cours des derniers jours?

— Laissez-moi réfléchir… J'étais en train d'étendre mes vêtements sur la corde à linge… Ce devait donc être lundi après-midi.

Lundi après-midi. Par conséquent, cela faisait quatre jours.

— Et il était déjà venu rendre visite à Polly?

— À quelques reprises, oui.

— Et vous n'avez vu personne d'autre?

— Eh bien, Murray Selfridge allait de temps à autre surveiller son marais, mais je ne sais pas s'il a parlé à Polly. Et cet homme qui travaille pour la compagnie de construction, vous savez, le petit gros au visage rouge comme une tomate? Je l'ai aperçu un peu plus tôt cette semaine. Mais il n'allait sûrement pas lui rendre visite.

— Je ne crois pas non plus.

Russell ne semblait pas être du genre à rendre visite aux habitants de l'île. Sauf s'il essayait de convaincre Polly de vendre sa maison.

— Et son cousin Gary. Était-il proche de Polly?

— Gary?

Elle balaya l'air d'un geste de la main.

— Tout un paresseux, ce Gary Sarkes. Il vit près du quai, mais il vient rarement par ici. Il pêche le homard, mais il gagne très mal sa vie.

— Est-il le seul parent de Polly?

— C'est le seul que je connais. Les parents de Polly sont décédés il y a plusieurs années, et elle n'avait ni frère ni sœur.

— Croyez-vous que Polly lui a laissé sa maison en héritage ?

Emmeline haussa les épaules.

— J'imagine que oui. À qui d'autre aurait-elle pu la léguer ?

Je l'ignorais.

— C'est une bonne affaire pour Gary, songeai-je à voix haute.

Emmeline approuva d'un signe de tête.

— Donc, poursuivis-je, à part les gens du projet de développement et le révérend McLaughlin, Polly n'a pas reçu d'autres visiteurs dernièrement ?

— Peu de gens circulent dans cette partie de l'île. Il arrive que des touristes viennent faire un tour en vélo et comme c'est la saison, j'imagine que je verrai plus de personnes emprunter le chemin pour aller cueillir des canneberges, mais c'est habituellement plutôt tranquille dans le coin.

Elle versa du thé dans deux tasses décorées de carottes et m'en servit une. Je la pris dans mes mains et fit semblant de prendre une gorgée pendant qu'elle reprenait.

— Bien entendu, cela va changer avec la construction du projet. Ils vont peut-être finir par réparer ce foutu chemin.

— Les choses vont vraiment changer, n'est-ce pas ?

Elle haussa les épaules en versant du sucre dans sa tasse.

— Sans doute. Nous allons peut-être pouvoir vendre notre maison, Henry et moi, et avec un bon profit, en plus. Nous pourrons alors déménager dans une plus belle demeure.

— Peut-être, répondis-je. Avez-vous toujours résidé sur l'île ?

— La majeure partie de ma vie. Du moins, depuis que j'ai épousé Henry. Durant mon enfance, j'ai vécu à Somesville. J'ai encore de la famille là-bas.

— Moi, ça ne fait pas longtemps que j'habite ici. D'ailleurs, j'avais l'intention d'aller au musée cet après-midi pour demander à Matilda si elle connaissait l'histoire de l'auberge.

Emmeline me jeta un regard furtif.

— Vous avez commencé à entendre des bruits la nuit?

Je sursautai et renversai du thé sur le rebord de ma tasse. Je l'essuyai rapidement avec ma serviette.

— De quoi parlez-vous?

— L'auberge que vous avez achetée est hantée. C'est pour cette raison qu'elle est restée inhabitée si longtemps.

— Hantée?

— Oui, confirma-t-elle en inclinant la tête. Une jeune fille y a été assassinée.

— Assassinée? m'exclamai-je en déposant ma tasse. Qu'est-il arrivé?

— Elle était cuisinière. Une jolie fille, au dire de tous, et elle hante les lieux depuis ce temps. Il paraît qu'elle se promène la nuit et déplace des objets. Quand l'auberge était vide, les gens voyaient de la lumière aux fenêtres tard la nuit.

Elle se pencha d'un air conspirateur.

— Mon Henry est déjà allé faire des travaux là-bas. Lorsqu'il est revenu, il avait le visage blanc comme un drap. Il a dit qu'il a vu dans l'escalier une femme qui portait une robe très ancienne. Il l'a aussi aperçue en plein jour.

Une véritable apparition? C'était une chose d'entendre des bruits la nuit, mais c'en était une autre de voir des morts monter et descendre l'escalier. Un frisson me traversa la colonne, mais je demeurai impassible.

— Que faisait Henry à l'auberge?

— Oh, quand la pêche n'est pas bonne, il effectue toutes sortes de tâches pour les gens. Il est très habile de ses mains. Voyez ce qu'il a fait de notre maison.

Je hochai la tête en regardant la cuisine que je trouvais décorée avec mauvais goût.

— Bref, il réalisait des travaux pour la femme qui possédait l'auberge à l'époque. Ce jour-là, il est rentré la figure blême. Je ne l'oublierai jamais.

— Quand le meurtre a-t-il été commis?

Elle prit une grande gorgée de thé et s'appuya contre le dossier de sa chaise.

— C'était dans les années 1850, je crois.

— Eh bien, je vais garder les oreilles grandes ouvertes. Mais jusqu'à présent, je n'ai rien entendu.

— Mmm, dit-elle en avalant son thé. Vous savez que le musée est fermé depuis la fête du Travail.

— Vous plaisantez?

— Pas du tout. Par contre, Matilda habite tout près d'ici, dans la maison jaune. Je suis certaine qu'elle serait heureuse de vous aider.

— Merci. Vous m'avez déjà beaucoup renseignée.

Je fis à nouveau semblant de prendre une gorgée, puis je me levai, le ventre toujours gonflé de liquide.

— Je crois que je ferais mieux de rentrer à l'auberge, annonçai-je. Il commence à se faire tard et, avec la disparition de Polly, j'ai encore énormément de travail qui m'attend.

Emmeline repoussa sa chaise et se mit debout.

— Merci pour le thé et pour tout ce que vous m'avez raconté au sujet de Polly. Si jamais vous pensez à autre chose, n'hésitez pas à m'en informer.

— Pourquoi vous intéressez-vous tant à Polly ? demanda Emmeline en posant sur moi son regard intelligent.

— Parce que je crois qu'elle a été assassinée, répondis-je honnêtement. Et je ne crois pas que la police ait l'intention d'enquêter à ce niveau.

Elle demeura silencieuse un moment.

— Eh bien, je ne sais pas ce que vous allez pouvoir faire, mais je vous souhaite bonne chance. Je vous appellerai si jamais je pense à quelque chose.

Ses yeux brillèrent un instant.

— Et n'hésitez pas à me le dire si vous voulez que je vous fasse une broderie.

— Vous pourriez songer à un modèle et me dire combien cela coûterait ? Et puis, j'aimerais beaucoup avoir la recette de ce pain aux bananes.

— Cela me fera plaisir.

Je me dirigeai vers la porte et m'arrêtai à mi-chemin.

— Au fait, est-ce que cela vous dérangerait de vous occuper des chats de Polly ? Je les ai nourris aujourd'hui et je vais continuer de le faire, mais je ne pense pas pouvoir venir tous les jours.

— Que dois-je faire ?

— Il suffit de leur donner de l'eau et de la nourriture sèche. La nourriture se trouve dans le contenant sur la galerie arrière. Quant à l'eau, j'ai rempli les bols dans l'évier de la cuisine.

Emmeline me suivit des yeux tandis que je reprenais la route, l'abdomen ballonné. Je me sentis étrangement soulagée quand la petite maison verte disparut de ma vue, derrière les arbres.

• • •

Lorsque je parvins au chemin principal, les couleurs du crépuscule flamboyaient dans le ciel et la température avait commencé à chuter. Je frissonnai au moment où je ralentis pour freiner.

Même si je désirais me rendre directement chez Matilda, c'était presque l'heure du dîner et j'avais encore de nombreuses choses à faire à l'auberge. De plus, j'avais désespérément besoin d'aller aux toilettes. Le visage de Benjamin me revint à l'esprit et mon estomac trop plein se serra. J'espérais qu'il fut allé passer la soirée sur le quai. Je n'avais pas eu l'occasion de parler à John et la dernière chose qu'il me fallait présentement était une autre confrontation avec Benjamin.

Je jetai un coup d'œil du côté du quai. L'obscurité se mettait à envelopper les pins et le vent frais du large souleva les feuilles mortes sur mon passage. Si j'allais en ville maintenant, je serais obligée de revenir à l'auberge à la noirceur. Les rues de Cranberry Island ne se voyaient pas éclairées et il n'y aurait pas de clair de lune pour me guider. Je soupirai et pris la direction de l'auberge. John serait peut-être chez lui. Je devais lui parler de Polly — et de Benjamin.

Quand je dévalai la colline, dix minutes plus tard, les fenêtres de l'auberge étaient illuminées, contrairement à celles de John. J'allai ranger le vélo dans l'abri et courus à la porte de la cuisine.

Pepper quitta son coin chaud à proximité du radiateur pour venir m'accueillir. Je la pris dans mes bras et lui caressai le menton. Elle ronronnait tellement fort que tout son corps en vibrait. Je cherchai Biscuit des yeux, mais elle n'était pas dans la cuisine. Il y avait cependant une note sur la table.

Je serrai Pepper dans le creux de mon bras et saisis le bout de papier.

Natalie,

*Que dirais-tu de dîner ensemble? Je meurs d'envie de te
voir. Je vais t'attendre dans le petit salon.*

Bisous,

B.

Je pliai la note en deux et la glissai dans ma poche, puis je déposai
Pepper près du radiateur. Je me ruai aussitôt dans l'escalier pour
aller me donner un coup de peigne et me mettre du rouge à lèvres.

Mon cœur battait la chamade lorsque je poussai la porte battante de la salle à manger quelques minutes plus tard. Je retins mon
souffle en tournant le coin pour me diriger dans le petit salon. J'anticipais de découvrir Benjamin étendu nonchalamment sur l'un de
mes canapés fleuris, son regard bleu posé sur moi. Je pénétrai donc
dans la pièce un peu étourdie et incertaine de ce que j'allais dire.

Je n'aurais pas dû m'inquiéter autant, toutefois. Benjamin ne
s'y trouvait pas.

Mon corps se détendit et je m'affalai sur un canapé. J'éprouvais un désir soudain de tenir une boule de poils contre moi, mais
Pepper était encore dans la cuisine et Biscuit demeurait invisible.

— Biscuit! appelai-je.

Je tendis l'oreille, mais l'auberge était silencieuse — à part un
bruit d'écoulement continu.

Je me précipitai pour voir d'où il provenait. Arrivée au bas de
l'escalier, j'eus le souffle coupé. Le tapis se trouvait détrempé par
l'eau qui ruisselait dans les marches pour venir former une mare
à mes pieds.

7

Je grimpai les marches deux à la fois en suivant l'écoulement d'eau jusqu'à sa source. Il émanait de la chambre de Candy. Je frappai rageusement, mais personne ne vint répondre et la poignée de porte refusa de tourner, étant verrouillée.

Je courus au rez-de-chaussée chercher le passe-partout, puis revins ouvrir la porte.

Le plancher de pin était inondé.

Je jurai en pataugeant dans environ trente centimètres d'eau jusqu'à la salle de bains. Le robinet du lavabo sur pied était ouvert et une petite cascade d'eau jaillissait sur le sol.

Je me ruai sur le robinet pour le fermer. Le bouchon était en place et un gant de toilette avait été enfoncé dans la fente du trop-plein. Je dégageai ce dernier et enlevai le bouchon. Puis, je me retournai pour examiner les dégâts.

Les quatre pieds du lit se voyaient immergés et le bas de la couette rose et bleu se trouvait détrempé, tout comme le tapis crocheté à la main. Je regardai en direction de la porte : l'eau continuait de couler dans le corridor. Il fallait que j'éponge au plus vite le plancher en priant que les dommages se limitent à cela.

Gwen entra en coup de vent dans la cuisine au moment où je saisissais une pile de serviettes. Son sourire s'effaça dès qu'elle me vit.

— Salut, tante Natalie ! Y a un problème ?

Elle retint son souffle quand je lui expliquai ce qui s'était passé dans la chambre de Candy, puis elle s'empara d'une autre pile de serviettes pour m'emboîter le pas dans l'escalier.

— Non mais, quelle est l'idée de bloquer le trop-plein ? demanda Gwen pendant que nous épongions le plancher de bois détrempé.

— Disons que ce n'est pas une lumière, répondis-je.

— La chambre du dessous a-t-elle été inondée elle aussi ? questionna-t-elle tandis que j'essorais une serviette dans le bain.

Je figeai sur place.

— La chambre du dessous ?

J'avais complètement oublié la pièce du rez-de-chaussée située directement sous celle de Candy. L'eau avait-elle réussi à s'infiltrer et à couler du plafond ? Paniquée, je lançai la serviette dans le bain et me précipitai vers la porte.

— Continue d'essuyer le plancher. Je vais aller vérifier.

Mon cœur s'arrêta lorsque j'ouvris la porte de la chambre avec mon passe-partout. Le plafond était gonflé d'eau et de gros morceaux de plâtre étaient tombés au sol. Je m'appuyai contre la porte un instant, puis je me ressaisis et allai chercher d'autres serviettes. Au moins, il n'y avait aucun invité dans cette chambre. Je n'avais pas besoin en plus d'être poursuivie par un client ayant reçu un morceau de plafond sur la tête.

Quand je revins à l'étage, il ne s'écoulait presque plus d'eau de la chambre de Candy. Je demeurai dans l'embrasure de la porte de la salle de bains à observer Gwen en train d'essayer d'essorer le tapis dans le bain. Elle leva les yeux.

— Et puis? Comment est la chambre du dessous?.

— Bien, si tu aimes le décor de *Vingt mille lieues sous les mers*, soupirai-je. J'ai nettoyé du mieux que j'ai pu, mais il y a beaucoup de dégâts.

Gwen grimaça.

— J'espère que les planchers ne seront pas trop endommagés.

— Moi aussi.

Un soupçon d'inquiétude m'envahit. Les vieux planchers de bois s'avéraient très difficiles — et très coûteux — à remplacer. Je saisis une serviette et me remis à la tâche.

— J'ai su ce qui est survenu à Polly, dit doucement Gwen pendant que je m'attaquais à une flaque d'eau. C'est tout un choc!

— Je sais.

Je revis le regard éteint de Polly et frissonnai.

— Je ne parviens pas à m'en remettre. Qu'as-tu entendu dire? interrogeai-je.

— Qu'elle s'était tiré une balle dans le marais, près de chez elle.

— C'est du moins ce que croit la police, répliquai-je en grognant.

Gwen cessa d'essorer le tapis.

— Et pas toi?

— D'après toi, avait-elle l'air déprimée?

— Déprimée? Non, je ne dirais pas. Distraite, ça oui.

Je l'observai d'un air étonné.

— Je n'avais pas remarqué.

— La semaine dernière, elle m'aidait à nettoyer les chambres. Nous avions l'habitude de discuter, mais ce jour-là, elle n'arrivait pas à suivre la conversation. Lorsque je lui ai demandé ce qui n'allait pas, elle m'a mentionné une décision qu'elle devait prendre.

— Une décision ?

— Elle ne m'a rien dit de plus, précisa Gwen. Elle est partie quelques minutes après, et puis hier…

Gwen ne termina pas sa phrase. Hier, Polly était sans doute déjà morte.

— Crois-tu qu'elle songeait à vendre sa maison à Murray ? m'informai-je.

Gwen agita ses boucles foncées.

— Si seulement je le savais, soupira-t-elle. J'aurais dû le lui demander.

— Eh bien, il est trop tard, maintenant. Mais ne te blâme surtout pas. Tu ne pouvais pas savoir ce qui allait se produire.

Gwen repoussa une mèche de cheveux derrière son oreille.

— Qu'en pense Charlene ? Elle sait tout sur tout le monde.

Je fis la moue.

— Charlene est fâchée contre moi parce qu'elle n'a pas aimé ce que j'ai dit à propos de son petit ami.

Gwen pouffa de rire.

— Ah, je comprends à présent pourquoi elle s'est montrée si froide quand je suis allée porter les biscuits. Elle se trouvait au téléphone et n'a même pas pris le temps de me saluer.

— J'imagine que je ferais mieux d'aller la voir pour m'excuser, dis-je.

— Quoi qu'il en soit, qu'est-ce qu'il y avait dans le contenant que je t'ai rapporté ?

— Je ne t'ai pas raconté?

Gwen ouvrit de grands yeux étonnés en apprenant que Benjamin séjournait à l'auberge et que John nous avait pris sur le fait dans la cuisine.

— As-tu parlé à John depuis?

— Non, il n'est jamais chez lui. J'étais supposée dîner avec lui demain soir, mais je ne sais même pas si cela tient toujours.

Gwen secoua lentement la tête.

— Ouf! Quelle journée tu as eue! Laisse-moi finir de nettoyer et va plutôt te reposer.

— Merci, mais je ne serai pas capable de dormir tant que tout ceci ne sera pas asséché.

Je jetai un regard furtif à Gwen.

— En passant, as-tu entendu des bruits, la nuit dernière?

— Des bruits? répéta-t-elle d'un ton perplexe. Non. Pourquoi?

— Oh, rien, répondis-je. J'ai perçu quelques coups. Ce n'était probablement que le vent.

Il était presque minuit quand nous terminâmes de nettoyer de notre mieux les deux chambres et le corridor. Malgré l'air froid à l'extérieur, j'ouvris les fenêtres pour permettre aux pièces de sécher plus rapidement. Candy n'était pas encore rentrée, de sorte que je lui laissai une note lui indiquant de s'installer dans une autre chambre au bout du couloir. En passant devant la chambre de Benjamin, je ne pus m'empêcher de constater qu'aucune lumière ne filtrait sous la porte. Lorsque nous étions ensemble, Benjamin n'éteignait jamais avant une heure du matin. Peut-être était-il en train de devenir couche-tôt avec l'âge.

Biscuit demeurait toujours invisible quand je me glissai finalement sous ma couette. J'eus envie d'aller chercher Pepper, mais je me retins. Je savais que Biscuit allait me mener la vie dure — surtout après la présence de deux teckels dans l'auberge durant une semaine. Inutile d'empirer les choses en invitant Pepper dans mon lit.

Je décochai un coup d'œil au plafond en grelottant d'appréhension, mais je fermai tout de même la lampe de chevet. Je m'endormis presque sur-le-champ.

• • •

Ou bien ce qui se tenait dans le grenier avait pris congé pour la nuit, ou bien j'avais sommeillé si profondément que je n'avais rien entendu. À 8 h 30 le lendemain matin, je maîtrisais un peu mieux la situation : le buffet du petit déjeuner se trouvait en place, j'avais appelé ma compagnie d'assurances et Candy restait toujours hors de vue. À mon grand soulagement, l'agent d'assurances me promit d'envoyer quelqu'un pour effectuer une évaluation et possiblement même commencer à réparer les dommages dès cet après-midi. J'allai accueillir mes invités avec le sentiment d'avoir accompli au moins une chose ce matin-là.

Benjamin se tenait assis seul dans la salle à manger lorsque je franchis la porte avec du café frais. Il se leva aussitôt en me voyant approcher de sa table et mon cœur se mit à battre extrêmement vite. Il portait des vêtements qui, quoique décontractés — un jean et une chemise verte à carreaux —, devaient coûter très cher et avaient été repassés plus d'une fois au cours de leur existence. Son sourire familier et l'odeur subtile de son parfum me troublèrent. Je luttai pour empêcher ma main de trembler en remplissant sa tasse de café. Même si Benjamin ne faisait plus partie de ma vie, j'étais heureuse d'avoir pris le temps de me mettre du rouge à lèvres ce matin-là.

— Tu m'as manqué hier soir, lança-t-il. As-tu eu mon message ?

— Oui, je l'ai eu.

Je déposai la cafetière et Benjamin referma sa main sur mon poignet.

— Alors, que dirais-tu de ce soir ?

— Désolée, j'ai déjà d'autres plans.

Je levai les yeux vers lui et il plongea son regard bleu dans le mien.

— Sinon, on pourrait déjeuner ensemble ?

Je secouai la tête. Même si, à ma grande honte, j'avais envie de dire oui, j'étais contente de voir que ma résolution tenait aussi bien que la laque que je m'étais vaporisée dans les cheveux avant de descendre.

— Il y a eu un dégât d'eau dans une chambre la nuit dernière. Je dois attendre l'expert en sinistres, puis j'ai des courses à faire.

En plus de mes courses, j'avais l'intention de me rendre chez Matilda Jenkins ainsi qu'au musée, mais cela pouvait patienter. Benjamin n'était cependant pas obligé de le savoir.

— Finalement, où es-tu allé hier soir ? m'enquis-je.

— Je suis allé manger du homard, répondit-il. Il y avait également quelqu'un d'autre de l'auberge au restaurant.

— Oh ?

— Candy Perkins. Nous avons fini par dîner ensemble étant donné que nous étions les seuls clients.

— Oh !

Mon trouble se mit à s'estomper.

Benjamin caressa mon bras avec sa main, puis me demanda à voix basse :

— Quand pourrons-nous parler ?

— Je ne sais pas, Benjamin. C'est juste que…

Ce fut à ce moment-là que Candy pénétra dans la salle à manger, vêtue d'une minijupe rose et d'un haut en lycra qui moulait bien sa poitrine. Benjamin retira sa main de mon bras et se tourna vers elle en souriant. Elle lui rendit son sourire avec autant d'empressement.

Sa jovialité s'atténua toutefois lorsqu'elle se tourna vers moi.

— Que s'est-il passé dans ma chambre ?

— Le lavabo a débordé.

— Débordé ? fit-elle en écho tout en écarquillant ses yeux bleus. Oh, s'esclaffa-t-elle, j'ai dû oublier de fermer le robinet. Comme je suis idiote. J'étais en train de me donner un traitement facial — vous savez, avec beaucoup d'eau chaude et de la vapeur — et j'ai dû être distraite par quelque chose.

Je serrai les dents.

— Par contre, ma nouvelle chambre est encore plus belle que l'ancienne, commenta-t-elle.

Ses yeux s'arrêtèrent sur la cafetière.

— Oh ! Du café !

Elle roucoula en direction de Benjamin.

— Nous avons veillé tellement tard hier soir que je vais avoir besoin d'une bonne dose de caféine. Votre ami Benjamin est vraiment un homme extraordinaire.

Elle prit place à côté de lui et leva sa tasse. Je m'obligeai à sourire en lui versant du café.

— Je suis heureuse que vous aimiez votre nouvelle chambre, dis-je. J'ai bien peur que votre ancienne chambre et celle qui se trouve en dessous ne soient pas habitables avant le printemps.

— C'est une chance qu'il y a des assurances, n'est-ce pas ?

Elle avala une énorme gorgée de café et ferma les yeux.

— Hum… Exactement ce qu'il me fallait.

Puis, elle rouvrit les yeux et examina le buffet.

— Que pourrais-je bien manger ce matin ? s'interrogea-t-elle en caressant son ventre plat. Je dois faire attention, vous savez. Je crois que Natalie s'en est étonnamment bien tirée, tout compte fait. Si je dévorais tout le temps ces aliments bourrés de gras et de glucides, je deviendrais sûrement aussi grosse qu'elle.

Je réussis à plaquer un sourire sur mon visage, mais je commençais à comprendre comment on pouvait en venir à commettre un crime passionnel.

— Je trouve Natalie très belle, répliqua chaudement Benjamin.

Je ne pus toutefois m'empêcher de remarquer que ses yeux se voyaient encore posés sur l'abdomen creux de Candy.

Ils se dirigèrent vers le buffet et je retournai dans la cuisine. Benjamin ne semblait plus être aussi impatient de me voir. Candy lui chuchota quelque chose et son rire profond m'accompagna jusqu'à la porte que je poussai brusquement. Un autre drame m'attendait dans la cuisine.

Biscuit avait finalement décidé de se montrer. Ma chatte tigrée de couleur champagne se tenait au beau milieu de la cuisine et crachait en direction de Pepper qui s'était réfugiée dans un coin en miaulant désespérément. Je pris dans mes bras la chatte plus âgée et lui murmurai quelques mots d'apaisement, puis je remplis son bol de nourriture. Cela parut la calmer un peu, mais quand je m'emparai d'un autre bol dans l'armoire pour le donner à Pepper, Biscuit se mit à gronder et me jeta un regard dédaigneux. Ce n'est qu'après qu'elle eut fini de manger et fut retournée à l'étage d'un pas hautain que Pepper osa quitter son coin et s'approcher de son bol. Alors que Candy et Benjamin s'entendaient à merveille, Biscuit et Pepper avaient encore besoin d'une période d'adaptation.

Lorsque je revins dans la salle à manger, Candy et Benjamin conversaient toujours gaiement et Russell Lidell avait choisi une table près du buffet. Il arborait une tenue plus décontractée aujourd'hui. Son polo et son jean étaient sans doute deux tailles trop petites, mais il donnait l'impression d'être plutôt satisfait.

— Comment allez-vous ce matin ? demandai-je le plus joyeusement possible.

— Très bien, répondit-il en me faisant un sourire enfantin.

— Avez-vous reçu des bonnes nouvelles de l'arpenteur-géomètre ?

— D'après lui, tout va bien se passer.

Ça ne s'est pas bien passé dans le cas de Polly, songeai-je.

— Je suis heureuse de l'apprendre, mentis-je.

J'emplis sa tasse de café et jetai un coup d'œil du côté de Benjamin et de Candy. Ils ne me remarquèrent même pas.

Les nouveaux mariés descendirent quelques minutes plus tard et j'allai emplir leurs tasses avec, en bruit de fond, le rire en cascade de Candy. Puis, je retournai encore une fois dans la cuisine. Tout le monde semblait de bonne humeur, sauf moi qui sombrais décidément dans la déprime. Au moins, je n'avais plus Candy et Benjamin dans les pattes, pensai-je. J'essayai de paraître soulagée quand ils quittèrent ensemble la salle à manger.

— On se reparle lorsque tu auras le temps ? lança Benjamin par-dessus son épaule pendant que je ramassais leurs assiettes sales.

Au moment où ils remontaient dans leurs chambres, j'entendis Candy l'inviter à emprunter avec elle le prochain bateau-taxi.

En rapportant une pile d'assiettes dans la cuisine, j'imaginai Candy et Benjamin blottis l'un contre l'autre dans le bateau. Je secouai la tête pour chasser cette vision. Il n'y avait plus rien entre nous, me rappelai-je. Si Candy le voulait, elle n'avait qu'à le prendre. Je déposai le reste des assiettes dans l'évier et lorgnai avec consternation du côté de la buanderie qui débordait de linge sale.

Puis, je roulai mes manches et me mis à la tâche.

• • •

Il était presque 16 h quand je pus enfin enfourcher mon vélo pour me rendre au musée historique de Cranberry Island. J'avais laissé derrière moi l'expert en sinistres et encore plusieurs lavages à faire, mais j'étais tellement curieuse d'en savoir plus au sujet du fantôme de l'auberge que je ne voulais pas attendre une autre journée supplémentaire. J'avais aussi besoin d'un répit de l'auberge — et des invités.

Le musée historique de Cranberry Island se situait dans un petit immeuble en briques — le seul immeuble en briques de l'île, par ailleurs. Il se trouvait à moins d'un kilomètre de la partie sud du quai. Lorsque je passai devant, une odeur d'essence provenant d'un homardier en train de se ravitailler en poissons d'appât me parvint aux narines.

Je ne l'avais jamais remarquée auparavant, mais il y avait une modeste maison à ossature de bois dissimulée parmi les pins, derrière le musée, exactement comme Emmeline me l'avait indiqué. J'appuyai mon vélo contre la clôture blanche et remontai l'allée en pierres pour aller frapper à la porte d'un joli bleu. Matilda m'ouvrit pratiquement au premier coup.

— Bonjour ! Je suis Natalie Barnes, la propriétaire de l'auberge de la Baleine grise.

— Bonjour, Natalie !

Matilda ajusta ses lunettes sur le bout de son long nez. Elle portait une robe chemisier bleue qui flottait sur sa silhouette mince, et ses cheveux blancs se voyaient coupés court. Elle correspondait tout à fait à l'image qu'on se fait d'une bibliothécaire.

— Je suis Matilda Jenkins. Que puis-je faire pour vous ?

— Hier, j'ai parlé à Emmeline Hoyle de mon intention d'effectuer une recherche sur l'auberge. Elle m'a informé que le musée était fermé pour la saison, mais que vous pourriez probablement m'aider.

Ses lèvres fines esquissèrent un sourire.

— Je suppose que ce n'est pas durant l'été que vous avez le temps d'entreprendre des recherches, n'est-ce pas ?

Je lui rendis son sourire.

— Non, pas vraiment. J'ai trop de crêpes à faire cuire.

Matilda saisit une clé accrochée au mur, près de la porte.

— Venez. J'ai quelques documents sur l'auberge. Beaucoup viennent de l'église St-James et Murray m'a donné des copies de certains documents, mais je n'ai pas eu l'occasion de tous les examiner. J'en ai cependant vu qui faisaient référence à votre auberge. Son histoire se révèle plutôt colorée.

En traversant de l'autre côté de la clôture en bois de Matilda, je me rappelai que le musée était relativement récent. Murray avait rénové le vieil immeuble en briques pour respecter une promesse qu'il avait faite au cours de sa campagne pour se faire élire au conseil de l'île. Toutefois, comme il l'avait financé, j'imaginai qu'il espérait sans doute qu'une méga-exposition sur la famille Selfridge se verrait organisée. Charlene m'avait raconté qu'il s'agissait de l'une des plus anciennes familles de l'île et j'étais surprise qu'il n'ait pas exigé que le musée soit désigné à son nom ou, du moins, au nom de sa famille.

Pendant que Matilda essayait de déverrouiller la porte, je pensai que la présence de Murray sur l'île avait au moins eu un bon côté. Tellement de villes et de villages avaient perdu toute trace de leur histoire ; si le musée contenait aussi de l'information sur les autres familles, cela n'arriverait peut-être pas à Cranberry Island.

Une odeur de poussière et de vieux livres flottait à l'intérieur du petit immeuble et des dizaines de boîtes se trouvaient empilées dans les coins de la pièce principale.

— Comme vous pouvez le constater, dit Matilda, il y a encore beaucoup à faire. Nous avons mis sur pied trois expositions.

Elle montra du doigt les présentoirs en plexiglas où se voyaient exhibés des engins de pêche archaïques, de même que les photos accrochées aux murs et datant de l'époque où Cranberry Island était moins peuplée.

— Mais après la fermeture du musée, j'en ai sorti tout ce qui devait être catalogué.

En considérant les piles de boîtes cabossées, dont certaines m'arrivaient à la poitrine, je me sentis soulagée de n'avoir à m'occuper que des amas de linge sale.

— Vous avez réellement énormément de documents et d'objets pour une si petite île, commentai-je en la suivant de l'autre côté de la porte voûtée qui donnait sur la pièce du fond.

— Eh bien, comme toutes les familles possèdent un lien de parenté — et que la plupart vivent à cet endroit depuis des centaines d'années —, un grand nombre d'habitants ont gardé tout ce qui venait de leurs ancêtres. Ce n'est pas comme ailleurs, où les individus déménagent tous les cinq ans. Ici, les gens connaissent leur histoire, précisa-t-elle en me regardant par-dessus ses lunettes. Et personne n'oublie rien. Les vieilles rancunes perdurent. Longtemps.

Elle se pencha pour examiner une rangée de boîtes.

— Ah, la voilà !

Elle épousseta une boîte et la souleva pour la poser sur la table au centre de la pièce.

— Murray m'a remis cette boîte, indiqua-t-elle en ôtant le couvercle. Je n'ai pas vraiment eu le temps d'en étudier le contenu — j'espère bien pouvoir le faire cet hiver —, mais je sais qu'il y a un dossier sur l'auberge quelque part.

Elle fouilla dans les documents en faisant virevolter dans son action un nuage de poussière. Une grosse araignée brune s'enfuit à toute vitesse lorsqu'elle sortit une chemise en carton manille.

— Voilà !

Elle ouvrit la chemise. Celle-ci renfermait une vieille photographie de l'auberge aux coins jaunis. Hormis la famille qui posait d'un air emprunté sur la galerie avant, la maison en bardeaux gris usés par les intempéries avait à peu près la même apparence que maintenant. L'homme sur la photo était petit et arborait son costume noir des grandes occasions. La femme à ses côtés revêtait une robe au corsage ajusté qui s'amplifiait vers le bas pour former une cloche à partir des hanches. Il s'avérait ardu de distinguer leurs traits, car ils plissaient les yeux sous les rayons du soleil. J'essayai de détecter des différences avec aujourd'hui. Au lieu des roses, des pieds-d'alouette fleurissaient le long de la rampe de la galerie, mais à part cela, la demeure se révélait étonnamment identique.

— Quand cette photo a-t-elle été prise ?

Matilda retourna la photo.

— Il n'y a aucune date inscrite, mais d'après les vêtements et les gens photographiés, je dirais qu'elle a été prise au milieu des années 1800.

— Savez-vous qui sont ces personnes ?

— Il s'agit de Jonah Selfridge et de sa femme, Myra. C'est lui qui a construit la maison — je veux dire l'auberge — dans laquelle vous habitez. Jonah était un capitaine fort reconnu. La plupart des gens érigeaient leur résidence à proximité du quai, mais pas Jonah. Sa femme détestant l'odeur du poisson, elle l'avait convaincu de bâtir leur demeure au bout de l'île.

— Les Selfridge? Comme dans Murray Selfridge?

— Oh oui, confirma-t-elle. Ils ont représenté une famille très importante de l'île durant longtemps. Ils ont connu des périodes difficiles et ont dû vendre la maison, mais Murray a réussi à refaire fortune.

Je désignai du doigt les deux garçons vêtus d'un costume marin qui se tenaient debout devant leurs parents. Ils devaient avoir cinq et huit ans.

— Et ce sont leurs enfants?

Elle examina la photo.

— Oui, oui. Je crois que c'est Jonah fils et William. Ce dernier serait l'arrière-arrière-arrière-grand-père de Murray ou quelque chose du genre.

Elle contempla l'image un moment.

— Il s'agit d'une petite famille, ne trouvez-vous pas? Pour l'époque, du moins.

Mes yeux survolèrent la maison et s'arrêtèrent à l'une des fenêtres près d'une extrémité. Je l'observai de plus près. On aurait dit qu'un visage blanc, à moitié dans l'ombre, regardait par la fenêtre de la cuisine.

— Qui est-ce? demandai-je en indiquant la figure.

Matilda se pencha au-dessus de la photo.

— Tiens donc. Je ne l'avais pas remarqué auparavant. On dirait bien qu'il y a quelqu'un à la fenêtre, n'est-ce pas?

Elle haussa les épaules.

— Ils n'avaient que deux enfants et ils se trouvent sur la photo, bien entendu. Il s'agit bien de la cuisine ? J'ignore qui c'est. Peut-être la cuisinière.

La cuisinière qui avait été assassinée ? m'interrogeai-je. J'osai poser la question qui me titillait.

— Emmeline Hoyle m'a révélé qu'il y avait eu une tragédie dans cette maison.

Matilda leva les yeux.

— Ah oui. Les gens racontent que c'est l'une des raisons pour lesquelles Murray ne l'a pas rachetée quand elle a été mise en vente il y a quelques années. La résidence constituerait un lieu maudit pour les Selfridge ou une absurdité du genre. Il m'a déjà dit qu'il n'aimait pas entretenir les vieilles bâtisses, qu'il préfère les neuves. Je trouve cela plutôt sensé.

Elle retourna la photo.

— Naturellement, il y a des gens qui affirment que l'antique demeure des Selfridge — c'est-à-dire votre auberge — est hantée, ajouta-t-elle nonchalamment.

— Hantée ?

— Je n'en crois pas un mot. Mais beaucoup de gens prétendent avoir vu de la lumière, la nuit. Certains disent même avoir entendu des sons étranges. Des coups et des bruits de pas. Surtout à proximité de la cuisine. C'est là qu'elle serait morte, vous savez. Elle a été poignardée dans l'une des chambres des domestiques, au-dessus de la cuisine.

J'en eus la chair de poule. Ma chambre se situait exactement à cet endroit.

Elle parcourut les documents.

— Je sais que j'ai l'article qui parle du meurtre quelque part, mais je ne pense pas qu'il soit dans cette chemise.

Elle traversa la pièce pour aller fouiller dans d'autres boîtes avant d'en extraire une autre chemise en carton manille.

— Voici le dossier sur les droits de propriété. L'article s'y trouve peut-être.

Elle fit défiler les pages.

— Non, il n'y a que des vieux contrats d'achat. Laissez-moi quelques jours et je vais le retracer. Ils n'ont jamais appréhendé le meurtrier, vous savez.

Je regardai encore une fois le visage indistinct.

— Comment s'appelait-elle ?

— Son nom de famille était Oakes, je crois. Son prénom, Anne ou Amy. Je ne m'en souviens pas. Il ne s'agit pas d'un nom familier sur l'île ; elle venait sûrement du continent.

Je feuilletai le reste des documents. Il y avait surtout des listes de bateaux et de cargos. D'après le nombre énuméré, les Selfridge semblaient vraiment avoir été prospères.

— Vous possédez dans ces boîtes une mine de renseignements.

Je jetai un coup d'œil à ma montre : il était presque 17 h. Je devais manger avec John à 18 h. Il fallait que je rentre à la maison.

— Je pourrais peut-être venir cet hiver, quand ce sera plus calme à l'auberge, pour vous aider à passer à travers les documents qui mentionnent l'auberge. Si jamais vous découvrez autre chose, cela vous dérangerait-il de le mettre de côté pour moi ? J'aimerais reconstituer l'histoire de l'auberge.

Matilda sourit.

— Cela me ferait plaisir. C'est toujours bon d'avoir un peu de compagnie.

En revenant du petit musée, je frissonnai en songeant aux bruits que j'avais perçus au-dessus de ma tête. Ils provenaient peut-être de la cuisinière assassinée. J'espérai bien ne pas recevoir de si tôt une autre de ses visites.

8

Je frappai à la porte de John à 18 h pile et attendit en secouant mon chandail vert. Il avait de toute évidence été lavé avec un papier-mouchoir et bien que j'eusse enlevé la majeure partie des morceaux déchiquetés avant de quitter l'auberge, il en restait encore. J'aurais préféré revêtir quelque chose dans lequel je n'avais pas l'air d'un sapin de Noël enneigé, mais mon choix se révélait limité : la buanderie débordait tellement de serviettes sales que je n'avais pas eu l'occasion de nettoyer mes propres vêtements.

John répondait habituellement sur-le-champ — son appartement n'étant pas très grand —, mais personne ne vint ouvrir la porte. J'étais pratiquement certaine qu'il était chez lui. J'avais d'abord vérifié dans la direction du petit quai et le *Mooncatcher* se tenait amarré à côté de mon skiff, la *Little Marian*. Par conséquent, à moins d'être allé se promener, il se trouvait à l'intérieur. Je tirai sur mon chemisier, frottai ensemble mes lèvres que je venais de maquiller et frappai de nouveau. Au bout d'un moment, il ouvrit lentement la porte.

Lui qui se montrait toujours si souriant me présenta un visage de marbre et son regard espiègle était éteint. J'en fus complètement bouleversée. Je cessai immédiatement de penser à Benjamin, même si mon seul désir à cet instant-ci était de courir à l'auberge pour lui ordonner de faire ses bagages.

— Salut, prononçai-je.

— Salut.

Il demeura appuyé contre le cadre de porte, sans même songer à m'inviter à l'intérieur.

— Il faut qu'on se parle.

— Vraiment?

Il recula et se dirigea dans le petit salon en laissant la porte entrebâillée derrière lui. Je m'immobilisai sur la première marche un moment avant de lui emboîter le pas. En refermant la porte, je sentis mon estomac gargouiller. J'aurais dû avaler quelque chose; il y avait fort à parier que notre dîner était annulé.

Il s'assit sur le canapé alors que je me rapprochais de lui en ayant l'impression d'avoir une lettre A, rouge sang, cousue sur ma poitrine. J'aurais dû réfléchir davantage à ce que j'allais faire.

Je me penchai et l'embrassai rapidement sur la tête en inhalant l'odeur de son shampoing jumelée à celle du bois fraîchement coupé qui le suivait partout. Puis, je pris une profonde inspiration avant de plonger.

— Je suis désolée si ce que tu as vu hier t'a heurté, expliquai-je. Mais ce n'est pas ce que tu crois.

— Ah non?

Je pouvais ressentir la tension qui émanait de lui.

— Je reviens, dis-je en soupirant.

Je passai devant lui pour me rendre dans la cuisine. L'évier, ordinairement d'une propreté irréprochable, débordait de vaisselle sale. Notre dîner était décidément à l'eau. On aurait dit que ces derniers jours, John ne s'était nourri que de plats surgelés et de sandwiches au beurre d'arachide. J'ouvris la porte du réfrigérateur et j'en sortis deux Heineken. Puis, je retournai au salon et déposai une bouteille de bière sur la table, à côté de la sculpture en forme de phoque. J'entrepris ensuite de déboucher la bouteille que je tenais dans mes mains. John me regarda forcer pour dévisser la capsule. Après m'avoir vue m'échiner et grogner pendant environ trente secondes, il esquissa un sourire.

Je m'arrêtai.

— Quoi?

— La capsule ne se dévisse pas.

— Oh!

Moi qui voulais avoir l'air de celle qui maîtrise bien la situation, c'était foutu. Il se leva et disparut dans la cuisine, puis il revint avec un ouvre-bouteille.

— Ça pourrait aider, indiqua-t-il en tendant la main en direction de ma bière.

Au moment où il saisit la bouteille froide, je sentis la chaleur de ses doigts sur les miens. Il me la rendit et décapsula la sienne. Puis, il se rassit sur le canapé, ingurgita une grande gorgée et se concentra sur l'étiquette verte et blanche de sa bouteille. Je m'installai sur le fauteuil en face de lui et avalai moi aussi une gorgée de Heineken. J'avais le sentiment d'amorcer un tournoi d'échecs. Et je n'avais jamais été réellement bonne à ce jeu.

— Je sais ce que tu as vu hier, dis-je lentement.

Je me penchai pour essayer d'attirer son regard, mais il continuait de fixer sa bouteille.

— Ce n'est pas ce que tu crois.

John tourna sa bière entre ses mains et décolla un coin de l'étiquette. Je pris mon courage à deux mains.

— J'ai déjà été fiancée à Benjamin.

John souleva légèrement les sourcils.

— Mais c'est moi qui ai rompu, ajoutai-je.

Après un lourd silence, John ouvrit finalement la bouche.

— Vous aviez l'air de vraiment bien vous entendre hier après-midi.

— Je venais de trouver le corps de Polly, expliquai-je. Benjamin est arrivé à l'auberge et j'étais encore secouée. Il a profité de la situation.

Je levai les yeux sur John. Son visage bronzé n'exprimait rien.

— Mais c'est véritablement fini entre nous. Voilà pourquoi je l'ai repoussé. Tu m'as bien vue le repousser, n'est-ce pas?

— Je ne suis pas certain de ce que j'ai vu.

Il parlait d'un ton mesuré. Il détacha enfin ses yeux verts de sa bouteille.

— Si tout est fini entre vous, alors, que fait-il ici?

— Je ne savais même pas qu'il allait venir. Il a réservé une chambre sous un faux nom. Il savait que je refuserais sa réservation s'il utilisait son nom réel.

— Ça ne répond pas à ma question.

Je soupirai et me reculai dans mon fauteuil.

— Il souhaite renouer avec moi, mais je lui ai dit non.

John ne réagit pas.

— Je lui ai dit qu'il y avait quelqu'un d'autre dans ma vie.

— Oh?

— Qu'est-ce qui te surprend?

— Si tu réfères à moi, nous avons à peine échangé deux mots depuis les dernières semaines.

— Je sais, je sais, répliquai-je. L'auberge me prend tout mon temps. Mais avec la basse saison qui s'en vient, je serai beaucoup moins occupée.

John prit une gorgée de bière, puis se concentra de nouveau sur l'étiquette.

— Je suis désolé pour Polly, en passant. Ç'a dû être tout un choc pour toi.

— Merci. C'était terrible, en effet.

Nous faisions des progrès.

— On m'a dit que les funérailles auraient lieu demain, ajouta-t-il.

— L'autopsie a donc été effectuée ?

John me regarda d'un œil pénétrant.

— Oui. Pourquoi ?

— Grimes prétend qu'il s'agit d'un suicide, mais je ne le crois pas.

John secoua la tête.

— Je sais que ce n'est pas le meilleur enquêteur de la planète et je sais qu'il s'était trompé la dernière fois, mais Polly s'est suicidée. Elle n'a pas été assassinée.

— C'est ce que l'autopsie révèle ?

— Oui, c'est ce que l'autopsie révèle. J'ai lu le rapport ce matin. Elle a été tuée par le revolver qu'elle tenait à la main. Il y avait des traces de poudre noire dans ses mains et autour de la blessure. Tout concorde à dire qu'il s'agit bel et bien d'un suicide.

— Sauf le fait qu'elle avait commencé à faire sa valise pour partir en voyage. Et qu'elle s'apprêtait à essayer une nouvelle recette.

John m'observa plus attentivement.

— Comment le sais-tu?

— Après avoir appelé la police, j'ai fait le tour de la maison. Je tentais de trouver Pepper, la petite chatte qu'elle avait rescapée il y a environ une semaine. Et cela aussi m'a intriguée. Ses chats étaient affamés.

Il haussa les épaules.

— Les personnes déprimées font souvent des choses étranges. Elle n'avait peut-être plus l'énergie pour les nourrir.

— Mais elle avait suffisamment d'énergie pour aller dehors dans le marais et se tirer une balle?

John poussa un autre de ses soupirs désespérés.

— Y avait-il d'autres blessures? demandai-je. Parce que d'après ce que j'ai vu, elle avait un œil au beurre noir.

— Tu as raison. Elle avait quelques ecchymoses. Toutefois, elles devaient dater de quelques jours avant sa mort, car elles avaient commencé à guérir.

— Combien de balles y avait-il dans le revolver?

— Combien de balles y avait-il dans le revolver? répéta John d'un air incrédule. Pour qui te prends-tu, Kinsey Millhone? Comment suis-je censé savoir combien de balles il y avait dans le revolver?

— Eh bien, tu fais officiellement partie de la police. Et puis, tu as lu le rapport d'autopsie.

— Je l'ignore. Mais si tu tiens vraiment à le savoir, je pourrais toujours m'informer, mais je ne vois pas en quoi cela peut être utile.

— Le fait qu'il y ait des traces de poudre sur ses mains ne signifie pas nécessairement qu'elle se soit logé une balle dans le corps.

— Que veux-tu insinuer ? Qu'elle a tiré une balle et que quelqu'un d'autre lui a pris le revolver des mains pour la tuer ? Et personne n'aurait entendu de coup de feu ?

— Tu dois admettre que c'est une possibilité.

Il soupira.

— Tout constitue une possibilité pour toi.

Il s'octroya une autre gorgée de bière.

— Si tu te débarrasses de ton ex-fiancé, je veux bien me renseigner.

Ce fut à mon tour de soupirer.

— Je fais tout pour qu'il parte, crois-moi.

Il me regarda de haut en bas.

— Tu portes du rouge à lèvres et tu t'es coiffée les cheveux. Jusqu'à quel point veux-tu qu'il parte ?

Il venait de toucher un point sensible et je me sentis rougir.

— Nous avions prévu de manger ensemble, tu te rappelles ?

— Ah oui. Excuse-moi d'avoir pensé que tu pouvais avoir d'autres plans.

— Bien, on pourrait remettre ça. En raison des circonstances atténuantes, etc. D'ailleurs, pourquoi ne viendrais-tu pas dîner chez moi ? Tu pourrais, demain soir ?

— J'irai une fois que tu auras chassé ton ex-fiancé.

— Il n'est censé rester que quelques jours encore.

— Il paraît qu'il y a une belle auberge sur le continent. À environ trois cents kilomètres d'ici.

— Que suis-je supposée faire ? Lui dire de quitter la ville ?

— Je peux le faire à ta place, si tu veux.

— En fait, je serais presque aussi heureuse si tu réussissais à me délivrer de Candy Perkins.

— Candy Perkins ?

— La blonde platine qui veut ouvrir son propre gîte touristique. Elle me suit partout. Hier soir, elle a bouché le trop-plein
de son lavabo. Résultat : sa chambre, la chambre du dessous et le
corridor du premier étage ont été complètement inondés.

John grimaça.

— Il y a beaucoup de dommages ?

— Eh bien, la chambre située sous la sienne a perdu un tiers
du plafond et je ne suis pas certaine de pouvoir sauver les planchers de bois. Sans compter les meubles.

— Tu as ouvert les fenêtres, j'espère ?

— Oui. Je souhaitais l'arrivée d'un front chaud, mais disons
que cela ne s'est pas concrétisé.

— Tu n'es plus au Texas, tu sais, dit-il en ricanant.

Cela me fit songer à Benjamin et je frissonnai.

— Dieu merci !

Au moment de mon départ quelques minutes plus tard, John
me serra dans ses bras et me donna un chaste baiser sur la joue. Je
lui rendis son étreinte aussi fort que je le pus.

— Tu es sûr de ne pas vouloir venir dîner demain soir ?

— Pas tant qu'il sera là, répondit-il.

Il relâcha son étreinte et je sortis au-dehors dans la nuit froide.
Comme je remontais le petit chemin jusqu'à l'auberge, je l'entendis
crier derrière moi. Je me retournai. Il se tenait appuyé dans l'embrasure de la porte de l'ancienne remise pour voitures à chevaux.

— En passant, beugla-t-il, je n'avais pas osé te le demander plus tôt, mais veux-tu me dire pourquoi tu as l'équivalent
de la moitié d'un rouleau de papier de toilette dans le dos de ton
chandail ?

• • •

Pepper avança furtivement vers moi dès que je fermai derrière moi la porte de la cuisine, et je la caressai sous le menton. Au moins, elle ne tremblait plus de peur dans son coin.

— Biscuit te traite bien, j'espère?

Elle ronronna et poussa son dos minuscule contre ma main.

— Comme tu vas sans doute habiter ici désormais, je vais tâcher de savoir si tu as obtenu tous tes vaccins.

Elle se mit alors à ronronner comme une tondeuse à gazon et je me rappelai le numéro griffonné sur le babillard de Polly. Peut-être que « refuge » faisait référence au refuge d'animaux d'où Pepper provenait. Il ne faudrait pas que j'oublie de noter le numéro la prochaine fois que j'irais chez Polly.

En remplissant les bols des chattes, je me dis que ma visite chez John ne s'était pas déroulée aussi mal que je ne l'avais anticipé. Son baiser s'était révélé rapide, mais il m'avait *tout de même* embrassée. Je souris en songeant à son odeur boisée enivrante. Il fallait que je me débarrasse de Benjamin…

Je rangeai un peu la cuisine et me dirigeai dans la salle à manger. Je n'étais guère optimiste sur la façon dont les planchers séchaient — je priais juste qu'ils ne gauchissent pas de manière irréversible —, mais je sentis le besoin d'aller vérifier. En pénétrant dans la pièce, j'entendis une personne parler à voix basse.

— Non, non, tout va bien. J'ai réglé l'affaire aujourd'hui.

J'attendis dans la pénombre que quelqu'un réponde.

— Je vous l'ai dit, tout est réglé, poursuivit la même voix.

Je réalisai alors qu'un individu parlait au téléphone de la réception. J'avais eu l'intention de faire installer des téléphones dans les chambres, mais je n'avais jamais eu assez d'argent pour ça jusqu'à présent.

J'avançai sur la pointe des pieds jusqu'au fond de la salle à manger et risquai un œil du côté de la réception. Russell Lidell s'y tenait debout, la main sur le combiné, et il regardait nerveusement autour de lui. Je reculai et restai cachée dans mon coin, le dos appuyé contre le mur.

Il y eut un moment de silence, puis Russell s'exprima de nouveau.

— Quoi ? Pensiez-vous que j'allais lui faire un chèque personnel ? Bien sûr que j'ai payé comptant.

Il fit une pause, probablement pour écouter la réponse de son interlocuteur.

— D'accord. Je vous avertirai quand tout sera finalisé. Mais oui. Je vous rappelle plus tard.

Je filai dans la cuisine, mais en chemin, j'accrochai la table du buffet et fit tomber deux fourchettes sur le sol. Ma mâchoire se crispa en entendant leur cliquetis sur le plancher de bois.

J'allumai la lumière et à l'instant où je me trouvais en train de récupérer une fourchette sous une table, Russell apparut dans la porte du petit salon. Je levai la tête et fit semblant d'être surprise.

— Oh, salut ! Je ne savais pas que vous étiez dans les parages. Avez-vous besoin de quelque chose ?

Il m'examina en plissant les yeux.

— Étiez-vous ici durant tout ce temps ?

— Que voulez-vous dire ? demandai-je en relevant les sourcils.

— Pendant que j'étais au téléphone.

— Vous étiez au téléphone ?

— Oui. Je viens de raccrocher.

Je haussai les épaules.

— Je l'ignorais. Je reviens de chez mon voisin et j'étais venue voir l'état des planchers de bois. Il y a eu un dégât d'eau hier soir, vous savez, ajoutai-je en grimaçant. J'ai bien peur que certaines planches devront être remplacées. Désolée s'il fait un peu froid, mais je dois laisser quelques fenêtres ouvertes pour aider à faire sécher les pièces.

Il me scruta à travers la fente de ses yeux, incapable de déterminer si je mentais. Je lui souris tout en frissonnant, soudainement consciente que nous étions sans doute seuls à l'auberge. Et que le meurtrier courait toujours.

— Eh bien, dis-je en me levant, si vous n'avez besoin de rien, je vais aller vérifier la condition des planchers et manger un morceau dans la cuisine.

Je le gratifiai d'un sourire et passai devant lui pour me rendre dans le petit salon. En montant dans la chambre de Candy, je pouvais encore sentir son regard sur moi.

Le lendemain, j'étais épuisée. La minuterie de la cuisinière brisa et je calcinai la fournée initiale de muffins. Puis, les invités descendirent pour le petit déjeuner. Russell passa une heure entière à me jeter des regards menaçants tandis que Benjamin et Candy s'amusèrent à s'échanger des morceaux de muffins avant de décider d'aller faire du kayak. L'après-midi ne se déroula pas mieux. Je perdis deux heures à argumenter au téléphone avec l'expert en sinistres afin de déterminer si le petit « accident » de Candy se trouvait couvert par ma police d'assurance. Quand je raccrochai, une demi-heure avant les funérailles de Polly, je réalisai que j'avais oublié de mettre au four la tarte aux bleuets que j'avais l'intention d'apporter.

Je pénétrai dans l'église quinze minutes en retard et me glissai sur l'un des bancs arrière. La tarte chaude me brûlait les mains. Après avoir pris un livre de cantiques pour en faire un sous-plat, je promenai mon regard sur le derrière des têtes devant moi.

La plupart des habitants de l'île étaient venus assister aux obsèques de Polly. Je reconnus le crâne chauve de Murray Selfridge de l'autre côté de l'allée, et lorsque je me penchai pour mieux examiner la première rangée, je ne fus pas étonnée d'apercevoir les boucles caramel de Charlene près de la chaire — et du révérend McLaughlin.

Au moment où je saisis le livre de la prière commune sur la tablette arrière du banc devant moi, le révérend McLaughlin présenta Gary Sarkes et descendit du pupitre. Un homme maigre et moustachu, vêtu d'un veston usé qui lui allait mal, avança dans l'allée centrale et prit place derrière le pupitre. Il se racla la gorge en tirant sur le revers de son veston pendant au moins une minute.

Après avoir chassé l'entière famille de chats qui semblait avoir élu domicile aussi bien dans son pharynx que dans son larynx, il sortit une feuille de papier froissée de son carnet. Il prononça d'une voix nasillarde et hésitante ce qui s'avéra peut-être le plus court éloge funèbre de toute l'histoire de l'humanité.

— Ma cousine Polly, commença-t-il avec un tremblement dans la voix, était une femme vraiment gentille. Vraiment gentille. C'était une excellente ménagère et elle prenait bien soin de ses chats.

Il toussa dans sa main et essuya celle-ci sur son pantalon, ce qui parut dégoûter l'assistance.

— Elle en prenait vraiment bien soin. Cette chère Polly va tous nous manquer. Espérons qu'elle est heureuse là où elle est maintenant.

Il leva la tête un instant, comme s'il s'attendait à des applaudissements ou à recevoir une demande de rappel. Même du fond de l'église, je pouvais voir l'énorme espace qu'il y avait entre ses deux incisives supérieures, et ses dents se révélaient d'un jaune écœurant. Au bout d'un moment, Gary replia sa feuille de papier et quitta le pupitre. Il retourna à son banc, la tête penchée.

— Dieu sait qu'*il* est plus heureux maintenant, chuchota à son mari la femme assise devant moi. J'ai entendu dire qu'il avait déjà vendu la maison de Polly à Murray.

Je reconnus, même si je ne la connaissais pas, cette femme corpulente et d'un certain âge. Elle secoua la tête et se pencha encore une fois vers son conjoint. J'essayai de distinguer ses mots.

— Si je ne savais pas que Gary en est incapable, je serais portée à croire que c'est lui qui l'a tuée.

Richard McLaughlin revint au pupitre afin de poursuivre la cérémonie et je me laissai bercer par sa voix de velours. Ce n'est que lorsque mes yeux s'égarèrent sur le cercueil reluisant de Polly que je me souvins, un peu coupable, le motif pour lequel nous nous trouvions tous réunis.

Une demi-heure plus tard, nous accompagnâmes le cercueil de Polly jusqu'à l'extérieur de l'église pour ensuite nous diriger vers le petit cimetière situé à côté. Nous nous immobilisâmes devant un trou béant creusé au milieu des pierres tombales recouvertes de lichens et de fleurs en soie décolorées. En voyant la caisse s'enfoncer dans la terre froide, je fus plus que jamais convaincue que Polly ne s'était pas enlevé la vie.

— Je vais tout faire pour découvrir le coupable, murmurai-je au cercueil.

Je me recueillis un moment, laissant le vent salin balayer mes cheveux de mon visage. Puis, je retournai avec la foule à l'intérieur de l'église.

Après avoir récupéré ma tarte sur le banc d'église, je me rendit dans la salle commune. J'ajoutai mon présent aux autres desserts qui avaient été déposés sur des tables pliantes et me faufilai parmi les gens pour rejoindre Charlene et le révérend McLaughlin. Les femmes de l'île faisaient la queue pour aller le saluer, mais il était visiblement absorbé dans une conversation avec Murray. Charlene se tenait à son bras, vêtue d'une robe noire décolletée qui moulait bien ses courbes. Son régime semblait fonctionner. Je me glissai jusqu'à elle et posai ma main sur son bras.

— Il faut que je te parle, dis-je. Je suis désolée pour l'autre jour.

Charlene me regarda froidement, mais je crus détecter une mince ouverture. Elle se trouvait sur le point de me répondre quand son amoureux remarqua ma présence.

Il s'arrêta en plein milieu de sa phrase.

— Et si nous reprenions notre entretien plus tard? proposa-t-il à Murray.

Celui-ci avait troqué sa tenue de plaisancier pour un costume bleu plus sobre et une cravate ornée d'une grosse épingle en or. Il parut surpris jusqu'à ce qu'il me vit. Puis, il donna une tape dans le dos du révérend.

— Bonne idée. Je vais vous appeler ce soir.

Suite à quoi, il pivota vers moi.

— Bonjour, Natalie.

Je lui souris poliment. Murray avait beau être un homme jovial, je n'avais pas oublié qu'il avait coupé les câbles des freins de mon vélo quelques mois plus tôt. Il fit un clin d'œil au révérend et s'éloigna.

McLaughlin enveloppa ma main dans la sienne et la serra à quelques reprises.

— Bonjour, Natalie. Je suis heureux de vous voir, même en pareilles circonstances.

Il secoua tristement la tête et plongea tendrement son regard brun dans le mien. Je l'examinai de plus près. S'il n'avait pas été un homme du clergé, j'aurais juré qu'il portait du fard sur ses pommettes saillantes. Il parla ensuite comme s'il auditionnait pour le rôle de Hamlet.

— Quelle tragédie de voir une femme aussi gentille s'enlever la vie.

— J'ai entendu dire que vous lui aviez rendu visite à quelques occasions au cours des dernières semaines, commentai-je.

Ses yeux balayèrent la pièce d'un air craintif, mais il ne répondit rien. J'insistai.

— D'après vous, pourquoi se serait-elle suicidée ?

Il cligna deux fois des yeux tandis que Charlene haussa ses sourcils bien épilés.

— J'étais allé remplir mes fonctions de pasteur, expliqua-t-il finalement. Je n'avais aucune idée qu'elle… que cela en viendrait là.

— Elle ne vous a pas raconté que quelque chose la dérangeait ?

McLaughlin s'était ressaisi et sa voix avait repris son ton soyeux.

— Ce qui s'est passé entre Polly et moi ne concerne que Dieu, Polly et moi.

Il releva puis rabaissa les épaules d'un air résigné.

— Je n'aurais jamais cru qu'elle pourrait s'ôter la vie, ajouta-t-il.

Il recomposa son visage et déposa sa main chaude sur mon épaule.

— Je sais que la mort de Polly vous affecte beaucoup, dit-il avec empathie. Si je peux vous aider à traverser votre deuil, vous savez que vous pouvez compter sur moi.

— Vous pouvez commencer en me disant pourquoi vous êtes allé si souvent chez Polly dernièrement, répliquai-je. Et si vous ne voulez pas me le dire, eh bien alors, dites-le à la police.

McLaughlin jeta un regard autour de lui et échappa un petit rire embarrassé. Puis, il se pencha et me dit à voix basse :

— Polly s'est suicidée. Il s'agit bien sûr d'un drame terrible. Mais à part nuire à sa mémoire, je ne vois pas à quoi cela pourrait servir que de révéler les détails sordides de son existence.

Détails sordides ?

— Vous voulez m'aider ? Voici comment, indiquai-je. Allez raconter ces détails sordides à la police.

Il secoua la tête.

— J'ai bien peur que cela ne soit impossible.

Il me décerna un grand sourire éclatant et se retourna pour saluer l'une de ses admiratrices.

— Quel triste événement, n'est-ce pas ?

Il serra dans ses bras une octogénaire. À la lueur de ses yeux bleus humides, cette étreinte sembla procurer à la vieille dame plus de sensations qu'un mois entier de la série télévisée *Les feux de l'amour*.

Je lançai un coup d'œil à Charlene. Elle me décocha un regard mauvais et tourna la tête. Je n'insistai pas et optai plutôt pour me diriger vers la table des desserts.

Après avoir déposé dans une assiette deux carrés au chocolat et un biscuit aux brisures de chocolat, je fis le tour de la pièce des yeux dans le but de repérer un visage amical — bon, d'accord, pour trouver John. Je mordis dans le biscuit et la pâte moelleuse au goût de beurre fondit sur ma langue. C'était tout simplement dé-li-cieux. Au moment où je m'apprêtais à mordre dans un autre biscuit, j'entendis une voix familière derrière moi.

— C'est l'une de mes recettes favorites.

Je pivotai, la bouche encore pleine. C'était Emmeline Hoyle. Elle ne portait pas de robe d'intérieur aujourd'hui, mais sa robe à carreaux roses et bleus semblait avoir été achetée dans les années 1950 chez Sears et Roebuck.

— C'est également vous qui avez confectionné ces biscuits ? marmonnai-je.

Elle hocha la tête, le regard pétillant.

— En avez-vous appris davantage sur votre fantôme ?

— Un peu, répondis-je. Je veux dire, un peu plus sur l'auberge. Je n'ai entendu aucun fantôme.

— Hum !

— Comment vont les chats ?

— Ils vont bien. Le tigré se révèle mignon comme tout. Il m'a suivie jusque chez moi l'autre jour.

— Je suis certaine que Polly serait heureuse de savoir que l'un de ses chats a trouvé un bon foyer.

— Je vais y penser, promit Emmeline. Au fait, il y a une chose que j'ai oubliée de vous dire. Je m'en suis souvenu en cueillant des canneberges, hier.

Elle fit une pause pour marquer son effet.

— Le chemin sur lequel j'habite ne constitue pas le seul moyen d'accéder au marais.

— Non ?

— Il existe des sentiers qui traversent la forêt jusqu'au chemin principal.

— Et ?

— N'est-ce pas évident ?

Je la fixai, l'expression vide, et elle soupira avec un soupçon d'exaspération.

— Quand des personnes empruntent mon chemin, je les vois. Si elles utilisent les sentiers, je ne les vois pas. Quelqu'un a donc pu se rendre chez Polly cette semaine sans que je le sache.

Je mâchai mon biscuit le temps d'assimiler l'information.

— Savez-vous qui se sert habituellement de ces sentiers ?

Elle haussa les épaules.

— Comme je vous l'ai déjà dit, je ne peux pas les apercevoir de chez moi, alors, je l'ignore. J'imagine que c'est quelqu'un qui n'a pas envie de se rendre au marais par le chemin.

Eh bien, cela éliminait bien des gens. Je frissonnai ; le simple fait de songer au marais me rappela l'horreur que j'avais éprouvée en trouvant Polly. Je pris une autre bouchée de biscuit pour me réconforter et j'essayai de chasser les images de mon cerveau. Je me surpris plutôt à penser au revolver.

— Avez-vous entendu des coups de fusil la semaine passée ? demandai-je.

— Des coups de fusil ?

Elle secoua la tête et sortit de son oreille quelque chose qui ressemblait à du mastic.

— Non, mais Henry et moi portons des prothèses auditives. Je crois que si quelqu'un faisait sauter notre maison au beau milieu de la nuit, nous ne nous réveillerions même pas.

Décidément, j'avais de la veine !

Emmeline me regarda timidement.

— À propos, j'ai réfléchi à un modèle pour votre broderie.

Je grimaçai intérieurement en visualisant une bande d'otaries entourées de sirènes, de petits lapins et d'oiseaux-mouches.

— Oh ! m'exclamai-je d'un ton hésitant. Il faudrait bien que je passe y jeter un coup d'œil l'un de ces jours.

— Je vous montrerai les sentiers quand vous viendrez.

— Avec plaisir. De toute façon, j'avais l'intention d'aller faire un tour chez Polly pour voir si je ne découvrirais pas les dossiers médicaux des chats. Au fait, merci d'entre prendre soin.

— Pas de problème.

Emmeline consulta sa montre.

— Eh bien, il faut que je rentre pour aller préparer le dîner. J'ai été heureuse de vous parler.

— Moi aussi, répondis-je en prenant un autre biscuit.

— Vous devriez peut-être vous retenir, suggéra-t-elle avant de partir. Vous avez un peu de ventre. Les hommes n'aiment pas ça. Elle scruta ensuite mon visage.

— Et vous ne rajeunissez pas non plus. Vous devriez demander à Charlene de vous commander la crème qu'elle utilise.

Je rougis et déposai le biscuit dans l'assiette. D'accord, j'avais pris quelques kilos et ma peau n'était pas aussi lisse que dans les publicités d'Olay. D'ailleurs, la dernière fois que je m'étais examinée dans le miroir, je m'étais rendu compte que je me mettais à avoir des bajoues. Mais tout de même, la remarque venait d'une femme qui ressemblait à la vieille tante de monsieur Michelin.

— Je n'oublierai pas, dis-je poliment.

Je regardai la rondelette Emmeline essayer de se frayer un chemin parmi les gens et fourrai le biscuit dans ma bouche. Puis, je tentai de distinguer mon profil dans le reflet de la fenêtre qui surplombait le cimetière. Avec les commentaires que j'avais reçus de Candy et d'Emmeline, je commençais à me sentir complexée.

Je rentrai mon ventre pour voir ce que cela donnait dans la glace. J'entendis alors une autre voix derrière moi.

— Ouais, maintenant qu'*elle* est partie, je vais peut-être pouvoir me faire engager ailleurs.

C'était Marge O'Leary. Je saisis une poignée de biscuits et m'éloignai un peu. Elle devait référer aux travaux ménagers que Polly effectuait. Polly était peut-être partie, mais jamais je ne serais désespérée au point d'embaucher Marge, même durant la haute saison. Charlene m'avait raconté que la maison mobile des O'Leary pouvait se comparer à un conteneur à déchets avec des fenêtres. De plus, Marge avait tendance à colporter toutes sortes de commérages, ce qui en faisait l'une des personnes les plus désagréables de l'île. À part Eddie, son mari, naturellement.

Je jetai un coup d'œil dans mon dos. Elle n'avait pas changé. Toujours le même teint pâle et terreux, les mêmes cheveux roux et gras. Ses yeux de fouine étaient rapprochés de son nez large et il était évident que sa robe hawaïenne froissée n'avait pas été lavée depuis des mois. Je mangeai un autre biscuit en me disant qu'au moins, il m'en fallait encore beaucoup plus pour atteindre les proportions de Marge.

— Je me demande ce qu'ils vont faire de tous ces chats errants ?

Je reconnus la voix bourrue du conjoint de Marge.

— Ils constituent une véritable nuisance. On devrait les envoyer à la fourrière, là où ils devraient être de toute façon.

— Cette île s'en va vraiment à la ruine, ajouta Marge. C'est à cause des étrangers. D'abord la prétentieuse à l'auberge qui vient du Sud, et à présent ces maisons de riches qu'ils veulent construire.

J'avalai le reste de mon biscuit et me retournai.

— Oh ! Bonjour, Marge ! Je ne vous avais pas vue.

Je souris en premier lieu à Marge, qui repoussa ses cheveux raides avec ses doigts boudinés, puis à son mari. Il s'agissait d'un homme corpulent et très poilu. Son jean taché de graisse et sa chemise à carreaux semblaient plus propres que d'habitude ; sans doute avait-il soigné sa tenue pour l'occasion. En m'approchant de lui, je perçus une odeur de poisson qui me fit froncer les narines. Ce qu'il avait manipulé plus tôt était loin d'avoir la fraîcheur du sushi.

— C'est terrible ce qui est arrivé à Polly, ne trouvez-vous pas ? questionnai-je.

Ils me fixèrent tous les deux sans rien dire. Puis, Marge recouvra la parole.

— Si jamais vous avez besoin d'aide à l'auberge, je pourrais sûrement me libérer pour vous.

Elle m'observa avec ses petits yeux foncés calculateurs.

— Vous devrez peut-être payer un modique supplément, étant donné que j'ai déjà de nombreux clients, précisa-t-elle.

Je m'étouffai avec ma bouchée de biscuit. Elle voulait que je lui verse un *supplément* ? Je m'emparai d'une tasse de limonade et l'ingurgitai d'un coup tout en essayant de retrouver mon souffle.

— Non merci, réussis-je finalement à articuler. Je crois que ma nièce et moi allons pouvoir nous débrouiller.

Marge me lança un regard sombre.

Je parcourus la pièce des yeux et aperçus John. Enfin.

— Oh ! Je dois vous quitter. J'ai été heureuse de vous revoir.

Je me faufilai aussitôt parmi les gens pour rejoindre John, soulagée d'être débarrassée des O'Leary. J'eus cependant un peu de peine à abandonner les biscuits aux brisures de chocolat d'Emmeline. Une fois que Marge se serait servie, même les miettes auraient disparu.

Parvenue derrière John, je lui tapotai l'épaule délicatement. Il sursauta et pivota.

Je rentrai mon abdomen encore une fois et lui offris mon sourire le plus éclatant.

— Hou !

Il regarda ma bouche.

— Pourquoi tes dents sont-elles brunes ?

Tout un sourire éclatant ! Je passai ma langue sur mes dents.

— C'est à cause des biscuits aux brisures de chocolat d'Emmeline. Si tu veux y goûter, je te recommande d'aller t'en chercher un immédiatement. Marge monopolise la table des desserts.

John jeta un coup d'œil par-dessus son épaule. J'en profitai pour l'examiner de haut en bas : je ne l'avais jamais vu en tenue soignée. Même si j'aimais le voir en jean, le pantalon et le veston sport qu'il portait lui allaient réellement bien. Il se retourna vers moi et me surprit en train de le détailler. Il ne dit rien, mais je le vis esquisser un sourire.

— Ça m'étonne de la voir ici, indiqua-t-il. D'après ce qu'on m'a dit, Marge et Polly se disputaient pour savoir qui ferait le ménage chez les vacanciers, l'été.

— Marge se réjouissait justement des nouveaux clients qu'elle pourrait obtenir maintenant qu'elle n'avait plus de compétition.

— Tout à fait chic de sa part !

— Du Emily Post tout craché.

Je m'approchai légèrement de lui. Il sentait bon. Vraiment bon. Je n'avais jamais considéré la sciure de bois comme un aphrodisiaque, mais je commençais à envisager de m'en appliquer sur mes points de pulsation.

— Alors, as-tu eu des nouvelles du coroner ?

— Je lui ai donné un coup de fil, mais il ne m'a pas encore rappelé. Sais-tu quand ton copain du Texas compte retourner au pays des cow-boys ? s'enquit-il nonchalamment.

Je fis la moue.

— Non. Il a réservé jusqu'à jeudi prochain.

Je lui décochai ensuite un regard d'acier.

— Et il n'y a pas que des cow-boys au Texas, Monsieur!

— Ah oui! J'avais oublié les cactus.

Je levai les yeux au ciel.

— Un jour, si tu es gentil, je te ferai visiter le Texas et t'initierai au barbecue. Et à la nourriture mexicaine.

— En autant que ce ne soit pas en été.

Il regarda en direction de Charlene et de McLaughlin.

— T'es-tu réconciliée avec Charlene?

— Qui t'a dit que nous nous étions disputées?

— Natalie, Cranberry Island fait moins de deux kilomètres carrés. Lorsque quelque chose s'y passe, même les mouettes en jasent.

Ça, je le savais! Je ne vivais plus du tout à Austin.

— J'ai essayé de lui parler il y a quelques minutes, mais McLaughlin m'a interrompue.

— Tu pourras peut-être l'attraper quand elle sera seule.

Je jetai un coup d'œil à Charlene, dont le bras se voyait toujours enroulé autour du biceps gauche de McLaughlin.

— Je ne sais pas. Il va possiblement falloir une intervention chirurgicale.

John consulta sa montre.

— Il faut que je parte. Bonne chance avec Charlene.

Il tendit la main pour secouer quelques miettes de mon chemisier.

— Seigneur, as-tu mangé toute une assiette de biscuits? Tu es couverte de chocolat.

Décidément, je commençais vraiment à me sentir complexée.

• • •

Je tournai en rond pendant environ vingt minutes en me tenant éloignée de la table des desserts. J'attendais une occasion de pouvoir m'entretenir avec Charlene sans la présence de McLaughlin. Elle avait perdu beaucoup de poids récemment ; la dernière fois que je l'avais vue dans cette robe noire, les coutures semblaient sur le point de craquer, mais ce soir, le tissu soyeux cintrait parfaitement son corps aminci. Je rentrai mon ventre encore une fois. J'avais peut-être véritablement besoin de surveiller ma consommation de biscuits.

Ce n'est que lorsque les femmes se mirent à transporter les assiettes vides dans la cuisine que je vis une opportunité se présenter. Charlene s'arracha avec réticence du bras de McLaughlin et alla aider à ramasser les casseroles. Heureusement pour moi, McLaughlin demeura à son poste près de la porte. Ses fonctions de pasteur n'incluaient apparemment pas les tâches ménagères.

Je saisis une assiette vide et me précipitai dans la cuisine. Charlene se tenait à proximité de l'évier. Je la retins avant qu'elle ne quitte la pièce pour aller retrouver son cher révérend McLaughlin.

— Il faut que je te parle.

Elle leva au ciel ses yeux maquillés d'une main experte.

— Tu me l'as déjà dit.

— Tu me manques.

— Vraiment ? fit-elle en essuyant ses mains avec un torchon à vaisselle. Si je ne te connaissais pas tant, je dirais que tu es jalouse.

— Jalouse ?

— Oui. Jalouse. Sinon, pourquoi t'en prendrais-tu à Richard ?

— Je n'ai *attaqué* personne. Je crois que Polly a été assassinée et je crois que Richard sait quelque chose à ce sujet. Je veux seulement qu'il aille raconter à la police ce que Polly lui a dit.

— Bien sûr, bien sûr...

— Je suis sérieuse, Charlene. Je me soucie réellement de ce qui est survenu à Polly.

— Tout comme tu te soucies de tout le monde. Des sternes, du caractère sacré de l'île et de tout le reste. Fiche-moi la paix.

Elle balança son torchon à vaisselle sur le comptoir.

— Et ce n'est pas tout.

— Seigneur, j'ai hâte d'entendre la suite, m'exclamai-je.

Elle plissa ses yeux bleus.

— Tu n'arrêtes pas de dire qu'il faut sauver l'île et que Murray est un homme cupide, mais il m'arrive de penser que l'unique raison pour laquelle tu ne veux pas que d'autres personnes construisent sur l'île, c'est parce que tu souhaites protéger ton propre investissement.

Elle tapota ses ongles couleur prune sur le comptoir.

— Qu'est-ce que ça peut bien te faire que Murray bâtisse quelques maisons ? À moins que tu craignes que ton auberge ne soit plus aussi populaire s'il y en a une autre au bout du chemin.

— Là n'est pas la question.

— Vraiment ?

Elle lissa sa robe et s'élança vers la porte.

— Je ne sais pas si je dois te croire.

Je demeurai sans voix. Elle était déjà partie quand je réussis à découvrir une réponse.

10

J'ÉTAIS ENCORE DANS TOUS MES ÉTATS lorsque je revins à l'auberge une demi-heure plus tard. Et mon humeur ne s'améliora pas quand je fus reçue dans la cuisine par un nuage de fumée. Benjamin se tenait devant la cuisinière, affublé d'un tablier jaune taché de graisse. Toutes les poêles, les casseroles et la vaisselle que je possédais se voyaient éparpillées dans la pièce. Je fronçai le nez à l'odeur d'aliments calcinés.

— Natalie !

Benjamin cessa de remuer le contenu d'une casserole fumante et se rua vers moi pour m'accueillir.

— Te voilà !

— Qu'est-ce que c'est que tout ce fouillis ?

Je repoussai une poêle graisseuse et déposai mon assiette à tarte vide sur le comptoir. On aurait dit que ma cuisine venait de subir une attaque terroriste. D'après les piles d'aliments noircis disposés dans des plateaux, j'en conclus qu'il s'agissait sans doute d'une guerre biologique.

Je fus soudainement heureuse de m'être empiffrée de biscuits. J'avais un bon motif de ne rien avaler de plus.

Benjamin prit mon coude pour me guider dans la salle à manger, là où il avait dressé la table comme pour une grande occasion. Il y avait des chandelles allumées et le centre de table se composait d'une douzaine de roses rouges.

— Où est Candy ? interrogeai-je.

— Oh, elle a décidé de faire une sieste après le kayak.

— Benjamin, soupirai-je. C'est beaucoup trop.

— Mais non.

Il tira une chaise et m'invita à y prendre place, la main posée sur mon dos. Cela me rappela la soirée au Z Tejas, tel un coup de poignard en plein cœur.

— Je reviens avec le champagne.

— Du champagne ? dis-je en me retournant sur mon siège. Mais, Benjamin…

Il avait déjà disparu dans la cuisine, me laissant seule avec Frank Sinatra qui s'époumonait sur la chaîne stéréo du petit salon.

Un moment plus tard, Benjamin réapparut en poussant la porte de la cuisine avec son derrière pour ne pas renverser les deux flûtes de champagne qu'il tenait dans ses mains.

— C'est du Dom Pérignon, annonça-t-il d'un air triomphant. Tu ne mérites que ce qui se fait de mieux.

Je pris une petite gorgée et le visage de John surgit aussitôt dans ma tête. *The lady is a tramp*, chantait Frank. Si je ne réagissais pas maintenant, Frank pourrait bien avoir raison.

Je déposai ma flûte de champagne sur la table.

— Ça ne va pas du tout.

Benjamin s'avança vers moi, les yeux tristes, et il prit ma main dans la sienne. Au même instant, la porte de la cuisine s'ouvrit et John passa la tête dans l'embrasure.

— Natalie? Il y a de la fumée dans ta cuisine…

Ses yeux s'arrêtèrent sur les roses, les chandelles et Benjamin, qui s'accrochait à ma main comme à une bouée de sauvetage.

— Oh! Désolé de vous déranger.

Je retirai sur-le-champ ma main et bondit sur mes pieds en me cognant les genoux contre la table. Ma flûte de champagne se renversa, laissant couler sur le plancher l'équivalent de 50 $ de champagne.

— John! Justement la personne que je voulais voir!

Je me retournai vers Benjamin.

— Benjamin, je te présente John, mon voisin. John, voici Benjamin.

Ils se serrèrent la main comme deux boxeurs sur le point de monter dans le ring.

Je souris à John en espérant que le champagne avait effacé toute trace de chocolat sur mes dents.

— Benjamin vient de me faire la surprise de préparer le dîner. Il semble avoir apprêté une *tonne* d'aliments. Pourquoi ne te joindrais-tu pas à nous?

John eut un mouvement de recul. Je n'étais pas certaine s'il réagissait à l'idée de passer une heure en compagnie de Benjamin ou de manger ce qu'il venait de voir dans la cuisine.

— Non, non. Je ne peux pas, refusa-t-il en me regardant. J'étais uniquement venu te dire que le coroner a appelé. Tu avais raison. Il y avait quatre balles dans le revolver et non six.

— Et combien de balles a-t-il découvert durant l'autopsie?

— Seulement une.

— Alors, où se trouve l'autre balle ?

Il haussa les épaules.

— C'était un semi-automatique et ils n'ont récupéré qu'une douille. Le revolver n'était peut-être pas entièrement chargé.

— Il y avait une boîte de balles dans le tiroir de la commode de Polly. Quelqu'un les a-t-il comptées ?

— Elle est censée s'être suicidée, Natalie. Ils n'ont pas fouillé la maison.

— Vont-ils le faire, à présent ?

— Je ne compterais pas là-dessus.

Eh bien, moi, j'irais la fouiller si la police ne le faisait pas.

Benjamin s'avança. J'avais oublié sa présence.

— Faites-vous partie des forces de l'ordre ? demanda-t-il à John.

— Entre autres choses.

— Comme c'est intéressant. Je me suis toujours demandé si c'était payant d'être policier.

John se raidit.

— Pourquoi posez-vous cette question ?

— Oh, j'ai déjà envisagé de le devenir, mais je me suis dit que je serais plus prospère dans les affaires. Jusqu'ici, gloussa-t-il, ça s'est avéré plutôt vrai.

Benjamin se tourna vers moi.

— Maintenant, chérie, es-tu prête pour le premier service ?

— Je ne sais pas, répondis-je en observant la figure de John. J'ai mangé beaucoup de biscuits à l'église.

— Eh bien, je vais vous laisser, indiqua John, les yeux rivés sur moi. Passez une belle soirée.

— Tu es certain de ne pas vouloir rester ? suppliai-je.

— Très certain. Bon appétit. Désolé de vous avoir dérangés.

Il tourna les talons et disparut par la porte de la cuisine. Pendant que je fixais la porte, Benjamin frappa dans ses mains en me souriant à pleines dents. Il tira ma chaise, redressa ma flûte et la remplit de champagne.

— Tiens, assis-toi et je reviens dans un moment avec le premier service.

Puis, il s'éclipsa dans la cuisine. Durant son absence, j'ingurgitai quelques gorgées de champagne. Après ce que j'avais senti dans la cuisine, j'avais besoin de tout mon courage — quitte à le trouver dans l'alcool.

Quand John réapparut en évoluant à reculons quelques minutes plus tard, Sinatra chantait *Dinner at Eight*.

— Crevettes géantes légèrement noircies, annonça mon ex-fiancé en me dévoilant avec un grand geste une assiette de ce qui avait l'air de briquettes de charbon marinant dans une vieille huile à moteur.

Je piquai ma fourchette dans l'un des crustacés avec la plus légitime des hésitations.

— Je n'ai jamais entendu parler de crevettes noircies.

— Il s'agit d'une toute nouvelle recette, expliqua-t-il. Disons que je l'ai inventée en cours de route.

Je m'armai de courage et pris une petite bouchée. Puis, je saisis ma flûte de champagne.

— Attends de voir ce qu'il y a après. Je t'ai préparé un repas à trois services.

Je souris faiblement et vidai mon verre d'un trait.

• • •

Deux heures plus tard, je grimpai dans ma chambre et avalai une poignée de comprimés antiacides et deux aspirines. Benjamin avait tout fait pour monter avec moi, mais je n'avais eu aucune difficulté à refuser son offre après les crevettes « noircies », le filet mignon dur comme une semelle de botte et, pour dessert, une omelette norvégienne qui avait l'air et le goût d'un gâteau en styromousse brûlé.

Mon estomac émit des gargouillis menaçants quand je m'étendis dans mon lit. Je faillis écraser Biscuit qui me jeta un regard irrité avant de se rouler de nouveau en boule dans le creux de mes reins. Je déposai ma tête sur l'oreiller en espérant que les antiacides agissent vite. Je ne voulais penser à rien — Polly, les chambres inondées, Benjamin, Charlene, ma cuisine…

Je poussai un gémissement. J'avais oublié la cuisine. Grâce aux élans culinaires de Benjamin, la cuisine nécessitait d'être frottée de fond en comble avant que je puisse préparer le petit déjeuner. La pièce se mit à tournoyer autour de moi tandis que je réglais le réveille-matin afin qu'il sonne une heure plus tôt. Puis, je gémis encore une fois et retombai sur mon oreiller.

J'ignore si c'était à cause du champagne ou de la nourriture carbonisée, mais je sombrai rapidement dans une série de cauchemars. Je rêvai que je me trouvais emprisonnée dans une rôtissoire et que Benjamin, John, Candy et Charlene faisaient griller des guimauves et piquaient dans ma chair un thermomètre à viande. Puis, ils se transformèrent en arbres et je fus subitement transportée dans le marais en train d'observer Polly. Un chat miaula désespérément, mais je ne pus le repérer. Debout, immobile, je vis les yeux bruns de Polly devenir gris et le contour de son visage prendre des traits que je ne reconnus pas. J'essayai de reculer, mais mes membres se voyaient paralysés. Je regardai avec horreur ses lèvres sans vie se mettre à bouger.

— Natalie, murmura la femme morte. Aide-moi…

Je me redressai dans mon lit, le cœur battant, ma chemise de nuit trempée de sueur. Je repoussai les cheveux de ma figure et tentai de recouvrer mon souffle. Biscuit miaula en signe de protestation et s'enterra encore plus sous les couvertures. Je me recouchai en me promettant que jamais plus je n'avalerais les plats cuisinés par Benjamin, et je fermai les paupières.

Je venais à peine de m'assoupir lorsque le plafond émit un craquement.

J'ouvris aussitôt les yeux. Biscuit gronda faiblement et enfonça ses griffes dans mon dos.

J'entendis un bruit de glissement, comme si on traînait un objet sur le plancher, en provenance du plafond, au-dessus de la fenêtre. Puis, il y eut un craquement. Biscuit se mit à cracher quand je l'arrachai de moi. Ma bouche avait un goût amer dû à la peur et à l'alcool mal digéré, et je me cachai sous les couvertures, attentive au son qui se rapprochait. Je retins ma respiration jusqu'à ce que le glissement soit presque rendu au-dessus de ma tête. Puis, avant même de réfléchir, je me mis à hurler.

— ÇA SUFFIT !

Le bruit cessa instantanément. Biscuit bondit des couvertures pour aller se réfugier sous le lit. Je perçus ensuite des pas dans le corridor.

Gwen ouvrit la porte avec fracas et alluma la lumière. Biscuit se précipita sur-le-champ dans l'escalier.

— Qu'est-ce qui se passe ? Tu vas bien ?

— As-tu entendu quelque chose ?

Ma gorge était tellement sèche que je parlais en haletant.

— Seulement toi. Tu vas bien ?

— Tu n'as pas entendu autre chose ?

— Non. Pourquoi ? Qu'est-ce qui ne va pas ?

Je me laissai retomber sur mon oreiller. Souffrais-je d'hallucinations ?

— Ce n'est rien. J'ai dû rêver. Je crois que j'ai bu trop de champagne.

Gwen scruta mon visage.

— Tu devrais sans doute consommer un peu moins d'alcool. Tu n'as pas du tout l'air en forme.

Je me renfrognai.

— Vas-tu me dire, toi aussi, que je devrais arrêter de me goinfrer de sucreries et commencer à faire de l'exercice ?

— Ce ne serait pas une mauvaise idée, répondit-elle. Adam est en train de me convaincre de faire du jogging.

Je m'enlisai dans mon lit et me recouvrit la figure avec mon oreiller.

— Disons que je n'ai aucune envie d'aller courir présentement.

— Tu pourrais peut-être venir avec nous un après-midi.

Je pourrais également insérer des brochettes brûlantes sous mes ongles, songeai-je.

— Je suis trop vieille pour faire du jogging.

— Tu devrais essayer un jour. C'est vraiment agréable.

— Tu parles ! Aussi agréable que de subir une greffe de la peau.

— Bonne nuit, tante Natalie.

Elle éteignit la lumière et ferma la porte derrière elle. Avais-je été victime d'hallucinations à cause du champagne ? Ou bien y avait-il eu autre chose ? Je me rappelai la femme dans mon rêve et frissonnai. L'auberge était peut-être *réellement* hantée. Je baissai aussitôt les paupières. Puis, le sommeil fit son œuvre et je replongeai dans mes songes étranges.

• • •

J'avais encore mal à l'estomac quand je descendis les marches en traînant les pieds à 6 h, le lendemain matin. Je n'avais pas rêvé dans ce cas-ci : la cuisine se trouvait dans un état lamentable. Les comptoirs étaient recouverts de casseroles et de poêles sales, et une odeur de feu de friture imprégnait la pièce. Je préparai un gros pot de café et emplis l'évier d'eau savonneuse. Puis, j'entrepris de frotter ma meilleure poêle à omelette incrustée d'une couche noirâtre qui ressemblait à du goudron et qui en possédait également l'arôme. Non seulement avais-je eu droit à un repas dégoûtant, pensai-je amèrement, mais je devais en plus tout nettoyer.

Deux tasses de café et une demi-bouteille de liquide vaisselle plus tard, la cuisine commença à redevenir présentable. Parallèlement, je me sentais mieux. Ma tête ne m'élançait plus autant et mon tube digestif avait cessé de gargouiller. Je consultai l'horloge : le petit déjeuner débutait dans moins d'une heure. Je n'avais pas réussi à récurer entièrement le dessus de la cuisinière, mais cela devrait attendre.

Dans le temps de le dire, l'odeur de feu de friture fut du moins masquée par celle du bacon dans la poêle et des muffins aux framboises et au citron dans le four. En sortant quelques pommes ratatinées et un sac de raisins du réfrigérateur, je réalisai avec un pincement au cœur que je devais absolument aller porter ma liste d'épicerie à Charlene. J'avais retardé le plus possible ce moment, mais il fallait bien que j'aille un jour chercher mon courrier et refaire le plein de provisions.

Je tranchai les pommes et les mélangeai aux raisins dans un bol. C'est alors que le rêve que j'avais fait la veille me revint à l'esprit. Un tremblement me parcourut le dos. J'aurais bien voulu croire que ce que j'avais entendu était le fruit de mon imagination imbibée d'alcool, mais d'après la réaction de Biscuit, je n'étais pas la seule à avoir vécu quelque chose de bizarre. D'ailleurs, je ne l'avais pas encore aperçue ce matin. Si jamais les bruits nocturnes recommençaient, je devrais peut-être faire comme ma chatte et aller dormir sur le canapé.

J'additionnai des quartiers d'orange et des tranches de banane au contenu du bol et décorai la salade avec des tranches de kiwi minces comme une feuille; c'était l'unique kiwi que j'avais déniché dans le fond du bac à fruits. Il ne s'agissait pas de la plus belle salade de fruits que j'avais élaborée dans ma vie, mais elle conviendrait. Lorsque je poussai la porte de la salle à manger quelques minutes plus tard, Benjamin se tenait assis en solitaire à sa table habituelle.

Je déposai la salade de fruits sur la table du buffet et saisis la cafetière.

— Où est Candy? interrogeai-je.

— Je crois qu'elle avait un rendez-vous tôt ce matin, répondit-il.

— Sur l'île?

— Je ne lui ai pas demandé. Au fait, désolé pour la cuisine, dit-il en grimaçant. Je voulais me lever de bonne heure et nettoyer, mais je ne me suis pas réveillé.

— Ça va, dis-je en souriant sèchement. Je m'en suis chargé.

Pendant que je remplissais sa tasse de café, il s'empara de ma main libre.

— Nous n'avons toujours pas eu le temps de parler, tu sais.

— Parler de quoi?

— De nous.

Je soupirai.

— Benjamin, je t'ai déjà tout dit. Il n'y a rien à ajouter.

Il serra ma main et la relâcha.

— J'ai quelque chose à te montrer.

Il se pencha et prit une pile de feuilles sur la chaise à côté de lui.

— Tiens, jette un coup d'œil.

Je déposai la cafetière et empoignai l'ensemble des feuilles. C'était une liste des propriétés d'Austin.

— Qu'est-ce que c'est?

— J'ai effectué une recherche sur tout ce qui se trouvait à vendre à Austin. Certaines des maisons sont déjà des gîtes touristiques, mais j'ai aussi inclus celles qui pouvaient être transformées. J'ai essayé de t'en faire mention hier soir, mais tu n'arrêtais pas de changer le sujet de la conversation.

Je parcourus les feuilles qui décrivaient de superbes résidences victoriennes.

— Tu es sérieux à propos de ce projet, n'est-ce pas?

— Je sais que tu es très hypothéquée. J'ai des capitaux à investir et j'estime que le secteur immobilier constitue un bon placement. Tu pourrais ouvrir une nouvelle auberge sans avoir d'hypothèque à payer, insista-t-il. Nous pourrions passer un mois à l'extérieur de la ville chaque été. Tu pourrais même revenir ici en visite, si tu veux.

Je survolai encore la série de propriétés et m'arrêtai sur une grande demeure victorienne de style Queen Anne, située au cœur d'Austin. J'admirai la jolie galerie avant, les vitraux des fenêtres et les roses rouges flamboyantes sous la balustrade blanche. Fini les soucis. Plus d'hypothèque à payer chaque mois. Plus de nuits sans sommeil à craindre de ne pas avoir suffisamment de réservations pour survivre à l'hiver. Je déposai la liste et me laissai choir sur une chaise.

Puis, Benjamin mit la main dans sa poche et sortit la bague à diamant que je lui avais rendue dix-huit mois plus tôt.

— Oh mon Dieu !

Ses profonds yeux bleus brillaient. Une mèche de ses cheveux foncés tomba sur son œil au moment où il se pencha vers moi.

— Je sais que j'ai tout gâché la dernière fois, avoua-t-il doucement. Je sais que je t'ai fait du mal. Je ne sais pas si tu peux me pardonner, mais c'est ce que je souhaite plus que tout.

Il caressa délicatement mon visage.

— Tu n'as qu'à prononcer un mot et nous pouvons tout recommencer. Juste nous deux.

Benjamin se mit à genoux devant moi et prit ma main dans la sienne. Son odeur familière de cuir, d'eau de parfum et d'épices atteignit mes narines. Je fermai les yeux. Ce n'était pas possible. Ses paroles suivantes me parvinrent comme dans un rêve.

— Je te le demande pour la seconde fois, Natalie. Veux-tu m'épouser ?

11

Je fus sauvée par la cloche lorsque quelqu'un se racla la gorge
dans l'embrasure de la porte. Benjamin se remit en vitesse sur ses
pieds et glissa la bague dans sa poche à l'instant où Candy pénétra
dans la salle à manger. Elle arborait une minijupe bleue moulante
et aujourd'hui, le slogan sur son haut orné de strass était : « I Kiss
Better Than I Cook ».

Elle s'approcha du buffet d'un air dégagé en faisant rebondir
ses boucles en tire-bouchon.

— Est-ce que le petit déjeuner est servi ?

Benjamin repoussa ses cheveux de sa figure.

— Je croyais que tu avais un rendez-vous ce matin.

— Il a été reporté.

Elle jeta un coup d'œil suspicieux à la salade de fruits compo-
sée des restes du bac à fruits du réfrigérateur.

— C'est tout ce qu'il y a ?

— Non, il y a beaucoup d'autres choses, dis-je. Je vais aller les chercher.

Je franchis la porte de la cuisine, heureuse de ne pas être obligée de répondre immédiatement à Benjamin. Par contre, j'aurais bien apprécier passer une matinée complète sans voir Candy.

La porte se referma derrière moi et je m'appuyai contre le mur de la cuisine. Jusqu'à maintenant, je croyais que Benjamin me faisait marcher, mais je me trouvais troublée par sa demande en mariage... et par l'auberge, libre de toute hypothèque, qu'il voulait m'offrir. J'allai à l'évier et regardai dehors par la fenêtre. Un homardier sillonnait l'eau, suivi de quelques mouettes. Les montagnes se dressaient derrière lui à l'horizon. Voulais-je vraiment quitter Cranberry Island pour retourner au Texas ?

J'aimais ma vie sur l'île, mais rien ne me garantissait que l'auberge de la Baleine grise allait survivre. En fait, à présent que la compagnie d'assurances menaçait de ne pas me rembourser les dégâts d'eau causés par Candy, j'avais peur de ne pouvoir me rendre jusqu'au printemps. Des dépenses aussi élevées risquaient de m'acculer à la faillite.

Je soupirai. Malgré mes problèmes, cela faisait des années que je rêvais de déménager sur la côte est et d'ouvrir ma propre auberge. Et ce rêve était devenu réalité. Étais-je prête à tout abandonner maintenant ? Je plissai les yeux pour mieux distinguer le bateau sur l'eau, mais mes pensées revinrent à la splendide maison victorienne et à ses roses rouges. Ainsi qu'aux longues promenades en voiture dans la campagne texane, avec la main chaude de Benjamin posée sur ma cuisse.

Avais-je confiance en Benjamin ?

Mes yeux s'égarèrent sur l'ancienne remise pour voitures à chevaux où John habitait. Voulais-je seulement essayer ?

Une minute plus tard, je réintégrai la salle à manger avec un panier de muffins et une assiette de bacon. Je les déposai près de la salade de fruits et me dirigeai vers Candy qui se tenait assise, comme d'habitude, à côté de Benjamin.

— Tu possèdes ton propre bateau, roucoula-t-elle à Benjamin. Oh, comme c'est intéressant !

— Si jamais tu viens au Texas, appelle-moi, dit Benjamin d'un ton joyeux. Je t'amènerai faire un tour sur le lac.

Pendant que Candy fixait Benjamin d'un regard ébloui, je saisis la cafetière et j'emplis sa tasse. Benjamin me décerna un clin d'œil.

— Il y a des œufs au menu ce matin, précisai-je sèchement. Les voulez-vous brouillés, pochés ou au miroir ?

Candy quitta Benjamin des yeux et examina le buffet.

— Il y a autre chose ?

— Des muffins aux framboises et au citron, du bacon et de la salade de fruits.

Elle fronça les sourcils.

— Je vais prendre un œuf poché et une rôtie au blé entier sans beurre.

— Et pour moi, ce sera deux œufs tournés, indiqua Benjamin.

Je jetai un coup d'œil à Candy qui était en train de vérifier si ses boucles se trouvaient bien en place.

— Ne t'inquiète pas, Benjamin, mentionnai-je. Je me souviens comment tu aimes tes œufs.

Candy me décocha un regard meurtrier et rapprocha sa chaise de celle de Benjamin.

Quand je revins avec les œufs et la rôtie sans beurre, Russell se trouvait attablé dans un coin et me lançait des regards sombres. J'allai emplir sa tasse de café.

— Bonjour ! dis-je.

Il poussa un grognement en guise de réponse. Je pris sa commande — trois œufs brouillés — et réintégrai la cuisine. Le promoteur ne s'était jamais montré amical, mais depuis que j'avais entendu sa conversation au téléphone, il était devenu ouvertement glacial. Je franchis la porte en sentant dans mon dos ses yeux me projeter des poignards. Je pouvais dire adieu à mes fantasmes de me détendre le matin en compagnie d'invités charmants.

Au bout d'une heure passée à subir les clins d'œil que Benjamin m'expédiait à la dérobée, les roucoulements de Candy et les regards suspicieux de Russell, je fus plus que soulagée lorsque la salle à manger se vida. Je débarrassai les tables et laissai un message à l'expert en sinistres avant d'enfourcher mon vélo. J'avais besoin de m'évader un peu de l'auberge. Et j'avais aussi besoin de parler au révérend McLaughlin à propos du nombre de balles qu'il y avait dans le revolver de Polly.

Je dévalai donc la colline en direction du presbytère sous un ciel bleu lumineux. C'était un après-midi magnifique et, pour dire vrai, j'étais heureuse de pouvoir profiter d'un petit répit de l'auberge — et des invités. Il faut dire que l'île avait revêtu ses couleurs d'automne. Sous les roues de ma bicyclette, l'asphalte était recouvert de feuilles rouge vif et jaunes, et les pommiers que j'apercevais de temps à autre en bordure du chemin étaient chargés de fruits mûrs. En passant devant les maisons aux couleurs vives regroupées autour de l'église, je sentis une vague odeur de fumée de bois.

Le presbytère se trouvait dans une petite maison blanche à peine visible, située en face de l'église St-James. Arrivée devant, je constatai pour la première fois l'ampleur des rénovations que McLaughlin avait entreprises. Charlene m'avait bien raconté qu'il effectuait quelques travaux au presbytère, mais je n'avais pas pris conscience de leur importance. Une fois terminée, la nouvelle structure adossée à l'arrière de la minuscule maison en triplerait le volume.

En me dirigeant vers la porte du presbytère, je faillis trébucher sur un plat en pyrex recouvert de papier d'aluminium. Je me penchai pour le saisir et plissai le nez — il s'en dégageait une forte senteur de poisson —, puis je frappai deux fois à la porte.

McLaughlin répondit au bout d'un moment, vêtu d'un pantalon et d'une chemise rouge boutonnée qui moulait son ventre plat et faisait ressortir la couleur foncée de ses cheveux et de ses yeux. Il me salua tièdement et je ne pus m'empêcher de remarquer la lueur d'irritation qui avait précédé son sourire.

Je lui tendis le plat.

— On dirait bien que ce plat vous est destiné.

Il souleva un coin du papier métallique et soupira.

— Encore une casserole au thon.

Je grimaçai.

— Vous en mangez souvent ?

— Presque tous les jours, malheureusement. Depuis que j'ai emménagé ici, j'ai eu droit au même menu : de la casserole au thon, de la lasagne et un plat composé de pois verts et de bœuf haché.

Je frissonnai à cette seule idée. Ainsi, la vie d'un pasteur comportait beaucoup plus de défis que je ne le croyais.

— Le problème, cependant, poursuivit-il, c'est que je ne sais pas à qui retourner les plats vides.

Il me lança un sourire moqueur et, pendant un instant, je compris ce que Charlene voyait en lui.

Puis, il sembla se rappeler à qui il s'adressait. Son sourire s'évanouit. Il le remplaça plutôt par son sourire habituel plein de sollicitude.

— Que puis-je faire pour vous, Natalie? demanda-t-il d'un ton déterminé. J'espère que vous n'êtes pas encore venue m'importuner à propos de Polly?

— Puis-je entrer?

— Oh, bien sûr! Veuillez me pardonner.

Je le suivis dans le salon. J'avais toujours imaginé que le salon d'un pasteur était meublé entièrement de canapés moches et usagés assortis de fauteuils dépareillés. Mais pas celui-ci. Deux gros canapés en cuir encadraient le foyer et je sentis mes pieds s'enfoncer dans un véritable tapis oriental.

— Veuillez vous asseoir, dit-il.

Il prit le plat en pyrex.

— Je vais juste aller porter ceci dans la cuisine. Puis-je vous offrir quelque chose à boire?

— Non merci.

McLaughlin disparut dans la cuisine et je m'installai dans l'un des canapés en cuir brun pâle. Puis, j'examinai la pièce. Des plaques commémoratives se trouvaient accrochées à l'extrémité de celle-ci. Je me tenais trop loin pour être en mesure de lire les inscriptions, mais d'après les toilettes en laiton qui les décoraient, je devinai qu'elles remontaient à son existence précédente dans la plomberie. Les murs étaient tapissés de bibliothèques. Et d'après les couvertures en cuir, les livres paraissaient avoir coûté beaucoup plus cher que les ouvrages condensés de Reader's Digest. McLaughlin revint vite et prit place sur le canapé devant moi.

— J'ai remarqué que vous étiez en train d'effectuer d'importantes rénovations, mentionnai-je.

— Ah oui. Cela crée passablement de dérangement, mais ce sera bien une fois fini.

— Je n'avais pas pris conscience de l'ampleur des travaux.

— Il faut dire que les lieux ont été très peu modifiés depuis leur construction. Il fallait les rajeunir à la mode du vingt et unième siècle.

— Oui, la plupart des maisons sur l'île sont plutôt âgées, agréai-je en m'enfonçant dans le canapé en cuir. Vous êtes un pasteur très compétent. Je suis d'ailleurs surprise qu'on vous ait assigné ici. S'agit-il de votre première église ?

— Je vous remercie pour vos compliments, dit-il avec un grand sourire éclatant. Je crois que si j'ai reçu l'appel de Dieu, c'était entre autres pour donner un nouveau souffle aux plus petits ministères.

— C'est donc votre premier poste ?

— J'ai accompli du bon travail dans d'autres églises, répondit-il, mal à l'aise. Mais Cranberry Island représente vraiment un endroit particulier. Je comprends pourquoi vous avez choisi d'y ouvrir une auberge.

— J'ai entendu dire qu'avant d'entrer dans le clergé, vous aviez connu énormément de succès en affaires, dis-je en désignant du menton la rangée de toilettes commémoratives. Qu'est-ce qui vous a fait changer de secteur d'activité ?

— J'ai en effet œuvré dans la vente d'installations de salles de bains, expliqua-t-il. Mais j'ai constamment senti un vide dans ma vie.

Il se pencha vers moi.

— C'est de l'histoire ancienne, maintenant. Et nous n'avons toujours pas évoqué la raison de votre visite. J'aimerais croire que vous êtes venue chercher du soutien en cette période de grand malheur, mais j'ai bien peur que ce ne soit pas le motif qui vous amène.

— Effectivement, admis-je. Je suis venue parce que j'ai obtenu de nouvelles informations hier soir. Et j'espérais que cela vous inciterait à parler à la police.

Il parut étonné.

— Ah oui?

— Il n'y avait que quatre balles dans le revolver qui a tué Polly Sarkes.

Son front se plissa.

— Et qu'est-ce que cela signifie?

— Cela signifie, prononçai-je lentement, que nous ignorons ce qu'il est advenu de l'une des balles.

Je scrutai son visage tout en poursuivant.

— Et je ne crois pas que même une femme inexpérimentée aurait besoin de se tirer deux balles pour atteindre sa poitrine.

McLaughlin demeura de glace, mais je crus apercevoir une lueur derrière ses yeux foncés. Puis, il haussa les épaules.

— Comment savez-vous qu'il manque une balle? Le revolver n'était peut-être pas chargé complètement.

— C'est ce que je souhaite confirmer cet après-midi.

— Comment?

— Je sais où se trouve la boîte de balles. Si je possédais un détecteur de métal, j'irais aussi fouiller dans le marais. Je suis certaine que la douille y gît quelque part.

Il cligna deux fois des yeux, puis soupira.

— Natalie, je dois vous dire que je me fais beaucoup de souci en ce qui vous concerne. Tout comme Charlene. Votre obsession à propos du projet de construction et de Polly... s'avère plus qu'inquiétante.

Le projet de construction? Je n'avais pas dit un mot à ce sujet.

— Êtes-vous sûre que l'auberge ne constitue pas un trop gros fardeau sur vos épaules? demanda-t-il.

— Merci de vous préoccuper de moi, le coupai-je, mais l'auberge se porte à merveille.

Exception faite de mes ennuis avec la compagnie d'assurances. Mais il n'avait pas besoin d'être au courant.

Je continuai :

— Je m'inquiète bien plus du fait que quelqu'un a pu assassiner Polly sans se faire prendre.

Il leva les yeux au plafond en exhalant une nouvelle fois un soupir.

Je poursuivis tout de même.

— Je sais qu'elle vous a parlé de sa vie privée. Je sais également qu'elle devait en arriver à une décision. Je crois que vous savez quelque chose qui pourrait mener à l'arrestation du meurtrier de Polly.

Je fis une pause, mais il persista à regarder le plafond.

— De grâce. Même si vous n'estimez pas que c'est pertinent, elle vous a peut-être mentionné quelque chose qui pourrait se révéler utile à la police.

Il rabaissa ses yeux sur moi et fis de la main un geste d'impuissance.

— D'après la police, il n'y a pas d'assassin. Polly était déprimée. Elle s'est suicidée. Natalie, qu'il manque ou non des balles, je crois bien que vous chassez des moulins à vent.

— La police n'a pas toujours raison, répliquai-je.

Ayant moi-même été soupçonnée de meurtre, j'étais bien placée pour le savoir.

Il secoua tristement la tête.

— Je suis désolé, Natalie. À moins de vous débarrasser de votre… obsession, il n'y a rien que je puisse faire pour vous venir en aide, ni personne d'autre, d'ailleurs.

Il se leva et balaya une peluche imaginaire de son pantalon en toile. Je luttai pour contenir ma frustration et ma rage. Puis, je me mis debout et le suivis jusqu'à la porte.

— Si vous changez d'idée ou si vous avez seulement besoin de parler à quelqu'un, je suis là pour vous, ajouta-t-il.

— Merci. Je n'oublierai pas.

Je fulminais encore en pédalant en direction de l'épicerie. Je ne pouvais plus l'éviter : il fallait que j'aille faire mes courses. Bien que la petite maison en bois dotée d'une vaste galerie constituât l'un de mes endroits préférés sur l'île, j'avais aujourd'hui l'impression de me diriger vers la caverne de la Méduse.

Je garai mon vélo et grimpai les marches de la galerie sur laquelle trônaient quatre berceuses aux couleurs vives. Parvenue à la porte, je retins mon souffle avant de pénétrer dans l'épicerie. La clochette tinta au-dessus de ma tête. Je maudis cette dernière et m'armai de courage pour affronter le regard glacial de Charlene. À mon grand soulagement, les yeux verts qui m'accueillirent derrière la caisse n'appartenaient pas à Charlene, mais à sa nièce.

Tania me sourit, m'exposant par le fait même son appareil orthodontique.

— Salut, Natalie !

Je m'avançai jusqu'au comptoir et me laissai choir sur l'un des tabourets.

— Une chance que c'est toi qui tiens l'épicerie aujourd'hui. J'avais peur de tomber sur Charlene.

— Tante Charlene ? Ah, ne vous inquiétez pas, dit-elle en balayant l'air d'un mouvement de la main. Il lui arrive de se fâcher, mais ça lui passera.

Je soupirai.

— Combien de temps demeure-t-elle fâchée, normalement ?

— Cela dépend. D'habitude, le chocolat accélère les choses, mais elle suit présentement un régime, indiqua-t-elle en faisant la moue. Mais qu'a donc ce pasteur de si spécial ? Toutes les femmes de l'île en sont dingues.

Sa remarque me fit sourire. Au moins, le charme de McLaughlin n'avait aucun effet sur les femmes de moins de vingt ans.

— Eh bien, pas moi.

Tania se pencha au-dessus du comptoir.

— Je sais que tante Charlene ne veut plus de biscuits, mais cela vous dérangerait-il de nous apporter des carrés au chocolat en cachette ?

— Tu n'as qu'à venir à l'auberge chaque fois que tu éprouveras une rage de chocolat.

Sa figure s'éclaira.

— Vraiment ?

— Cela me fera plaisir.

Je sortis ma liste d'épicerie.

— Peux-tu t'occuper de ma commande ?

Elle prit la liste et l'examina.

— Ce sera prêt demain, promit-elle. Allez-vous venir la chercher ? Ou préférez-vous que je vous la livre ?

Je réfléchis un moment. Charlene venait ordinairement livrer ma commande dans sa camionnette en échange d'un dîner — je n'avais pas d'automobile sur l'île —, mais je n'étais pas certaine de vouloir la voir.

— Tu peux conduire la camionnette de ton père, n'est-ce pas ?

Elle hocha la tête.

— J'apprécierais énormément que tu viennes me la livrer. Je te donnerai du chocolat en guise de pourboire.

Elle arbora un grand sourire.

— Vous pouvez compter sur moi.

J'étais sur le point de partir — je ne tenais pas à croiser Charlene — quand une idée surgit dans mon cerveau.

— En passant, j'ai vu le révérend McLaughlin discuter avec Murray aux funérailles de Polly. Ils parlaient d'affaires, je crois. Par simple curiosité, Charlene aurait-elle dit quelque chose à propos de Murray?

Son visage se contracta.

— Elle a uniquement mentionné qu'il avait fait beaucoup pour l'église.

— Fait beaucoup pour l'église? répétai-je.

Elle haussa les épaules.

— C'est tout ce qu'elle a dit.

— Merci, Tania. Et si tu as l'occasion de placer un bon mot en ma faveur…

— Ne vous inquiétez pas. Je le ferai. Vous nous manquez.

Je me sentis un peu mieux lorsque je sortis de l'épicerie. Si Tania pensait que Charlene finirait par passer l'éponge, peut-être le ferait-elle effectivement.

Vingt minutes plus tard, je filais à vive allure sur la chaussée trouée de Cranberry Road, le vent dans la figure. Après avoir traversé le pays des nains de jardin, je frappai à la porte d'Emmeline, mais la petite maison bien entretenue était vide. Le chat tigré dont Emmeline m'avait parlé gisait couché sur la galerie avant. Je le caressai sous le menton avant d'enfourcher mon vélo. J'examinerais une autre fois la broderie qu'Emmeline avait conçue pour l'auberge.

Je parcourus le reste du chemin cahoteux jusqu'à la résidence de Polly. J'appuyai ma bicyclette contre la balustrade avant et fis le tour de la demeure pour me rendre à l'arrière. Les bols des chats débordaient presque de nourriture et leur eau était claire. Emmeline était donc déjà passée.

La porte arrière s'ouvrit facilement et je fus accueillie par l'odeur de citron du poli à meubles. La cuisine se trouvait telle qu'elle était le jour où j'avais découvert Polly et mes yeux s'arrêtèrent sur le babillard accroché à côté du téléphone. Je notai sur un bout de papier le numéro du refuge d'animaux, puis je montai à l'étage dans la chambre de Polly.

Le vent gémissait sous le toit quand j'ouvris le tiroir du haut de la commode et m'emparai de la boîte rouge. Sur le côté de celle-ci, il y avait une inscription en lettres noires qui indiquait : « Cinquante cartouches ». Je dégageai un coin du lit encombré de vêtements et y déposai la boîte. Puis, je commençai à compter les balles.

Les lamentations du vent accompagnaient le cliquetis des balles que je laissais tomber une à une sur la douillette fleurie. La pile se mit à grossir rapidement. Si Polly n'avait mis que cinq balles dans son revolver, il devrait par conséquent en rester quarante-cinq.

J'en dénombrai quarante-quatre.

Je m'apprêtais à les compter une deuxième fois lorsque j'entendis une porte s'ouvrir en bas. *C'est sans doute Emmeline*, songeai-je. J'étais sur le point de la saluer, mais je me rappelai qu'elle était déjà venue ce jour-là. Je perçus des pas lourds sur le plancher de bois et je fus saisie de peur. J'ignorais qui se tenait au rez-de-chaussée, mais soudainement, j'appréhendais de le découvrir.

J'entendis les marches de l'escalier craquer. Je remis aussitôt les balles dans la boîte et replaçai celle-ci dans le tiroir de la commode. Puis, je me précipitai dans la penderie et me dissimulai derrière le manteau d'hiver de Polly tout juste avant que les pas ne pénètrent dans la chambre.

12

JE ME BLOTTIS DANS LE COIN de la penderie et retins mon souffle. L'odeur de la vieille laine couplée avec celle de la boule antimite, de même que la peur, me donnaient la nausée. Les pas pesants se rapprochèrent et je me recroquevillai le plus possible. Si seulement je pouvais me défendre avec autre chose que le manteau de Polly. La prochaine fois que j'irais sur le continent, je veillerais à me faire des réserves d'aérosol capsique.

Puis, les pas s'arrêtèrent.

Je suspendis ma respiration, certaine de voir la porte de la penderie s'ouvrir. Mon cœur battait aussi fort qu'une grosse caisse. Au moment où mes poumons se trouvaient sur le point d'exploser, j'entendis de nouveau les pas, s'éloignaient cette fois-ci de ma cachette. Je me cramponnai au manteau de Polly et inspirai profondément.

Je sentais la laine rugueuse contre ma joue tandis que, de l'autre côté de la porte de la penderie, quelqu'un s'affairait à fouiller dans les tiroirs de la commode. Il les referma brusquement l'un après l'autre et je sentis encore une fois ma poitrine se contracter. J'essayai de me rappeler les mouvements de taekwondo que j'avais appris vingt-cinq ans plus tôt. Les minutes suivantes, pendant que l'intrus continuait d'explorer les effets personnels de Polly, je tentai de positionner mes poings de différentes façons en me disant que je n'aurais pas dû limiter ma formation uniquement à cinq jours de cours.

J'entendis un autre tiroir s'ouvrir ainsi qu'un son métallique. Un instant plus tard, le tiroir se voyait refermé avec un bruit sourd. Les pas s'approchèrent encore une fois de moi. Je serrai les poings et m'accroupis derrière le long manteau noir de Polly, prête à bondir. Le vent sifflait sous le toit. La poignée tourna et je retins mon souffle, les poings toujours crispés.

Puis, la poignée cessa de bouger.

Les pas traversèrent la chambre de Polly pour se rendre de l'autre côté de la penderie où j'étais tapie. Je desserrai les doigts et me laissai tomber dans une encoignure, le visage en sueur.

Quelques moments s'étaient écoulés lorsque je perçus les pas lourds de l'intrus résonner dans les marches, puis sur le plancher du rez-de-chaussée. J'expirai longuement en entendant une porte s'ouvrir puis se refermer dans un claquement.

J'attendis quelques minutes avant de m'extraire de la penderie, au cas où l'individu déciderait de revenir fouiller. Puis, je m'approchai de la fenêtre de la chambre pour regarder dehors. On ne distinguait âme qui vive sur le chemin cahoteux. J'allai vers la commode et ouvris le tiroir du haut.

La boîte de balles avait disparu.

Je m'affalai sur le lit. La peur que j'avais éprouvée fut remplacée par une immense déception. À moins de récupérer cette boîte, il me serait impossible de prouver que Polly avait bel et bien été assassinée.

Mais qui avait bien pu s'emparer des balles ? McLaughlin représentait la seule personne à connaître l'existence de la boîte. Était-il venu chez Polly pour saisir la preuve ? De toute évidence, l'intrus savait où la trouver. Il s'était dirigé tout droit vers la commode de Polly. Mon estomac se noua à la pensée que j'avais peut-être failli aller rejoindre celle-ci dans le petit cimetière à proximité de l'église.

Je me levai péniblement et descendis l'escalier en m'agrippant à la rampe tellement mes genoux tremblaient encore.

Un instant plus tard, je sortis à l'extérieur et reçus en pleine figure le vent frais d'automne. Je m'orientai ensuite vers mon vélo. *Mon vélo.* Une affiche indiquant qu'il y avait quelqu'un à l'intérieur n'aurait pas été plus visible. Pourquoi l'intrus ne l'avait-il pas remarqué ?

Je levai les yeux et aperçus au loin la maison d'Emmeline. Elle m'avait fait part de sentiers dans la forêt. Toute personne qui aurait emprunté le chemin aurait fatalement vu ma bicyclette. Cela signifiait donc que l'intrus était sans doute venu par l'un des sentiers. Et s'il s'agissait également du meurtrier, il l'avait probablement emprunté le jour de la mort de Polly. J'enfourchai mon vélo en frissonnant, et ce n'était pas à cause du vent du large.

• • •

Lorsque je pénétrai dans ma cuisine une demi-heure plus tard, Gwen se tenait assise à la table en train de manger un sandwich au beurre d'arachide.

— Salut, tante Natalie ! Où étais-tu passée ?

— Ici et là, répondis-je.

Je m'apprêtais à lui parler de l'intrus chez Polly, mais pour une raison que j'ignore, j'hésitai.

— Il fallait que j'aille à l'épicerie. Heureusement, c'était Tania qui travaillait aujourd'hui. Cela m'a évité de subir une autre fois le regard glacial de Charlene. Quoi de neuf ici ?

— La compagnie d'assurances a appelé.

Je me servis un gros morceau de carré au chocolat en poussant un grognement.

— Les nouvelles sont bonnes ?

— Ils n'ont rien dit. Par contre, je sais ce qu'a fait Candy Perkins ce matin.

— Que veux-tu dire ?

Je pris une assiette et allai m'asseoir en face de Gwen.

— Adam m'a révélé qu'elle s'était rendue au Bord de la falaise en compagnie d'un agent immobilier.

Je me trouvais sur le point d'entamer mon carré au chocolat, mais je suspendis mon geste.

— Au Bord de la falaise ?

Il s'agissait de l'une des plus grandes résidences de l'île, avec ses trois étages et une vue époustouflante sur le port.

— Ne me dis pas qu'elle songe à transformer ce manoir en gîte touristique.

Gwen mordit dans son sandwich en haussant les épaules.

— Cela expliquerait pourquoi elle avait *accidentellement* bloqué son lavabo.

— Tu crois qu'elle essaie de m'acculer à la faillite ?

— Peut-être. Oh ! j'allais oublier. Benjamin te cherche.

Elle me regarda en plissant les yeux.

— Dis-moi. C'est qui, cet homme ?

— Mon ex-fiancé.

— C'est vraiment un bel homme, tante Natalie. Je suis impressionnée. Et qu'est-ce qu'en pense John ?

— Ne me le demande même pas.

Je m'octroyai une immense dose de carré au chocolat et laissai celui-ci fondre dans ma bouche.

— Je ne peux pas croire que Candy s'intéresse au Bord de la falaise.

Avec de la concurrence, l'auberge de la Baleine grise éprouverait encore plus de difficultés à survivre. Je ne voulais pas l'admettre, mais je commençais à trouver la maison victorienne d'Austin de plus en plus attirante.

— Adam va bien ?

— Oui, il va bien. Toutefois, Eddie O'Leary cause toutes sortes de problèmes à la coopérative.

Tous les homardiers étaient membres de la coopérative locale des pêcheurs de homards de Cranberry Island. Le groupe vendait des homards aux restaurants du coin et aux compagnies maritimes. Les pêcheurs de l'île unissaient aussi leurs efforts pour défendre leurs territoires de pêche traditionnels des homardiers du continent.

— Quel genre de problèmes ? m'enquis-je.

— Il se plaint qu'il faut élargir nos territoires de pêche.

— Et comment compte-t-il s'y prendre ? interrogeai-je d'un ton gémissant.

— Je te laisse deviner. Tu as trois choix.

Depuis mon arrivée sur l'île, j'avais appris que les eaux côtières du Maine se voyaient divisées en territoires jalousement gardés. Comme ces divisions ne possédaient pas de statut officiel, certains homardiers protégeaient — ou agrandissaient — leurs territoires de pêche en déplaçant les cages des autres pêcheurs et en les remplaçant par leurs propres cages. D'autres, beaucoup moins gentils, allaient même jusqu'à couper les cordes reliant les bouées aux cages, rendant ces dernières impossibles à récupérer.

— Ne me dis pas qu'il veut se lancer dans une guerre d'engins de pêche, m'exclamai-je.

— Qu'il veut ? Je crois qu'il a déjà commencé.

Je soupirai.

— Et qu'en pense Adam ?

Le petit ami de Gwen avait été surpris dans le passé à sectionner lui-même des filins rattachées à des cages.

— Il prétend que nous ne devrions pas nous en mêler. Malheureusement, O'Leary a réussi à convaincre un grand nombre de pêcheurs.

Je fis claquer ma langue dans un geste d'impatience.

— J'espère qu'ils vont se limiter à couper des cordes.

Gwen me regarda d'un air sombre.

— Je l'espère moi aussi.

Nous demeurâmes assises un moment à mâcher chacune notre goûter et à réfléchir à ce qu'il risquerait de survenir si les pêcheurs amorçaient une guerre d'engins. La pêche au homard ne s'était pas révélée très bonne cette année. Les faibles revenus et la colère aidant, je craignais que les couteaux ne servent pas uniquement à trancher les cordages des pièges à homard.

Je venais de me lever pour aller faire bouillir de l'eau quand John surgit dans la cuisine, le visage crispé et les yeux alarmés.

— Natalie !

— Qu'y a-t-il ?

La peur m'envahit.

— Sais-tu où est Charlene ?

— Est-ce que Tania va bien ? Lui est-il arrivé quelque chose ?

Sa bouche se contracta.

— Richard McLaughlin est mort.

J'eus l'impression de recevoir un coup de bélier en pleine poitrine.

— Mort ? Mais je l'ai vu ce matin même.

— Il s'agit donc d'un événement récent, commenta John.

— Qu'est-il arrivé ?

Je vis défiler dans ma tête toutes sortes de possibilités : une crise cardiaque, un AVC, un accident.

— Il a été assassiné.

J'écartai les cheveux de mes yeux d'une main tremblante. Je m'étais entretenue avec Richard McLaughlin à peine deux heures plus tôt. Et maintenant, il était décédé. Assassiné. Je revis le corps de Polly avec son blouson taché de sang. McLaughlin avait-il, lui aussi, succombé sous les balles ?

— Comment a-t-il été tué ?

— Quelqu'un l'a poignardé. C'est Emmeline Hoyle qui l'a trouvé. Elle était allée lui porter un plat cuisiné et l'a découvert gisant sur la galerie. Grimes sera bientôt de retour sur l'île, dit-il en soupirant.

Je me remémorai l'image de Charlene blottie contre McLaughlin, le dimanche précédent, à l'église, et mon estomac se noua.

— Charlene est-elle au courant ? m'informai-je.

— Je souhaitais que ce soit toi qui lui annonces la nouvelle.

Je fermai les yeux un instant. Puis, je m'adressai à ma nièce.

— Peux-tu garder le fort un moment ?

Gwen me regarda d'un air grave.

— Tout le temps qu'il te faut, tante Natalie.

— Je retourne sur les lieux du crime, indiqua John en se dirigeant vers la porte.

Alors même que sa main se posait sur la poignée, il s'arrêta puis revint vers nous.

— Quoi que tu fasses, ne laisse surtout pas Charlene venir au presbytère.

J'eus un mouvement de recul.

— C'est si horrible ?

— D'après Emmeline, ce n'est pas très beau à voir.

J'éprouvai un frisson d'horreur en imaginant le corps de McLaughlin, étendu sur la galerie en bois fraîchement peinte. Je ferais de mon mieux.

13

Vingt minutes plus tard, en arrivant chez Charlene, je pris une profonde inspiration avant d'affronter mon amie. Au moment où j'allais appuyer sur la sonnette, le vent froid d'automne balaya quelques feuilles mortes sur l'allée, les faisant atterrir au sol avec un bruit de craquement. *Comme des os qui s'entrechoquent*, songeai-je.

Mon doigt avait à peine pressé le bouton lumineux que Charlene ouvrit la porte. Je fus aussitôt envahie par l'odeur de son parfum *Beautiful*.

Son sourire s'éteignit quand elle me vit.

— Que viens-tu faire ici ?

— Puis-je entrer ?

Elle hésita un instant, puis acquiesça sèchement. Je la suivis dans le hall jusque dans le salon et pris place au bord de son canapé recouvert de toile chambray. Elle alla s'asseoir sur la causeuse en face de moi. J'éprouvai alors une immense tristesse à la pensée de la mort de Richard et de la distance qu'il avait créée entre nous.

— Je n'ai pas beaucoup de temps à t'accorder, indiqua-t-elle en croisant les jambes.

Je pouvais voir qu'elle était irritée juste à la façon dont son pied s'agitait en faisant se heurter les perles dans le bas de son jean à franges.

— Je dois aller rejoindre Richard dans une demi-heure, précisa-t-elle.

— Charlene, dis-je en avalant péniblement ma salive, j'ai une mauvaise nouvelle à t'annoncer.

— Quoi ? demanda-t-elle avec un mouvement brusque de la tête. Le domaine de Cranberry va être construit ?

— Non.

Quelque chose dans ma voix attira son attention.

— Qu'y a-t-il ?

Sa voix se brisa sur la dernière syllabe.

— C'est à propos de Richard.

Mes paroles semblaient provenir d'une autre planète.

— Il est mort.

Charlene me dévisagea.

— Mort ? Ce n'est pas possible. Je lui ai parlé ce matin.

— Je suis désolée, Charlene.

Elle bondit de la causeuse et se rua sur le téléphone pour composer un numéro, les doigts tremblants. C'était la fin de l'après-midi et un rayon de soleil vint se poser sur ses boucles caramel tandis qu'elle appliquait le combiné sur son oreille, le regard apeuré. J'ignore qui a répondu — et même si quelqu'un a répondu —, mais soudainement, sa figure se décomposa. Je franchis l'espace qui nous séparait et l'attrapai au moment où elle s'effondrait sur le plancher de bois franc.

— Richard, gémit Charlene en se balançant d'avant en arrière.

— Viens, dis-je doucement. Tu seras mieux sur le canapé.

— Qu'est-il arrivé? murmura-t-elle en se laissant guider jusqu'au canapé bleu.

Je la pris par les épaules. Pourquoi était-ce à moi de lui communiquer la funeste nouvelle?

— Quelqu'un l'a poignardé.

Elle cligna des paupières.

— Poignardé?

Elle couvrit sa bouche de ses mains et son visage devint gris.

— Oh mon Dieu! Non! C'était un homme si bon, si merveilleux... Pourquoi?

— Je ne sais pas, Charlene, prononçai-je à mi-voix en berçant mon amie en larmes. Je ne sais vraiment pas.

— Il était si vivant, si *vibrant*. Nous étions supposés aller dîner au restaurant. Il ne peut pas être mort. Il ne le peut tout simplement pas.

— Je suis navrée, chuchotai-je en la serrant très fort dans mes bras.

• • •

Je quittai la maison de Charlene une demi-heure plus tard. Dehors, le vent froid continuait de souffler. Tania et sa mère, Clarice, étaient venues aider Charlene à faire ses valises pour ensuite l'accompagner à l'auberge. Je l'avais invitée à venir demeurer avec moi quelques jours. Je ne voulais pas qu'elle reste seule et à force d'arguments, elle avait accepté.

Une fois le choc absorbé, la première réaction de Charlene fut de vouloir se rendre au presbytère. Nous réussîmes à l'en dissuader, mais uniquement après que je lui eus promis de tout mettre en œuvre afin de découvrir l'identité de l'assassin.

— Tu as découvert qui avait tué Katz, dit-elle. S'il te plaît, aide-moi à savoir ce qui est arrivé à Richard.

Sa voix trembla et sa figure se couvrit encore une fois de larmes.

— Je croyais avoir trouvé l'homme de ma vie, murmura-t-elle.

Je la serrai dans mes bras en lui promettant de l'assister de mon mieux. Voilà pourquoi je me dirigeais maintenant vers les lieux du crime.

En parcourant à vélo la petite allée de l'église, je ne parvenais pas à croire que j'étais au presbytère ce matin même. Des policiers se tenaient debout sur la galerie. Ce n'est que lorsque l'un d'entre eux descendit l'escalier pour aller chercher quelque chose dans son sac que j'aperçus le corps étendu. Ainsi, je n'avais pas rêvé.

Là où se trouvait la casserole au thon quelques heures plus tôt, reposait à présent Richard McLaughlin, un bras allongé en direction des marches, le regard vide et le teint pâle. Le col de sa chemise rouge était encore raide, mais le tissu se voyait taché de sang coagulé et une mare rouge coulait jusqu'au bord de la galerie. Mon estomac se souleva à cette vue et mes yeux s'emplirent de larmes.

Je compris alors pourquoi John tenait à ce que j'empêche Charlene de venir.

Je garai ma bicyclette et allai rejoindre les badauds — pour la plupart des femmes — qui s'était rassemblés sur l'allée. Emmeline Hoyle, tenant encore sa casserole recouverte d'un papier d'aluminium, vint à ma rencontre.

— Une autre tragédie, fit-elle en secouant la tête.

— On m'a dit que c'est vous qui l'aviez trouvé, mentionnai-je.

— En effet. Certains disent qu'être beau s'avère une bénédiction, mais ça peut aussi se révéler une malédiction, ajouta-t-elle en faisant claquer sa langue.

— Que voulez-vous dire ?

Elle pointa le menton en direction des femmes.

— Je ne serais pas surprise que l'une d'entre elles soit la coupable. Pour se venger parce qu'il avait repoussé ses avances.

— Vous croyez ?

Elle hocha la tête judicieusement.

— Un crime passionnel.

Je regardai le corps étendu sur la galerie. Elle avait peut-être raison. Il s'agissait d'un meurtre si fortuit et si inattendu. L'assassin n'avait même pas essayé de cacher la victime. Je détournai les yeux de la chemise rouge et du visage exsangue du cadavre. Pauvre Richard. Et pauvre Charlene. Je ressentais beaucoup de chagrin pour mon amie.

— Quand l'avez-vous découvert ? questionnai-je.

— Oh, il était environ une heure, indiqua-t-elle.

Une heure après mon départ du presbytère.

— Avez-vous vu quelqu'un ?

Elle secoua la tête négativement.

— La personne qui l'a tué s'était enfuie depuis longtemps. J'aurais cependant cru qu'une femme aurait utilisé du poison. Qui sait, il s'agissait peut-être d'un mari cocu.

— Peut-être, répondis-je en tentant de me rappeler si j'avais vu quelqu'un en sortant du presbytère.

Je cherchai John dans la foule et demandai à Emmeline si elle l'avait aperçu.

— Il était ici il y a quelques minutes, mais j'ignore où il est allé.

Une voix familière m'interpella de la galerie.

— Mademoiselle Barnes!

Je pivotai et distinguai Grimes en train de descendre lentement les marches.

— J'étais sûr de vous voir ici, lâcha-t-il.

Il avança lourdement dans ma direction en remontant sa ceinture sur son gros ventre. Je ne pus m'empêcher de froncer le nez à son odeur de vieux tabac.

— Vous ne pouvez pas vous tenir éloignée des cadavres, n'est-ce pas?

Je me raidis aussitôt.

— Que puis-je faire pour vous aider?

Il ouvrit son calepin.

— On m'a dit que le mort était proche de l'une de vos amies.

— Il fréquentait Charlene Kean, effectivement.

— Savez-vous s'ils ont eu une querelle d'amoureux, dernièrement?

Je fis signe que non de la tête.

— Pas à ce que je sache.

— D'après la rumeur, vous vous êtes disputée avec elle à propos de son nouveau petit ami.

— Oh?

Il promena son regard sur les habitantes de l'île.

— Il semblait plaire aux femmes. C'était un bel homme.

— J'imagine, oui.

— Où étiez-vous aujourd'hui? interrogea Grimes en me fixant avec ses petits yeux rapprochés.

Où voulait-il en venir?

— Je me trouvais à l'auberge, bien entendu. Et plus tard, je suis allée chez Polly pour prendre soin des chats, révélai-je en avalant difficilement ma salive. Et je me suis également arrêtée quelques minutes au presbytère.

— Au presbytère.

— Oui.

— À quelle heure ?

— Il devait être autour de onze heures trente.

Soit moins d'une heure avant la découverte d'Emmeline. Je réalisai alors que cela signifiait que j'étais sans doute la dernière personne — mis à part le meurtrier — à avoir vu Richard McLaughlin vivant.

Malgré sa lenteur d'esprit, Grimes parut aussi en venir à la même conclusion.

— Et pourquoi avez-vous choisi ce matin en particulier pour venir rencontrer le révérend McLaughlin ?

— Je voulais lui parler au sujet de Polly.

— Polly. Celle qui s'est suicidée dans le marais, c'est bien ça ?

— Il lui avait rendu visite à quelques reprises et je croyais qu'il en savait plus qu'il ne voulait bien le dire.

— Mmmm. Ainsi, vous êtes venue lui parler de Polly. Aviez-vous apporté une pièce de coutellerie avec vous ?

— De la coutellerie ?

— Je vous demanderais bien vos empreintes, mais nous les avons déjà dans nos dossiers, indiqua-t-il avec un petit sourire satisfait. Nous ne possédons pas celles de votre amie, cependant. Où habite-t-elle ?

— Elle demeure près de l'épicerie, mais elle va passer quelques jours avec moi à l'auberge.

— On dirait bien que vous êtes redevenues amies, souligna-t-il.

— Son amoureux vient d'être assassiné, répliquai-je aigrement.

— Et maintenant, vous voilà de bonnes copines à nouveau. Comme c'est joli !

— Où est John ? m'enquis-je.

— Votre petit ami ? Oh, il est quelque part. Quelles sortes de couteaux utilisez-vous, Mademoiselle Barnes ?

— Des Henckels, répondis-je. Je me souviens de la marque parce qu'ils m'ont coûté une petite fortune.

Il hocha la tête.

— Je vais envoyer quelqu'un y jeter un coup d'œil.

— Quoi ?

— J'estime que nous allons devoir reprendre cette conversation très bientôt, Mademoiselle Barnes. Alors, si j'étais vous, je ne planifierais pas de vacances. Et votre amie non plus.

— Êtes-vous en train d'insinuer que je suis, je veux dire que Charlene et moi sommes suspectées du meurtre ?

Il se mit à sourire comme un chat venant de gober un oiseau.

— Il est encore trop tôt pour le dire, Mademoiselle Barnes. Mais j'espère que votre copine et vous avez de bons avocats.

Avant même que je ne puisse trouver une réplique, John s'approcha derrière lui.

— Il y a un problème ?

— Je vais laisser votre petite amie vous raconter, dit Grimes.

Puis, il remonta sa ceinture et retourna, fier de lui, rejoindre l'équipe chargée d'examiner la scène du crime.

John passa sa main dans ses cheveux bruns éclaircis par le soleil, et le pli entre ses yeux s'accentua.

— Que se passe-t-il, Natalie ?

— Charlene et moi sommes considérées comme suspectes.

Il haussa ses épais sourcils.

— Quoi?

— J'étais probablement la dernière personne à l'avoir vu vivant. Grimes croit qu'il s'agit d'un crime passionnel et que j'ai pété les plombs.

— Je ne saisis pas. Si c'est un crime passionnel, en quoi cela te concerne-t-il? À moins que Richard et toi…, ajouta-t-il d'un ton soupçonneux.

Je levai les yeux au ciel.

— Tu veux rire? Grimes aurait apparemment entendu dire qu'il existait un conflit entre Charlene et moi à propos de McLaughlin. J'ai l'impression qu'il pense que j'ai tué le révérend dans le but de me réconcilier avec Charlene.

John secoua la tête.

— C'est ridicule!

— Essaie de faire comprendre cela à Grimes, le défiai-je. Le couteau qui a servi à l'assassinat était-il de marque Henckels?

Il acquiesça.

— Comment le sais-tu?

— Grimes en a fait mention. J'ai vraiment de la veine. Charlene et moi utilisons toutes les deux des couteaux Henckels et il veut envoyer quelqu'un examiner ma coutellerie. Et sans doute celle de Charlene.

Ma gorge se serra.

— Oh non!

— Qu'y a-t-il?

— Charlene m'a dit qu'un de ses couteaux avait disparu. Seigneur, et si c'était le même?

— Je suis certain que non, prononça John d'un ton apaisant.

Mais de mon côté, j'étais loin de me montrer aussi catégorique. Je jetai un coup d'œil au groupe de badauds qui nous observaient,

John et moi. Emmeline me sourit en faisant un signe de la tête, le regard brillant.

— Nous ferions mieux de discuter de tout ça à l'écart des oreilles indiscrètes, murmurai-je. De plus, Charlene est partie à l'auberge afin de passer quelques jours avec moi et il faut que j'y retourne pour veiller sur elle.

— Ce n'est pas une mauvaise idée. Comment va-t-elle?

— Comme on peut s'y attendre dans les circonstances, expliquai-je. Combien de temps penses-tu devoir rester ici?

— Je ne sais pas. Tant qu'ils auront besoin de moi.

Il se pencha pour déposer un baiser rapide sur ma tête, ce qui déclencha une vague de murmures parmi les habitants de l'île.

— Pourquoi ne viendrais-tu pas manger à l'auberge quand tu auras fini? Je vais faire chauffer de la chaudrée de palourdes au four à micro-ondes.

— C'est toujours mieux qu'un autre repas congelé.

J'éclatai de rire.

— C'est Charlene qui l'a faite, alors, tu peux être sûr qu'elle est bonne.

Il prit la direction du presbytère tandis que je retournai à mon vélo en passant devant la masse de curieux.

— C'est vraiment un bel homme, commenta Emmeline au moment où j'arrivais à sa hauteur.

— Oui, j'imagine, dis-je en rougissant.

— Venez faire un tour à la maison dès que vous le pourrez, ajouta-t-elle. J'ai un modèle de broderie pour vous et je vous ai copié cette recette de pain aux bananes.

Ses yeux étincelaient. Je savais qu'elle avait également hâte de me montrer les sentiers qu'elle avait découverts.

— Peut-être irai-je demain matin, après le petit déjeuner.

— Je vous attendrai. Nous prendrons le thé !

La femme à côté d'elle tira sur sa manche. Les hommes sur la galerie étaient en train de déposer le corps de McLaughlin dans un sac mortuaire noir. Je tournai la tête à l'instant où son bras glissa et pendit sans vie dans le vide. J'aperçus alors une jeune fille dans le sous-bois. Elle avait les cheveux blonds et le visage en larmes. Puis, elle disparut dans un bruissement de feuilles.

● ● ●

La camionnette de Charlene se trouvait dans l'allée lorsque je parvins à l'auberge quelques minutes plus tard. Le soleil se couchait sur le continent, embrasant au loin les collines de mille feux. Il s'avérait difficile de croire qu'une vie venait de s'éteindre aussi violemment quand tout autour de moi se révélait si beau et si serein.

Le vent frais me fit frissonner lorsque j'allai ranger ma bicyclette dans l'abri. Je courus ensuite jusqu'à la porte de la cuisine. Je décochai un coup d'œil vers l'est : un banc de nuages gris s'avançait en provenance du large. Le temps n'allait plus être aussi favorable. J'espérai que les enquêteurs auraient le temps de rassembler toutes les preuves avant que l'orage ne se déclare.

Au moment de refermer la porte derrière moi, j'aperçus Gwen et Charlene assises à table, serrant chacune leur tasse dans le creux de leurs mains. Mon amie avait la figure barbouillée de mascara et les épaules courbées dans son pull en cachemire.

J'enlevai mes souliers et allai la réconforter en lui donnant une légère pression sur l'épaule.

— Comment était-il ? demanda-t-elle d'une voix enrouée.

— Il repose en paix maintenant, répondis-je doucement.

Elle éclata en larmes encore une fois et je l'entourai de mes bras pendant qu'elle continuait de sangloter. Puis, au bout de quelques minutes, elle se redressa.

— Il faut que je me remette, énonça-t-elle en s'essuyant les yeux.

— Prends tout le temps qu'il te faut, dis-je. T'es-tu installée dans une chambre ?

— Je l'ai mise dans la suite des Lupin, indiqua Gwen en sirotant son thé.

— C'est l'une de mes préférées. Au fait, y a-t-il quelque chose dont je dois m'occuper ? m'enquis-je auprès de ma nièce.

— Candy te cherchait. Benjamin également.

Je poussai un soupir.

— Que voulaient-ils ?

— Candy voulait uniquement te poser d'autres questions, je crois. Et Benjamin a parlé de dîner.

— En d'autres termes, rien d'urgent.

J'allai chercher un contenant de chaudrée de palourdes dans le congélateur.

— Benjamin devra se débrouiller seul pour dîner, déclarai-je. J'ai invité John à venir manger de la chaudrée quand il aura terminé…

Je jetai un coup d'œil à Charlene et laissai ma phrase en suspens en réalisant que la conversation que John et moi avions reportée devrait attendre jusqu'à ce que Charlene soit couchée. Je pris un sac de petits pains dans le congélateur et ouvris le réfrigérateur pour dénicher de quoi composer une salade. Les tablettes débordaient de fruits frais et d'œufs. Je me tournai vers Charlene.

— Tu as apporté l'épicerie ?

Elle sourit faiblement.

— Tania me l'a demandé. Elle m'a dit que tu la récompensais avec du chocolat.

Durant une seconde, je retrouvai mon amie d'avant, celle qui se montrait toujours joviale.

— Grand merci. Sinon, j'aurais été obligée de servir du paillis de pin et des œufs de sternes pour le petit déjeuner.

— Cela signifie-t-il que tu as cessé d'être membre de *Sauvons nos sternes*? interrogea Charlene avec un mince sourire.

— Si nous ne nous étions pas réconciliées, j'ai bien peur que je n'aurais pas eu le choix, avouai-je.

Son sourire s'effaça aussitôt et son visage se décomposa une nouvelle fois. Je me précipitai vers elle. La nuit s'annonçait difficile pour tout le monde.

Le ciel s'était assombri, la pluie battait les fenêtres et le vent soufflait fort lorsque John frappa à la porte de la cuisine une heure plus tard. Le tonnerre retentit au moment où je courus lui ouvrir la porte.

— Les enquêteurs ont-ils eu le temps de terminer avant que l'orage n'éclate ? demandai-je pendant qu'il refermait la porte derrière lui et retirait son imperméable.

— Je crois que oui, indiqua-t-il en saluant Charlene.

Elle se trouvait assise près du radiateur, enroulée dans une couverture, et buvait lentement son thé. Depuis une demi-heure, elle fixait la tempête à l'extérieur en tenant Pepper serrée contre sa poitrine tandis que je lui faisais la conversation tout en essayant de diminuer la pile de linge sale dans la buanderie.

John accrocha son imperméable à côté de la porte et enleva ses bottes.

— Une chance que j'ai vérifié les prévisions météorologiques ce matin et que j'ai pris mon imper. Sinon, je serais trempé comme un canard.

— Maintenant que tu es là, je vais pouvoir faire chauffer la chaudrée, annonçai-je. Veux-tu une tasse de thé ?

Il me sourit d'un air las et la tendresse qui se reflétait dans ses yeux verts me fit chavirer.

— J'apprécierais beaucoup.

— Savent-ils qui l'a tué ? s'informa Charlene, la voix toujours enrouée.

John me décocha une œillade complice.

— Non, dit-il doucement. Pas encore. Mais ils poursuivent leur enquête.

Je lui fis un petit signe d'approbation. Charlene n'avait pas besoin de savoir que nous étions suspectes, elle et moi. Du moins, pas tout de suite.

— D'après toi, qui aurait pu commettre ce crime ? questionna-t-elle en comprimant davantage la petite chatte contre sa poitrine.

— Honnêtement ? J'espérais que tu pourrais aider la police à l'identifier.

— Moi ? s'exclama Charlene.

Il tira une chaise en face d'elle et se pencha, les mains jointes entre ses genoux.

— S'était-il querellé avec quelqu'un récemment ? Ou t'avait-il parlé d'une dispute, même avec quelqu'un de son passé ?

Charlene secoua la tête avec lenteur.

— Tout le monde aime… aimait… Richard.

Sa voix se brisa et elle étouffa un sanglot.

— Je sais que c'est difficile, continua John. Mais si tu te rappelles quelque chose — même une parole cinglante ou un appel téléphonique inhabituel —, ce serait bien de le mentionner à la police.

Elle resserra sa couverture autour d'elle. La vue de son visage baigné de larmes me fendait le cœur.

— Une chose étrange est survenue, indiqua-t-elle lentement. Mais je ne pense pas que cela ait une quelconque signification.

John se pencha encore plus en avant.

— De quoi s'agit-il ?

— Richard... Richard m'a dit qu'il avait découvert quelque chose durant les rénovations. Un journal intime, je crois. Cependant, il n'avait pas encore décidé ce qu'il allait en faire.

— Tu veux dire qu'il ne savait pas s'il devait aller le porter au musée ? demandai-je.

Charlene renifla et repoussa ses cheveux derrière ses oreilles. J'étais tellement habituée de la voir maquillée et coiffée ; et à présent, son visage nu semblait si vulnérable.

— Non, répondit-elle. Je ne pense pas que c'était cela. Il comptait en discuter avec quelqu'un.

— À qui appartenait le journal ? questionnai-je.

— Je ne suis même pas certaine que c'était un journal intime. Il devait sans doute être la propriété de l'un des prêtres.

Cela me rappela une chose que Matilda m'avait mentionnée. *Les vieilles rancunes perdurent.* Se pouvait-il que quelqu'un ait assassiné Richard à cause d'un vieux journal intime ?

— Sais-tu où il l'a rangé ? essayai-je de me renseigner.

Elle secoua la tête.

Je me tournai vers John.

— Pourrais-tu t'informer si la police a trouvé quelque chose?

— Je vais appeler demain, acquiesça-t-il.

Mon estomac gargouilla, ce qui me fit penser à la chaudrée.

— Quelqu'un veut manger? proposai-je.

Charlene ne répondit pas, mais John s'exclama:

— Je meurs de faim.

— Je vais préparer le dîner.

— Puis-je t'aider? offrit John en se levant et en approchant sa chaise de la table.

— Tu te débrouilles bien avec les salades?

— C'est ma spécialité, révéla-t-il en me faisant un clin d'œil.

Quelques minutes plus tard, l'odeur des petits pains dorés et de la chaudrée de palourdes envahit la pièce. Malgré les circonstances tragiques de la journée, l'ambiance de la cuisine me paraissait beaucoup plus agréable qu'au cours des derniers jours, avec Charlene assise près de la fenêtre et John en train de déchirer la laitue romaine à côté de moi. Je réalisai alors combien John m'avait manqué.

Je finissais de brasser la chaudrée quand la porte de l'auberge s'ouvrit subitement pour laisser apparaître Candy. Ses yeux enregistrèrent rapidement la présence de Charlene, puis s'arrêtèrent sur John.

— Puis-je vous être utile? m'enquis-je en essayant de ne pas laisser transparaître la froideur dans ma voix.

— Je me demandais seulement si vous aviez vu Ben, s'informat-elle d'un ton joyeux.

En dépit de l'orage qui sévissait dehors, elle était vêtue comme pour aller à une fête à la plage, avec sa petite robe hawaïenne rouge et ses sandales à brides à talons hauts.

— Nous sommes supposés aller dîner.

Je haussai les épaules.

— Désolée, je l'ignore.

Elle jeta un dernier regard persistant à John.

— Si jamais vous le voyez, dites-lui que je le cherche.

Je hochai sèchement la tête pendant qu'elle refermait la porte derrière elle.

— Cette femme m'intrigue, dis-je.

John me gratifia d'une expression de surprise.

— Quoi ? Parce qu'elle porte une robe en octobre ?

— Non, répliquai-je en traversant la pièce pour me rendre à la cuisinière. Au début, elle m'a suivie durant des jours dans l'auberge, prétendant qu'elle s'efforçait de se renseigner sur la gestion d'une auberge parce qu'elle a l'intention d'en ouvrir une sur le continent. Puis, elle a provoqué accidentellement une inondation dans sa chambre qui va me coûter des milliers de dollars en réparations.

J'ouvris la porte du four pour vérifier les petits pains, puis la refermai brusquement.

— Tout doux, Natalie. Tu n'as pas besoin en plus de briser ton four.

— Mais attends, ce n'est pas le meilleur. Je viens d'apprendre qu'elle a fait une offre d'achat pour acquérir le Bord de la falaise. Elle tente de voler mes secrets de gestion et de m'acculer à la faillite dans le but d'inaugurer sa propre auberge à l'autre bout du chemin.

Même Charlene réagit.

— Quoi ?

— C'est ce que Gwen m'a raconté ce matin.

Charlene cligna des yeux.

— Je savais qu'un agent immobilier faisait visiter le Bord de la falaise, mais je croyais que c'était à une personne qui cherchait une résidence d'été. Es-tu certaine que c'est ce qu'elle a en tête?

— Charlene, répondis-je. Cela fait presque une semaine que cette femme me suit pas à pas, prenant des notes sur tout, même sur le nom de mes fournisseurs et sur mes produits de nettoyage.

— Que comptes-tu faire? demanda John.

J'exhalai un soupir et me laissai tomber sur une chaise.

— Je ne sais pas. Je vais d'abord l'empêcher de voir ma liste d'invités. À part cela, cependant…, fis-je en haussant les épaules. Nous sommes dans un pays libre.

•   •   •

Le dîner se déroula relativement bien étant donné les circonstances. Gwen vint se joindre à nous et, à nous trois, nous réussîmes à distraire Charlene pour l'empêcher de trop penser à ce qui s'était passé au presbytère.

Après que Gwen, John et moi-même eûmes vidé nos bols de glace au chocolat — Charlene touchant à peine au sien —, mon amie se tourna vers moi, le visage pâle.

— Il faut que tu trouves qui a fait cela à Richard, lança-t-elle. Je repoussai mon récipient.

— Je sais, dis-je. Et je vais faire tout mon possible.

— Il faut que nous allions au presbytère demain, ajouta-t-elle.

— Je ne sais pas si nous avons le droit…, commençai-je.

— Je m'en fiche. J'ai la clé. S'il a été tué à cause du journal intime, je dois y jeter un coup d'œil afin de voir si je peux établir un lien quelconque.

John hocha la tête.

— Cela a du sens. Mais je suis sûr que la police l'a maintenant en sa possession et qu'elle fait tout pour réunir les pièces du casse-tête.

— Tu parles de Grimes? demanda-t-elle en secouant la tête. C'est un imbécile.

Je devais admettre qu'elle avait raison sur ce point.

— Non, poursuivit-elle. J'ai besoin de fouiller moi-même le presbytère.

— Je sais que Grimes ne constitue pas l'enquêteur idéal et que cela ne nuirait pas si nous enquêtions de notre côté. Toutefois, l'accès au presbytère se verra sans doute interdit pendant quelques jours. Il s'agit d'une scène de crime, rappela John.

— Alors, nous irons dès que l'interdiction sera levée, enchaîna-t-elle en me décernant un regard qui indiquait clairement qu'elle n'avait pas l'intention d'attendre.

Je poussai un soupir.

— Que sais-tu du passé de Richard? interrogeai-je en espérant modifier le sujet de conversation. Sa mort est peut-être reliée à quelque chose qui est survenu avant sa venue sur l'île.

— De toute façon, cela vaut la peine d'en tenir compte, dit John.

— Tout ce que je sais, c'est qu'il a occupé ses fonctions à Boston durant quelques années avant d'être envoyé à Cranberry Island.

Je me penchai sur ma chaise.

— C'est un gros changement que de transférer de Boston à Cranberry Island. T'a-t-il dit pourquoi il avait déménagé?

— Il ne m'en a jamais vraiment parlé, précisa Charlene.

John tourna les yeux vers moi et je sus que nous pensions la même chose. Les prêtres ne se voient pas mutés des grandes régions métropolitaines à des petites îles du Maine pour récompenser leur bon comportement. Cela se révélerait possiblement une idée intéressante de communiquer avec le diocèse de Boston afin d'en savoir un peu plus sur l'histoire de McLaughlin et sur le motif de son affectation ici.

— A-t-il déjà été marié ? questionna John.

— Je ne crois pas, indiqua Charlene. Bien que j'aie eu l'impression qu'il avait eu une relation amoureuse qui s'était mal terminée.

Les larmes jaillirent de ses yeux encore une fois.

— Voilà pourquoi ce qu'il y avait entre nous était si… Oh, Seigneur…!

Elle recommença à sangloter.

— Ça va aller, tu verras, murmurai-je en me penchant pour serrer son bras tandis que Gwen lui tendait un papier-mouchoir.

La pluie continua de battre la fenêtre et le tonnerre de gronder au-dessus de nos têtes pendant que nous attendîmes que Charlene retrouve son calme.

Elle se moucha et nous regarda.

— Je ne crois pas que je vais pouvoir discuter davantage ce soir. C'est trop… trop…

— Je sais, dis-je doucement. Je vais aller te faire couler un bain. Cela me détend toujours. Avec une chandelle et quelques gouttes de bain moussant ?

— Merci, accepta-t-elle d'une petite voix alors que je passais la porte battante pour me rendre à la suite des Lupins.

Quinze minutes plus tard, tandis que Charlene se prélassait dans un bain chaud plein de bulles odorantes, je rejoignis John. Gwen était montée dans sa chambre, de sorte que nous n'étions plus que nous deux dans la cuisine peinte en jaune.

— Ça va être une période difficile pour elle, énonçai-je.

Les yeux verts de John se voyaient empreints de fatigue.

— Et elle ne sait même pas qu'elle est considérée comme suspecte.

Je grimaçai.

— Je sais.

Je tirai une chaise à côté de celle de John en songeant combien il était agréable de l'avoir avec moi dans la cuisine. Avec Benjamin, j'avais l'impression de vivre à proximité d'une tempête tropicale — il représentait un être bouillant et imprévisible. John équivalait davantage à un front chaud… réconfortant et stable, dispensant un feu tranquille et constant. Sans le vouloir, je me mis à fixer son visage tanné et les rides cernant ses yeux. J'essayai de détourner mon regard en me concentrant sur la pluie qui coulait sur les carreaux de la fenêtre.

— Je ne t'ai pas encore raconté ce qui s'est passé quand je suis allée chez Polly aujourd'hui, murmurai-je.

— Tu es allée chez Polly ?

Pendant que le vent continuait de souffler fortement autour de la vieille auberge, je lui relatai ce qui était survenu — la boîte de balles, l'intrus… et ma visite au presbytère.

— S'il s'agissait d'un suicide, pourquoi quelqu'un aurait-il pris la peine de venir chercher les munitions ? demanda-t-il.

— Parce qu'il y avait une balle de moins que ce que la boîte aurait dû normalement contenir. Ce qui signifie que ce n'était pas un suicide.

— Mais ils n'ont pas trouvé d'autre douille, précisa John.

— Ils n'ont même pas cherché, indiquai-je. Et le marais est grand.

— En effet.

— Ce qui me convainc plus que tout, c'est que j'ai parlé des balles à McLaughlin et que quelqu'un est venu les récupérer moins d'une heure plus tard.

— Crois-tu que c'était McLaughlin ?

— C'est ce que j'ai cru, au début… mais McLaughlin est mort. Ce n'est donc pas lui le meurtrier. En présumant que le meurtrier est le même dans les deux cas, bien entendu.

John soupira.

— Il faudrait mentionner à quelqu'un ce qu'il est advenu des balles.

Il m'observa d'un air dubitatif.

— J'ignore s'il s'agit d'une bonne idée…

Je lui fis une moue désabusée.

— Pas avec Grimes dans l'enquête.

John fit tourner lentement son bol.

— Crois-tu que quelqu'un aurait pu assassiner McLaughlin à cause d'une chose que Polly lui aurait révélée ?

— Je ne sais pas, répondis-je. C'est juste un peu étrange. Il a souligné quelque chose à propos des « détails sordides » de la vie de Polly.

— Mais Polly est décédée, alors, pourquoi quelqu'un aurait-il voulu tuer McLaughlin pour le faire taire ?

— Précisément. Cela n'a aucun sens, expliquai-je en tremblant. Le meurtrier s'est sans doute rendu au presbytère peu de temps après mon départ.

John me fixa droit dans les yeux.

— Ou bien il attendait que tu partes.

Cela me fit frissonner.

— Tu veux dire qu'il… ou elle… savait que j'étais là ?

— C'est exactement cela qui m'inquiète. Si McLaughlin connaissait quelque chose qu'il n'aurait pas dû connaître et si le meurtrier savait que tu t'étais entretenue avec lui…

— Et si McLaughlin lui a indiqué que j'avais l'intention d'aller compter le nombre de balles dans la boîte…

John se pencha et saisit mon bras.

— Je pense que tu vas devoir te montrer très, très prudente, Natalie.

J'exhalai un soupir.

— Et dire que j'étais venue à Cranberry Island pour mener une existence tranquille.

Il eut un petit rire étouffé et se cala dans sa chaise.

— Malheureusement, Natalie, tu sembles attirer les problèmes.

Je songeai à cette pauvre Polly et à McLaughlin, au «fantôme» dans le grenier, ainsi qu'à Candy qui voulait acheter le Bord de la falaise, de même qu'à l'offre de Benjamin…

— Je crois que j'ai besoin de vacances.

— Un jour peut-être, quand toute cette histoire sera terminée, nous pourrions planifier quelque chose.

Il tendit encore une fois la main pour serrer la mienne.

— Peut-être, répondis-je en laissant la chaleur remonter dans mon bras et se glisser quelque part dans mon cœur.

Trop vite à mon goût, John repoussa sa chaise et se leva.

— Tu devrais aller voir comment va Charlene, suggéra-t-il. Moi, je dois rentrer chez moi.

— Merci d'être venu.

Il prit son imperméable.

— Et merci pour le dîner. Je te dirai ce que Grimes me racontera à propos de l'enquête. Mais n'aie pas trop d'attentes.

— Je n'en ai pas. D'ailleurs, je vais sans doute avoir l'occasion de lui parler moi aussi lorsqu'il viendra inspecter mes couteaux.

— Est-ce que ta collection est complète ?

Mes yeux s'arrêtèrent sur le porte-couteau.

— Tu sais, je n'ai jamais vérifié.

John haussa les épaules d'un air résigné.

— Pour être honnête, je ne crois pas que cela puisse changer grand-chose.

Il s'immobilisa, la main sur la poignée, et me regarda longuement.

— Bonne nuit, Natalie.

— Bonne nuit, John, dis-je, la voix rauque.

J'allai à la fenêtre et le suivis des yeux jusqu'à ce qu'il disparaisse dans l'ancienne remise pour voitures à chevaux. Puis, je verrouillai la porte et allai compter mes couteaux. Ils y étaient tous, sauf le couteau de chef. Le manche s'était brisé quelques mois plus tôt et je n'avais pas eu le temps de le remplacer. De plus, songeai-je, un couteau de chef servait à trancher des légumes, pas de la viande. Je frissonnai. *Ou des êtres humains.*

• • •

Il était presque minuit quand Charlene réussit finalement à s'endormir. J'étais demeurée près d'elle pendant des heures simplement à l'écouter, à la réconforter et à essayer de l'empêcher de s'effondrer. Après avoir bordé Charlene et Pepper, puis avoir éteint la lumière, je retournai, les yeux troubles, dans la cuisine, afin de mettre en place le petit déjeuner. Par chance, il me restait quelques pains aux canneberges que j'avais fait congeler voilà une semaine. Je les sortis pour les laisser décongeler, puis je déposai des saucisses dans la poêle et râpai du fromage pour la strata que j'avais l'intention de préparer le lendemain matin. Je me trouvais en train de trancher la tête d'un ananas pour la salade de fruits lorsque j'entendis un cliquetis derrière moi.

15

Je pivotai juste à temps pour distinguer la poignée tourner. J'aperçus ensuite du mouvement à travers le carreau de la porte. Je saisis un couteau de boucher et avançai sur la pointe des pieds jusqu'aux interrupteurs électriques. Ma main tremblait au moment où j'éteignis la lumière de la cuisine pour allumer celle de la galerie.

Il n'y avait personne.

Je jetai un coup d'œil dehors par la porte. Sous le faisceau lumineux, la pluie ressemblait à des fils d'argent, mais la galerie était vide. Puis, mes yeux se dirigèrent sur les planches de bois.

Il n'y avait personne à cet instant-ci, mais quelqu'un s'y trouvait un moment plus tôt. Des traces de boue, déjà à moitié effacées par la pluie, maculaient la peinture blanche.

Je fonçai vers la porte battante et courus jusqu'à la porte d'entrée de l'auberge. La porte était verrouillée. Après avoir vérifié chaque fenêtre du rez-de-chaussée, je réintégrai la cuisine et déposai le couteau à découper sur le comptoir, près de moi. Je tranchai rapidement l'ananas. Le couteau glissait de mes mains vacillantes et je me fis une entaille à un doigt. Malgré l'ambiance chaleureuse de la cuisine — c'était habituellement mon refuge —, je me sentais exposée à la vue de tous et vulnérable. Si quelqu'un avait en main un revolver, je représentais une proie facile. Je ne voyais personne dehors, mais quiconque se tenait à l'extérieur pouvait me voir.

Je transférai les morceaux d'ananas dans un bol et fermai le brûleur sous la poêle. Un moment plus tard, je rangeai les saucisses et les morceaux d'ananas dans le réfrigérateur, puis j'éteignis la lumière de la cuisine avant de monter dans ma chambre, munie d'un couteau. Je plaçai ce dernier sur ma table de chevet pour ensuite enfiler ma chemise de nuit, attentive aux moindres bruits. Qui donc se trouvait sur la galerie? L'assassin de Polly? En tout cas, il ne s'agissait certainement pas d'un fantôme, car les fantômes ne laissent pas de traces de boue.

Et pourquoi la personne a-t-elle tenté de pénétrer dans l'auberge?

Je ressentais encore les effets de l'adrénaline lorsque je remontai mes couvertures jusqu'à mon menton et pris un des romans à mystères de Michele Scott. J'avais verrouillé la porte de ma chambre. Tout comme l'avait fait Gwen — je l'avais vérifié. Et tout était également verrouillé au rez-de-chaussée. Si jamais quelqu'un d'autre qu'un invité essayait d'entrer, il devrait briser une fenêtre et je l'entendrais. En plus, John se trouvait à quinze mètres et je pouvais l'appeler en tout temps.

Je m'efforçai de me plonger dans mon histoire de vignoble californien, mais ce soir, je ne pus y parvenir. J'éteignis donc la lumière et fis presque un arrêt cardiaque quand Biscuit bondit sur le lit pour venir se blottir contre mon épaule. Après être longtemps demeurée à fixer le plafond sombre et à tendre l'oreille aux plus infimes bruits de verre cassé, je finis par m'endormir.

• • •

Il faisait encore noir lorsque la sonnerie du réveil retentit quelques heures plus tard. J'enfonçai le bouton d'un coup de doigt et actionnai l'interrupteur. Biscuit se faufila sous les couvertures tandis que j'enfilai ma robe de chambre avant de descendre faire chauffer du café.

La pluie avait cessé, mais les fenêtres étaient toujours obscures et glaciales quand j'ouvris la lumière et me dirigeai vers l'évier. Je resserrai ma robe de chambre autour de moi en ayant encore une fois l'impression d'être exposée à la vue de tous. La personne qui se trouvait dehors hier soir était sûrement partie, songeai-je en mesurant le café. Elle ne pouvait pas être restée toute la nuit sous l'averse.

Je ne pouvais m'empêcher de regarder la porte tout en préparant la strata. Je battis les œufs et les étalai sur les morceaux de pain, la saucisse et le fromage râpé. Mon intention avait été de la confectionner la veille — la recette exigeait que la strata repose au réfrigérateur plusieurs heures —, mais mes invités devraient se contenter de cette version rapide.

Je poussai un soupir de soulagement en apercevant les premières lueurs de l'aube. Après avoir mélangé les morceaux d'ananas dans un bol avec des fraises et des tranches de kiwis, j'enfournai la strata, puis je montai dans ma chambre pour aller me changer. Cette fois-ci, par contre, j'étais munie d'une tasse de café plutôt que d'un couteau à découper.

Avant même que l'horloge n'indique 8 h 30, la strata grésillait, j'avais déposé des tranches de pain aux canneberges et aux noix sur une assiette en argent, et les couleurs rouge, vert et jaune de la salade de fruits chatoyaient au soleil qui pénétrait par les fenêtres.

Benjamin fut le premier à descendre. Il était attirant dans son pantalon en velours côtelé et sa chemise rouge foncé ; j'eus cependant un petit pincement au cœur en constatant qu'elle ressemblait à celle que portait McLaughlin la veille. Il portait aussi des bottes western. Un Texan demeurera toujours un Texan…

Ses yeux me balayèrent de haut en bas.

— Tu es en beauté ce matin, Natalie.

— Merci.

Je tirai timidement sur mon chemisier. J'avais choisi l'un de mes plus ravissants ; sa couleur bleu pâle s'harmonisait bien avec mes yeux.

— Puis-je t'apporter du café ?

— Avec plaisir, accepta-t-il en s'assoyant à la table près de la fenêtre. J'ai entendu dire qu'il y avait eu un meurtre, hier. Le pasteur ou quelque chose du genre.

— Oui. C'était l'amoureux de ma meilleure amie, en fait.

Benjamin secoua la tête.

— Je suis désolé. Qui aurait cru qu'une si petite île pourrait être troublée par tant de violence, et pourtant, les gens semblent tomber comme des mouches.

Il se pencha d'un air complice.

— Austin ne paraît pas si mal après tout, ne penses-tu pas ?

— Candy a-t-elle réussi à te trouver hier soir ? m'informai-je.

Il me fixa avec ses yeux bleus hypnotiseurs pendant que je lui versais du café, et j'en fus toute chamboulée. Quand je ne me tenais pas en présence de Benjamin, je n'éprouvais aucune difficulté à renoncer à lui, mais dès qu'il apparaissait devant moi, j'oubliais mes belles résolutions.

Il éluda ma question et s'empara de ma main libre pour en caresser la paume.

Une bouffée de chaleur m'envahit et je déposai rapidement la cafetière avant de renverser du café sur mes chaussures.

— As-tu réfléchi à ma demande ? s'enquit-il d'une voix basse et pressante.

Mon corps disait *oui, oui, oui*, mais je parvins à garder la tête froide, du moins pour l'instant. *Pense à John*, me grondai-je intérieurement tout en détournant mon regard des yeux bleus de Benjamin afin de me concentrer sur le phare à l'horizon. Je m'efforçai de résister à ses cheveux brun pâle, à son long visage mince…

Je pris une profonde inspiration.

— Tu veux parler de l'auberge à Austin ?

Il saisit ma main.

— Je parle de mon autre demande.

J'avalai ma salive.

— De ma demande en mariage, précisa-t-il.

— Oui.

Je voulais dire non, mais c'est tout ce que je pus exprimer.

— Je continue d'y réfléchir.

— Bien.

Il caressa la paume de ma main du bout du doigt.

— Dans ce cas, devrais-je contacter l'agent immobilier ?

Je retirai ma main comme sous l'effet d'une brûlure et m'emparai de la cafetière.

— Non, non… pas encore.

— Je ne vais pas te mordre, Natalie. Je veux simplement m'assurer que tu envisages toutes les options.

Heureusement, Russell Lidell pénétra dans la salle à manger à l'instant même, vêtu encore une fois d'un costume brun foncé trop petit. Il s'assit lui aussi à proximité de la fenêtre et je me précipitai à sa table.

— Du café ? proposai-je, la voix étouffée.

— Avec plaisir.

Il me décocha un regard étrange.

— Y a quelque chose qui ne va pas ?

Je posai mes yeux sur Benjamin, qui m'observait d'un air triste.

— Non, non. Tout va bien, balbutiai-je. Ce matin, il y a de la strata et de la salade de fruits, ainsi que du pain aux canneberges… D'ailleurs, je ferais mieux d'aller jeter un coup d'œil à la strata. Je reviens dans une minute !

Deux paires d'yeux me suivirent tandis que je me ruais vers la porte battante afin d'aller me réfugier dans la cuisine.

Je saisis la poignée et sortis la strata du four, mais l'odeur de la saucisse et du fromage fondu ne réussit pas à me réconforter. Je déposai abruptement la casserole sur une grille. Pourquoi diable avais-je dit que je réfléchissais à sa demande quand je savais que la réponse était non ? Je promenai mon regard sur l'horizon et sur la maison de John. John et ses cheveux pâlis au soleil couverts de copeaux de pin, son sourire facile et le sentiment de stabilité qu'il me procurait… Étais-je vraiment prête à tout abandonner — l'auberge de la Baleine grise, Cranberry Island… et John — pour donner une seconde chance à Benjamin ? Je revis les longs cheveux noirs de Zhang, la main de Benjamin dans son dos, et je ressentis à nouveau la douleur d'avoir été trahie. Je pris alors conscience qu'il avait éludé ma question à propos de Candy. Benjamin et Candy avaient fait du kayak ensemble, puis ils s'étaient rendus sur le continent… et il passait ses journées avec elle, même s'il tentait de me convaincre de l'épouser.

Il m'avait déjà trompée.

Je n'avais pas envie de courir le risque de l'être encore une fois.

Je saisis la strata et pris mon courage à deux mains pour retourner dans la salle à manger et indiquer à Benjamin que ce n'était pas possible entre nous. J'avais presque atteint la porte quand le téléphone sonna.

Je déposai la strata et empoignai le combiné.

— L'auberge de la Baleine grise, bonjour!

— Mademoiselle Barnes?

— Oui, c'est moi.

— Je suis Gus Fruhstuck, des assurances Allstart. Je vous appelle au sujet de votre réclamation concernant l'auberge de la Baleine grise.

— Ah oui? Est-ce que les ouvriers vont venir effectuer les réparations cette semaine?

— Euh... non, pas encore.

— Que voulez-vous dire par «pas encore»? Je croyais que vous aviez dit que vous enverriez quelqu'un immédiatement. J'habite dans le Maine et l'hiver approche. Il fera froid bientôt. Nous avons peu de temps.

Il se racla la gorge.

— J'ai bien peur que votre cas soit sous enquête, Mam'selle. Il semble que...

Il s'arrêta un moment.

— Eh bien, il semble que les dommages aient été intentionnels.

— Intentionnels? Vous croyez que j'ai endommagé deux de mes chambres et le corridor *intentionnellement*?

— Tout ce que je dis, c'est que votre cas se trouve sous enquête. Nous vous informerons de la décision lorsque notre équipe aura complété son évaluation des circonstances.

Je fermai les yeux en essayant de m'empêcher de céder à la panique.

— Combien de temps cela prendra-t-il? J'ai une auberge à gérer et comment vais-je pouvoir vanter mes «chambres de luxe» avec la moitié des planchers déformés par l'eau?

— Mam'selle …

— Puis-je parler à votre supérieur?

— Je suis désolé, Mam'selle…

— C'est de mon gagne-pain qu'il s'agit! C'est pour cette raison que j'ai une assurance!

— Dès que les enquêteurs auront terminé…

Je relevai les paupières et consultai l'horloge.

— Écoutez, Gus. Je dois aller nourrir mes invités, mais je vous rappelle dans une heure et à ce moment-là, je veux que votre supérieur m'explique pourquoi votre entreprise ne me donne pas ce qu'elle a promis de me fournir…

— Mam'selle…

— Je dois vous laisser. Je vous rappelle dans une heure.

Je raccrochai brusquement le combiné, repris mon souffle et saisis de nouveau la strata.

En m'introduisant dans la salle à manger, j'aperçus Candy debout derrière Benjamin, en train de lui masser les épaules avec ses mains bien manucurées. Benjamin sursauta légèrement et me fit un sourire contrit tandis que j'allai déposer la strata sur la table du buffet.

Je retournai deux fois dans la cuisine pour rapporter la salade de fruits, puis le pain aux canneberges. Quand je revins la seconde fois, Candy pressait son corps contre Benjamin, sa poitrine bien appuyée derrière sa tête. Je rebroussai chemin dans la cuisine une dernière fois et réintégrai la salle avec la cafetière.

— Bonjour, Candy, dis-je en emplissant la tasse en face de Benjamin.

Elle s'écarta de son dos et se glissa sur la chaise à côté de lui tout en attirant la tasse vers elle.

— Bonjour, répondit-elle. Y a-t-il quelque chose de faible en glucides pour moi ce matin ?

— J'ai entendu dire que vous étiez allée au Bord de la falaise hier, lançai-je.

Elle cligna des yeux.

— Ah oui. J'effectuais un peu de recherche.

— Quelqu'un m'a dit que vous aviez l'intention de faire une offre d'achat. Pour ouvrir une auberge.

Elle baissa les yeux et rajusta son t-shirt jaune décolleté.

— Ça m'intéresse, bien sûr…

— Je croyais que vous envisagiez de gérer une auberge sur le continent.

Elle jeta un coup d'œil à Benjamin et pinça ses lèvres roses.

— En effet, en effet… C'est peut-être ce que je vais faire. Mais lorsque l'agent m'a contactée pour m'en parler, je me suis dit qu'il n'y avait pas de mal à aller voir…

— Bien entendu, répliquai-je froidement.

Je posai mon regard sur Benjamin, qui avait l'air abasourdi, puis retournai dans la cuisine.

— Le petit déjeuner se trouve sur la table du buffet. Si vous avez besoin d'autre chose, n'hésitez pas à me le demander.

• • •

Deux heures plus tard, je bouillais encore en songeant à mon ex-fiancé, à l'offre d'achat de Candy et aux imbéciles de la compagnie d'assurances Allstart. J'avais tenté à trois reprises de rejoindre Gus, mais j'étais chaque fois tombée sur sa boîte vocale et ma frustration n'en fut que décuplée. Que se passerait-il si la compagnie refusait de couvrir les dommages ? Aurais-je les moyens de payer moi-même les réparations ? J'essayai de me concentrer sur les tâches à effectuer. Au moins, Candy ne hantait pas ma cuisine ce matin. J'avais lavé la majeure partie de la vaisselle du petit déjeuner et j'étais en train d'essuyer la table du buffet quand Charlene apparut dans la porte battante, vêtue d'un t-shirt flottant et d'un jean. Ses cheveux étaient aplatis d'un côté et son maquillage coulait sous ses yeux, accentuant des cernes que je n'avais jamais vus auparavant.

Je déposai mon chiffon et me dirigeai vers la cafetière. Toutes mes pensées s'orientèrent aussitôt vers Charlene.

— As-tu réussi à dormir ? m'informai-je en mettant des grains frais dans le moulin à café.

— Oui. Merci.

Elle se laissa choir sur l'une des chaises de la cuisine.

— J'ai de la salade de fruits, de la strata et du pain aux canneberges et aux noix. Veux-tu que je t'en réchauffe ?

Elle secoua la tête négativement.

— Non. Plus tard, peut-être.

— Tu n'auras qu'à me le dire lorsque tu voudras manger, indiquai-je.

Elle leva sur moi ses yeux bleus fatigués mais déterminés.

— Je veux aller au presbytère aujourd'hui.

Je soupirai.

— Je sais. Seulement, j'ignore si la police a terminé son enquête.

— Peut-être ce soir, quand tout le monde sera retourné sur le continent.

J'attendis que le café soit moulu, puis je fis signe que oui.

— Peut-être.

Je versai le café dans un nouveau filtre, emplis la cafetière d'eau et allai m'asseoir à côté d'elle.

— Pendant ce temps, il y a certaines choses que nous pourrions faire.

— Tu veux dire appeler à Boston ?

J'acquiesçai.

— Connais-tu le nom de l'église où il occupait ses fonctions ?

— Saint-Machin, je crois.

Je remuai la tête en faisant la moue.

— Eh bien, on peut dire que c'est précis…

Un faible sourire éclaira le visage de mon amie.

— Ouais, c'est un peu vague, en effet. Nous devrions peut-être communiquer avec l'évêque.

— Bonne idée.

Je saisis un stylo et une feuille de papier tandis que la cafetière commençait à gargouiller.

— Bon. Nous allons téléphoner à Boston et nous verrons bien ce que nous pouvons apprendre sur sa vie là-bas. Y a-t-il quelqu'un ici qui ne l'aimait pas ?

Charlene pinça ses lèvres.

— Pas à ce que je sache.

— Quelqu'un avec qui il passait beaucoup de temps ?

Je songeais alors à Polly… et à Murray.

— Personne en particulier. Par contre, je pense que Murray et lui travaillaient ensemble sur un projet.

Mes antennes s'agitèrent.

— Sais-tu de quel projet il s'agissait ?

— Je sais que Murray s'impliquait énormément dans l'église. Je crois qu'il finançait certaines des rénovations du presbytère.

En échange de quoi ? me demandai-je.

— Y avait-il une sorte d'entente entre eux ?

Elle haussa les épaules.

— Pas à ma connaissance.

Je me souvins combien McLaughlin appuyait le projet de développement. L'argent des rénovations constituait-il un genre de pot-de-vin afin qu'il vante les mérites du domaine de Cranberry au sein de sa congrégation ? *Murray Selfridge*, écrivis-je.

— Nous pourrions lui poser quelques questions, histoire d'en savoir plus.

Je mordillai mon stylo un moment.

— Quelqu'un d'autre ?

Elle secoua la tête.

— Il ne voyait que les paroissiens. Je sais qu'il conseillait quelques personnes, mais il ne m'a jamais mentionné leurs noms.

J'ajoutai *presbytère* à la liste. Nous trouverions peut-être les notes de McLaughlin si la police ne les avait pas déjà emportées avec elle.

La cafetière avait cessé de gémir. Je pris une tasse dans l'armoire, versai du café dedans et la tendis à Charlene.

— Veux-tu de la crème et du sucre ?

Elle soupira.

— Inutile de poursuivre mon régime, à présent. Oui pour la crème. Et oui pour le sucre.

— Veux-tu que je te prépare une assiette ?

— Je n'ai vraiment pas faim.

— Tu n'as rien avalé depuis ton lever. Et c'est à peine si tu as touché à ton repas hier soir.

Elle releva puis rabaissa les épaules en signe d'acceptation.

— Bon, d'accord.

Je réchauffai une part de strata, puis j'ajoutai de la salade de fruits et une tranche de pain aux canneberges. Je fis ensuite glisser l'assiette sur la table jusqu'à elle. Elle picora quelques fruits, mais ses yeux s'allumèrent lorsqu'elle goûta à la strata.

— C'est réellement bon.

Je souris, soulagée de voir Charlene manger. Je me trouvais sur le point de m'installer à ses côtés avec ma tasse de café quand la sonnette de la porte retentit.

— Je reviens, dis-je en me dirigeant vers la porte d'entrée.

Mon cœur se serra au moment d'ouvrir. C'était Grimes.

— Que puis-je faire pour vous ?

Grimes balança sa cigarette sur le perron et l'écrasa avec sa botte.

— Je viens examiner vos couteaux. Et parler avec votre amie, si elle est là.

— Nous sommes dans la cuisine, indiquai-je.

Il lissa ses cheveux vers l'arrière avec ses doigts jaunes tachés de nicotine et me suivit dans le petit salon, puis dans la salle à manger jusqu'à la cuisine. Charlene leva les yeux lorsque nous pénétrâmes par la porte battante.

— Bonjour, sergent Grimes, dit-elle d'une voix monotone.

— Bonjour, Mademoiselle Kean.

Il se tourna vers moi.

— Où sont vos couteaux ?

Je pivotai en direction du porte-couteau à proximité de l'évier.

— Faites comme chez vous.

Charlene me regarda d'un air intrigué en voyant Grimes s'approcher du comptoir.

— On dirait bien qu'il en manque un ou deux, constata-t-il.

— Le couteau à découper se trouve à sécher dans l'égouttoir. Et j'ai brisé mon couteau de chef il y a un bon moment. Je n'ai pas eu le temps de le remplacer.

— Êtes-vous certaine qu'il s'agissait d'un couteau de chef?

Je fis signe que oui.

— Quelqu'un d'autre pourrait-il en témoigner?

Je secouai la tête.

— Le manche s'est cassé il y a plusieurs mois.

— Mmm…

Grimes sortit son calepin et griffonna quelque chose.

— Mademoiselle Barnes, récapitulons si vous voulez bien. Où étiez-vous le jour du décès de Richard McLaughlin?

Charlene écarquilla les yeux. Je lui jetai un coup d'œil en agitant légèrement la tête.

— Je me trouvais ici, bien entendu, le matin. Après avoir fini de tout ranger, je suis allée rendre visite au révérend McLaughlin au presbytère.

Grimes m'observa en plissant les yeux.

— C'est bien ce que j'avais cru deviner. À quelle heure?

— Je vous l'ai déjà dit. Il était environ onze heures trente.

— Quelqu'un vous a-t-il aperçue là-bas?

— Pas à ce que je sache.

— Où êtes-vous allée, ensuite?

Je poussai un soupir.

— Je suis partie aux alentours de midi et je me suis arrêtée chez Emmeline Hoyle. Comme elle n'était pas chez elle, je me suis alors rendue chez Polly pour aller m'occuper des chats.

Je me raclai la gorge. Puisque j'étais prête à tout confesser, aussi bien ne rien lui dissimuler.

— Quelqu'un d'autre s'est introduit dans la maison de Polly pendant que je m'y trouvais.

Grimes leva la tête.

— Qui ?

— Je l'ignore. Je m'étais cachée dans la penderie, expliquai-je.

— Cachée dans la penderie ?

Il gratta ses cheveux gras avec le bout de son doigt.

— Je croyais que vous étiez allée vous occuper des chats.

— En effet, répondis-je. J'étais montée à l'étage pour m'assurer que je n'en avais pas oublié un. Quelqu'un a pénétré dans sa chambre…, ajoutai-je en haussant les épaules. J'imagine qu'après la mort de Polly, j'étais un peu craintive.

— Elle s'est suicidée. Je sais que vous ne cessez pas de dire qu'il s'agissait d'un meurtre, mais…

Je pris une profonde inspiration.

— La personne qui est entrée dans la résidence s'est emparée de la boîte de balles, soulignai-je.

— Comment le savez-vous ?

— Parce qu'elles se trouvaient dans le tiroir du haut de la commode avant que j'aille me dissimuler dans la penderie. Et quand j'en suis sortie, elles avaient disparu.

Grimes haussa les épaules.

— Et puis après ?

— Il manquait une balle.

— Que voulez-vous dire ?

— Je les avais comptées. Polly n'a tiré qu'à une reprise, alors qu'il manque deux balles.

Il s'appuya contre le dossier de sa chaise et tapota son stylo sur la table.

— Comment savez-vous qu'il manque une balle ? Elle a peut-être tiré un coup ou deux pour faire peur à un chien errant ou quelque chose du genre. D'ailleurs, que faisiez-vous là-bas à fouiller partout ?

— Je ne fouillais pas vraiment. Le tiroir était ouvert et je pensais qu'un chat s'y était réfugié. Et puis, j'imagine que j'étais curieuse aussi, avouai-je en relevant puis rabaissant les épaules.

Grimes me scruta avec ses petits yeux rapprochés.

— Ce que j'aimerais savoir, c'est : pourquoi êtes-vous allée rendre visite à McLaughlin ?

Je me redressai et fixai Grimes droit dans les yeux.

— Je croyais qu'il savait quelque chose à propos de la mort de Polly.

— Comme je l'ai déjà mentionné, c'était un suicide.

— Je ne suis toujours pas convaincue, insistai-je.

Grimes jeta un coup d'œil à Charlene qui se tenait à présent raide sur sa chaise.

— On dirait bien que vous êtes redevenues copines-copines depuis que votre amoureux est mort.

— Natalie est mon amie, siffla Charlene. Que voulez-vous insinuer ?

Grimes s'approcha d'un air important de la table et se pencha par-dessus le dossier d'une chaise. Son gros ventre mou était secoué à chacune de ses paroles.

— Ce que j'insinue, Mademoiselle Kean, c'est que vous et votre amie, Mademoiselle Barnes, êtes mes deux principales suspectes dans cette affaire.

Le visage de Charlene devint blanc comme un drap.

— Vous croyez... vous croyez que j'ai tué Richard?

— Vous avez peut-être découvert qu'il papillonnait ailleurs et cela vous a rendue folle.

Il fit un signe dans ma direction.

— Ou bien votre copine s'est mise à être jalouse de tout le temps que vous passiez au presbytère avec McLaughlin, ajouta-t-il.

— Qu'il papillonnait? demanda Charlene en écho. Mais de quoi parlez-vous donc?

Il se redressa et nota quelque chose dans son calepin.

— Pourquoi ne me le dites-vous pas vous-même, Mademoiselle Kean?

Charlene se leva et rendit son dos droit. Son regard n'était plus éteint; au contraire, il brûlait maintenant de colère mal contenue.

— Je n'ai pas la moindre idée de ce dont vous parlez, sergent Grimes. Et si vous savez quelque chose que j'ignore, j'apprécierais que vous me le disiez au lieu d'émettre des sous-entendus.

Grimes haussa les épaules.

— J'ai seulement entendu dire certaines choses sur l'île...

Il examina la figure blanche de rage de Charlene.

— D'après ce que j'ai compris, vous n'étiez pas la seule à faire partie de son harem.

Charlene s'agrippa au dossier de sa chaise.

— Quoi? Qui vous a dit ça? Qui était-ce? s'enquit-elle d'un ton las.

Un sourire apparut sur le visage de Grimes.

— Je ne sais pas encore. Mais j'ai bien l'intention de le découvrir.

• • •

Ma vieille copine retrouva son esprit combatif presque aussitôt après le départ de Grimes. Elle arpenta la cuisine pendant que je vaporisais de l'essence de lavande pour chasser l'odeur de tabac et de lotion après-rasage bon marché de Grimes.

— Quel *ignoble* individu, s'indigna-t-elle. Comment *ose*-t-il…

Elle se tourna vers moi.

— Crois-tu que c'est vrai ?

Je secouai la tête.

— Je ne sais pas, Charlene. Mais si c'était le cas, je pense que nous en aurions déjà entendu parler.

— Tu as raison. Ça ne peut pas être véridique. *C'est impossible.*

Elle arrêta de faire les cent pas et me regarda droit dans les yeux.

— Nous devons absolument aller au presbytère.

— Un peu de patience, Charlene. La police se trouve toujours là-bas.

— Ce soir, alors. Nous irons ce soir.

J'exhalai un soupir.

— Bon, d'accord.

Elle y tenait et rien ne l'empêcherait de s'y rendre. De plus, cette petite visite nous permettrait peut-être de découvrir quelque chose — des notes, un journal intime ou une lettre non postée — qui nous aiderait à expliquer la mort de Polly.

— En attendant, laisse-moi m'occuper de ma lessive, puis après, nous pourrions effectuer quelques appels téléphoniques.

— Tu veux dire pour savoir quelles sont les rumeurs qui courent ?

— Non, pour savoir ce qui s'est passé lorsque Richard vivait à Boston.

— Oh, s'exclama-t-elle. D'accord.

Ses yeux s'immobilisèrent sur le téléphone.

— Je dois d'abord appeler à l'épicerie pour voir comment Tania se débrouille.

— Bien sûr, répondis-je. Pendant ce temps, je vais laver des serviettes et aller voir ce que fait Gwen.

Tandis que Charlene composait le numéro de l'épicerie, je lançai une pile de serviettes dans la machine à laver et grimpai à l'étage pour aller parler à Gwen qui finissait de nettoyer la chambre de Candy. Comme d'habitude, Gwen portait des vêtements que je n'enfilerais que pour aller à un rendez-vous amoureux. Même quand elle frottait les toilettes, ma nièce avait du style.

— Comment va Charlene? demanda-t-elle en tirant sur son pull en cachemire vert avant de se pencher pour poursuivre sa besogne.

— Elle va mieux maintenant que Grimes a réussi à la mettre dans tous ses états.

— Que veux-tu dire?

— Eh bien, il nous a indiqué que nous étions les principales suspectes... et a laissé entendre que Charlene ne représentait peut-être pas l'unique femme dans la vie de McLaughlin.

Gwen laissa tomber sa brosse à récurer.

— Non!

— C'est ce qu'il raconte. As-tu eu vent de quelque chose à ce sujet?

Elle secoua la tête en faisant rebondir ses boucles foncées.

— Non, mais je vais tenter de savoir si quelqu'un a entendu dire quelque chose.

— Au fait, comment va Adam?

Son visage s'éclaira comme chaque fois que j'évoquais son petit ami le homardier.

— Il va super bien. La pêche se révèle vraiment bonne cet automne... Par contre, O'Leary est en train de créer des ennuis à la coopérative, ajouta-t-elle, les traits assombris.

— Le mari de Marge ? Qu'a-t-il donc fait ?

— Il coupe les cordes qui relient les bouées aux cages. J'ai parlé à Adam ce matin. Quelqu'un est allé sur l'eau, hier soir, et a sectionné les filins d'une cinquantaine ou d'une soixantaine de cages appartenant aux pêcheurs du continent. Je suis sûre que c'était O'Leary et quelques-uns de ses complices.

Ma figure se crispa. L'an passé, cette guerre de territoires de pêche avait justement causé la mort d'un pêcheur, un peu plus loin sur la côte.

— Que pense Adam de tout cela ?

— Il essaie seulement d'éviter les problèmes, répondit Gwen.

Cela me fit plaisir à entendre. Il n'avait pas toujours eu cette attitude dans cette guerre de territoires.

— Eh bien, laisse-moi savoir ce que tu auras découvert. Je ne peux pas t'aider ce matin, mais peut-être que demain, je pourrai, et tu pourras alors te rendre plus tôt à l'atelier de Fernand.

— Merci, tante Natalie. Tu en as déjà assez sur les épaules avec Charlene... et Candy, dit-elle en examinant autour d'elle.

— Malheureusement, ce ne sont pas mes seuls soucis.

Je lui mentionnai la conversation que j'avais eue avec l'agent d'assurances — ainsi que la demande en mariage de Benjamin.

Elle en eut le souffle coupé.

— Oh mon Dieu ! Que vas-tu faire ?

— Je vais lui dire non.

— Es-tu certaine de ta décision ?

— Je le devrais, soupirai-je. Mais je ne suis pas sûre à cent pour cent. Et c'est ça le problème.

— Et John dans tout cela ? interrogea-t-elle.

— Ne m'en parle pas.

— Je suis contente de ne pas être dans tes souliers, se moqua-t-elle.

Je poussai un grognement et me dirigeai vers la porte.

— Ça, tu peux le dire.

Charlene raccrocha le combiné au moment où je pénétrai dans la cuisine. Elle se tourna vers moi, les mains sur les hanches.

— O'Leary a entrepris cette foutue guerre de territoires, lança-t-elle.

— C'est ce que Gwen vient de me raconter. Comment Tania se débrouille-t-elle ?

— Tout va bien à l'épicerie. L'île bourdonne de rumeurs, cependant. Tania ne voulait rien me dire, mais j'ai réussi à lui faire cracher le morceau. D'après ce qu'elle a entendu, Polly et Richard avaient l'intention d'acheter un yacht et de partir dans le Sud, mais une ex-petite amie de Richard serait venue mettre un frein à leurs plans.

Malgré le ton désinvolte de Charlene, elle avait les traits tirés et je savais qu'elle souffrait.

— Une ex-petite amie ? répétai-je. C'est ridicule ! Aucune étrangère n'a été aperçue sur l'île !

— Je ne sais pas qui invente tous ces ragots. On évoque aussi une histoire de culte, mais je n'ai pas saisi tous les détails.

Elle secoua la tête.

— C'est sans doute Marge O'Leary, supposa-t-elle.

— Encore les O'Leary. Ce sont vraiment des pommes pourries, tu ne trouves pas ?

Elle fit signe que oui.

— Alors, par quoi commençons-nous ? demanda-t-elle en désignant la courte liste que j'avais abandonnée sur la table.

Je m'emparai de la feuille de papier.

— Jusqu'ici, nous avons noté Murray et le presbytère. J'ai oublié d'ajouter Boston.

Je griffonnai le nom au bas de l'énumération.

— À quoi veux-tu t'attaquer en premier ? poursuivis-je. Si c'était moi, j'appellerais d'abord à Boston. Quelque chose me dit qu'il y a une raison pour laquelle McLaughlin… je veux dire Richard… a été transféré ici.

Je jetai un coup d'œil à Charlene. Son menton tremblait légèrement et je choisis de ne pas insister davantage.

Charlene se passa la main dans les cheveux.

— J'aimerais parler à Murray. Richard lui a peut-être mentionné quelque chose…, dit-elle en soupirant. Mais si tu préfères téléphoner à Boston en premier, cela ne me dérange pas. Je vais aller enfiler une tenue plus présentable pendant que tu décides qui nous devrions contacter.

Charlene franchit la porte battante et je finis d'emplir le lave-vaisselle. Puis, je pris l'annuaire téléphonique. C'était dans des occasions pareilles que j'aurais apprécié avoir accès à Internet. Je me verrais peut-être obligée de me rendre à la bibliothèque de Somesville, sur le continent, un peu plus tard dans la journée.

Je vérifiai l'indicatif régional de Boston au début de l'annuaire, puis j'appelai au service des renseignements afin d'obtenir le numéro du diocèse. Après m'être inventé une histoire à débiter, je composai le numéro. Une voix féminine se manifesta après trois coups de sonnerie.

— Bonjour, dis-je en me raclant la gorge. Je suis journaliste au *Daily Mail*, dans le Maine, et je me demandais si vous pourriez m'aider.

La femme me répondit d'une voix réservée.

— Que puis-je faire pour vous ?

Je pris ma voix la plus professionnelle.

— Le révérend Richard McLaughlin, le pasteur de l'église épiscopale St-James de Cranberry Island, est malheureusement décédé hier. Je rédige présentement un article pour le journal sur les bonnes œuvres du révérend au cours de sa vie et de sa carrière, et quelqu'un m'a indiqué qu'il avait déjà servi à Boston. J'espérais en savoir davantage sur son travail au sein de votre diocèse.

— Le révérend McLaughlin ? Cela ne me dit rien, mais je dois avouer que cela ne fait qu'un an que je suis employée ici…

— Y a-t-il quelqu'un qui est susceptible de se souvenir de lui ?

— Oui, il y a quelqu'un… Attendez un instant.

J'entendis un déclic, puis la chanson *Amazing Grace* dans le combiné. En patientant, je regardai par la fenêtre un homardier sillonner l'eau. Je plissai les paupières pour essayer de reconnaître la bouée fixée devant le bateau, mais il se trouvait trop loin.

— Bonjour ?

La voix me fit sursauter et je mis un moment avant de me remémorer de la raison de mon appel. Et qui j'étais supposée être.

— Bonjour, balbutiai-je en verrouillant mes yeux sur le phare de Cranberry Rock au large. Je suis… Beatrice Lighthouse. Je travaille pour le *Daily Mail* de Mount Desert Island.

— Que puis-je faire pour vous, Mademoiselle Lighthouse ?

— Je vous contacte à propos du révérend Richard McLaughlin. Il est décédé subitement hier, et je voulais en savoir davantage sur sa vie à Boston. Pour la chronique nécrologique.

— McLaughlin, répéta l'homme d'une voix saccadée. Oui, je me souviens de lui. Je suis désolé d'apprendre qu'il n'est plus de ce monde. Il a œuvré ici, à l'église St-Jude, pendant quelques années.

— Oui, c'est ce que j'ai cru comprendre, enchaînai-je. Je me demandais ce qui l'avait incité à quitter une ville comme Boston pour aller vivre sur une petite île comme Cranberry Island.

L'homme au bout du fil s'éclaircit la gorge.

— Je crois qu'il s'agissait d'une décision personnelle.

— Connaissiez-vous le révérend McLaughlin ?

— Oui, oui, je le connaissais. C'était un pasteur très dévoué… Veuillez m'excuser, maintenant, je dois assister à une réunion.

— Saviez-vous que McLaughlin a été assassiné ?

L'homme demeura silencieux un moment.

— Assassiné ?

— Oui. Avez-vous une idée de qui aurait pu souhaiter la mort du révérend ?

— Je dois vraiment vous laisser, Mademoiselle… ?

— Lighthouse, répondis-je rapidement. Et puis-je savoir à qui je m'adresse ?

— John LeGrange. Je suis l'évêque du diocèse. Il faut que je vous quitte. Bonne chance pour votre article.

Il raccrocha aussitôt.

Je l'imitai et restai debout à fixer au loin par la fenêtre. Quand Charlene descendit quelques minutes plus tard, vêtue d'un jean serré et d'un haut à encolure en V, je me tenais encore appuyée contre le comptoir en train d'observer le homardier qui continuait d'évoluer lentement sur l'eau.

— Qu'as-tu appris ? s'informa-t-elle.

Je me tournai vers elle.

— Je crois que je vais aller faire un tour à la bibliothèque.

— Pourquoi ?

— Je viens de discuter avec l'évêque.

Charlene me fixa droit dans les yeux.

— Il n'a pas voulu me parler de McLaughlin. Il avait plutôt hâte de raccrocher. Lorsque je lui ai demandé pourquoi McLaughlin avait déménagé à Cranberry Island, il a dit que c'était pour des « raisons personnelles ».

— Et alors ?

— Quand je lui ai révélé que McLaughlin avait été assassiné, il n'a pas semblé surpris.

Le visage de Charlene s'était durci.

— Que veux-tu insinuer, Natalie ?

— Nous devons absolument découvrir ce qui s'est passé à Boston. Voilà pourquoi j'aimerais me rendre à la bibliothèque pour consulter les journaux.

— Les journaux ? Que cherches-tu exactement ? questionna-t-elle en croisant les bras.

Je haussai les épaules.

— Je ne sais pas encore. Ça pourrait être une quantité de choses. Si nous ne trouvons rien, je vais effectuer d'autres appels pour essayer de savoir qui étaient ses amis. Il œuvrait à l'église St-Jude. Je suis sûre que certains membres de la congrégation se souviennent de lui.

— Natalie, j'apprécie ton aide, mais je crois que tu te lances dans une chasse aux sorcières. Je sais que tu ne portes pas... que tu ne portais pas Richard dans ton cœur...

— Charlene, l'interrompis-je doucement en posant une main sur son épaule, mes sentiments envers Richard n'ont rien à voir…

Elle releva le menton.

— Il a quitté Boston parce qu'il éprouvait un besoin de changement. Tu es autant de mauvaise foi que le *Daily Mail*… uniquement à l'affût d'un scandale.

— Je me trompe peut-être. Du moins, je l'espère. Mais Grimes nous a dans sa mire. Si nous trouvons quelque chose, nous pourrons au moins dire que quelqu'un d'autre avait un mobile.

— Mais ni toi ni moi *n'avons* de mobile !

— Ce n'est pas ce que croit Grimes. Et malheureusement, en ce moment, c'est son opinion qui compte.

Elle leva les yeux au ciel.

— Bon, bon. Tu veux donc aller à la bibliothèque. Et que fait-on à propos de Murray ?

Je haussai les épaules.

— Nous lui parlerons plus tard, possiblement après être allées au presbytère. Veux-tu venir avec moi à la bibliothèque ou préfères-tu demeurer ici ?

— Ce serait peut-être utile que j'aille faire un saut à l'épicerie, si ça ne te dérange pas.

— Es-tu certaine ? Tania semble très bien se débrouiller.

— Cela va me faire du bien. J'ai besoin de me changer les idées.

J'allais tenter de la persuader de rester quand la conversation que nous avions eue avec Grimes résonna dans ma tête. Elle voulait sans doute aller vérifier à l'épicerie si la rumeur que McLaughlin fréquentait une autre femme était vraie. Alors, au lieu de l'encourager à demeurer à l'auberge, je lui dis plutôt :

— Dans ce cas, je vais me déplacer sur le continent.

Charlene se dirigea vers la porte battante d'un air déterminé.

— Appelle-moi quand tu seras de retour.

• • •

Après m'être assurée que Gwen ne nécessitait pas mon assistance, je sortis par la porte arrière en frissonnant un peu à la pensée des traces de pas que j'avais vues la veille sur la galerie. Qui donc avait bien pu se trouver là? me demandai-je. Et que voulait-il?

La personne qui s'était dissimulée derrière ma porte hier soir était disparue depuis longtemps, mais je ne pus m'empêcher de regarder nerveusement autour de moi en m'orientant vers le quai. Malgré mes soucis, j'appréciais le fait d'être à l'extérieur. Après l'orage de la journée précédente, l'air était frais et vivifiant, et quelques gouttes de pluie scintillaient encore sur les branches des rosiers rouge orangé. Je fus tentée de m'arrêter pour saluer John, mais je décidai de remettre ma visite à plus tard, lorsque je reviendrais. J'aurais peut-être alors de nouvelles informations qu'il pourrait transmettre à Grimes.

Je montai à bord de mon skiff et pris place sur le banc en bois dur. Puis, je tirai sur la corde pour faire démarrer le moteur.

Rien ne se produisit.

Je tirai encore une fois, mais sans plus de résultat. Au bout de quinze minutes à m'échiner sur la corde, mon bras commença à me faire mal, de sorte que je quittai le bateau pour me diriger vers l'atelier de John en espérant qu'il serait en mesure d'identifier la source du problème.

Comble de malchance, John ne se trouvait pas chez lui. Ma séance de recherche à la bibliothèque devrait par conséquent attendre à plus tard. Je poussai un soupir en passant de nouveau devant les rosiers. Il s'agirait donc d'une journée consacrée à la lessive.

En ouvrant la porte de la cuisine, j'aperçus Benjamin en train de fouiller dans le réfrigérateur. Il se retourna et me sourit au moment où je refermais la porte derrière moi.

— Que puis-je faire pour toi? demandai-je en croisant les bras sur ma poitrine.

— J'avais une rage de chocolat, mais je n'avais pas envie de marcher jusqu'à l'épicerie, se justifia-t-il en refermant la porte du frigo et en s'approchant de moi. Tu as l'air tendue.

— Tendue? Ton amie Candy a inondé l'auberge, la compagnie d'assurances menace de ne pas payer les réparations, il y a eu deux meurtres sur l'île et maintenant, mon stupide bateau refuse de fonctionner.

Je me laissai choir sur la chaise la plus proche.

Benjamin tira une chaise derrière moi et se mit à me masser les épaules.

— Les choses ont été difficiles ces derniers jours, n'est-ce pas? Mais il existe d'autres solutions.

— Je sais, je sais. C'est ce que tu ne cesses de me répéter.

Je pris une profonde inspiration.

— Mais je ne peux pas oublier ce qui est survenu la dernière fois. Et puis, j'ai travaillé très fort pour ça, ajoutai-je en balayant de la main la cuisine aux murs jaunes et les planchers de bois brillants. Je ne crois pas que je suis prête à tout abandonner.

— Ça va être différent cette fois-ci, indiqua-t-il d'un ton réconfortant tout en continuant de pétrir mes épaules avec ses mains chaudes. J'ignorais ce que je voulais auparavant. Mais depuis ton départ...

Je fermai les yeux et appuyai mon dos contre le dossier de la chaise.

— Et Candy ?

Ses mains se figèrent une seconde, puis reprirent leur massage.

— Quoi, Candy ?

— Tu as passé beaucoup de temps avec elle récemment, lui rappelai-je.

— Seulement parce que tu as été tellement occupée ici, expliqua-t-il. Et il n'y a pas grand-chose à faire sur cette île, dit-il en rigolant. C'est peut-être pour cette raison que le taux de criminalité est si élevé.

Je me redressai et tournai mon visage vers lui.

— Benjamin, je t'ai aimé autrefois. Et tu m'as trompée.

Il laissa tomber ses mains sur ses cuisses et détourna son regard.

— Benjamin, j'ai toujours de l'affection pour toi, mais à la vérité, je ne crois pas que je puisse courir ce risque encore une fois.

Il fixa le plancher un moment. Mes yeux suivirent la ligne de sa mâchoire jusqu'à la petite cicatrice sur son menton. Elle résultait d'une entaille qu'il s'était faite en heurtant les poignées de son vélo lors d'une chute. Il avait l'air si triste et si vulnérable. J'en avais le cœur tout chamboulé.

Finalement, il releva les yeux.

— Que puis-je faire pour te prouver que j'ai changé ?

Je secouai la tête.

— Je ne sais pas, Benjamin. Je ne suis pas certaine que tu peux faire quoi que ce soit.

Quand Charlene revint de l'épicerie, l'après-midi s'achevait et de gros nuages gris avaient chassé le soleil du matin. Le mercure avait également chuté, mais il faisait chaud dans la cuisine et la montagne de linge sale avait presque disparu. J'avais plié toutes les serviettes et j'attendais que les derniers draps soient secs pour les sortir du sèche-linge. Entre les lavages, j'avais nettoyé la cuisine et préparé des muffins streusel aux petits fruits et au citron, une recette de Barbara Hahn, en m'efforçant de ne pas penser à Benjamin, dont je sentais la présence dans l'auberge, ou à John, que je n'avais pas vu de la journée. Mes six appels à la compagnie d'assurances ne m'avaient rien donné non plus.

Charlene franchit la porte de la cuisine en laissant pénétrer une bouffée d'air froid. Elle saisit un muffin au passage avant de s'affaler sur une chaise. Elle semblait prendre du mieux : elle retrouvait son appétit.

— As-tu appris quelque chose de nouveau ? demanda-t-elle en enlevant son coupe-vent et en mordant dans son muffin.

Barbara avait raison, la recette se révélait un succès. Le vent frais avait rosi les joues de Charlene.

— Je n'ai pas pu aller à la bibliothèque. Mon bateau n'a pas voulu démarrer, expliquai-je.

— John n'a pas pu le réparer ?

— Il n'était pas chez lui.

Je m'assis en face d'elle.

— J'irai peut-être demain. Et de ton côté ? Est-ce que tout va bien à l'épicerie ?

Elle hocha la tête en grignotant la garniture streusel de son muffin.

— Tania a fait du bon boulot. Tout se déroule bien.

J'hésitai un moment.

— Et qu'en est-il des rumeurs ?

— Rien, répondit-elle d'un air déterminé. Je savais que Grimes se trompait. Je le savais bien.

J'agréai de la tête en me disant que j'aurais bien voulu penser comme elle, alors qu'au fond de moi, j'éprouvais des doutes. Si McLaughlin avait *effectivement* fréquenté une autre femme, seule une commère au cœur sec oserait en faire la remarque à Charlene maintenant qu'il avait été assassiné.

Charlene déposa son muffin après en avoir pris une seule bouchée.

— Cela m'a fait du bien d'aller là-bas, tu sais. Mais une partie de moi n'arrive toujours pas à y croire. Je m'attends constamment à le voir ou j'ai sans cesse envie de saisir le téléphone et de l'appeler.

Son visage était triste.

— Parfois, j'oublie durant un instant, puis quelque chose me le rappelle et je sombre de nouveau.

Je tendis la main pour serrer la sienne.

— Je sais, Charlene.

Elle essuya ses larmes.

— Les funérailles sont retardées. À cause de l'autopsie.

— Sais-tu si elles vont avoir lieu ici ?

— Je ne sais pas. Je dois parler à ses parents, mais j'ignore comment les rejoindre. Je n'ai pas eu l'occasion de les rencontrer.

— Grimes a peut-être leur numéro de téléphone, suggérai-je.

Elle secoua sèchement la tête.

— Pas question. Nous le trouverons quand nous irons au presbytère. Tu es toujours partante, n'est-ce pas ? s'enquit-elle en m'interrogeant du regard.

— La seule chose qui m'inquiète, c'est que la police n'a pas encore terminé son travail…

— Nous ne laisserons pas de traces.

Elle fouilla dans la poche de son coupe-vent et en sortis une paire de gants en cuir.

— Je suis allée les chercher chez moi. Pour ne pas laisser d'empreintes, tu vois.

J'étouffai un soupir.

— Bonne idée. À quelle heure veux-tu qu'on y aille?

— À vingt heures, cela te convient-il? Il fera alors noir.

— Et si jamais nous croisons quelqu'un qui se promène?

Charlene jeta un coup d'œil au ciel menaçant.

— Par ce temps? Cela m'étonnerait.

— Bon, d'accord, consentis-je à contrecœur en consultant l'horloge. Il est déjà presque dix-sept heures. Si tu veux t'adonner à ces opérations clandestines, tu dois d'abord faire le plein d'énergie. Qu'as-tu envie de manger pour dîner?

— Quelques muffins suffiraient?

— Il n'en est pas question. Il fait froid dehors. Que dirais-tu de manger du ragoût?

— Cela prend trop de temps à faire cuire.

— Deux heures. Ce sera prêt d'ici dix-neuf heures. Nous aurons amplement le temps.

— Si tu insistes, accepta-t-elle.

— J'insiste, dis-je en sortant un paquet de viande du réfrigérateur.

• • •

La température s'était détériorée au moment où nous montâmes à bord de la camionnette de Charlene, après avoir avalé du bœuf bourguignon, du cidre de pomme épicé et les délicieux muffins de Barbara. Benjamin était venu dans la cuisine juste avant dix-huit heures et Charlene l'avait invité à se joindre à nous. Après un instant d'hésitation, j'avais cédé en me disant que la compagnie masculine ferait peut-être du bien à Charlene. En effet, elle sembla toute ragaillardie comme une fleur au soleil.

Après avoir refermé la portière, je frottai mes mains pour les réchauffer.

— As-tu apporté des gants ? demanda Charlene en tournant la clé de contact.

Le moteur toussa avant de démarrer.

— Zut. Je reviens.

Je sortis de la camionnette et me précipitai derrière la maison.

Cinq minutes plus tard, je me trouvais de nouveau assise dans la camionnette, avec une paire de gants en caoutchouc orange dans les mains.

Charlene haussa un sourcil.

— Tu n'as rien déniché de mieux ?

— Je viens du Texas, tu te souviens ? Disons que ma collection de gants s'avère plutôt limitée.

— Tu vas passer un hiver splendide dans ce cas-là, indiqua Charlene en embrayant.

— Juste à l'idée de voir de la neige, je suis tout excitée.

Elle lâcha un petit rire.

— Tu m'en reparleras en mai.

— En mai ?

— Attends de voir, dit-elle tandis que le véhicule grimpait la grosse colline derrière l'auberge. Tu n'auras qu'une envie : retourner au Texas.

Je songeai alors à la résidence victorienne que Benjamin m'avait montrée.

— Parlant du Texas, ton ancien amoureux est vraiment un bel homme. Que s'est-il passé avec lui ?

— Nous étions fiancés, expliquai-je. Mais ça n'a pas marché.

— Qu'est-il arrivé ?

— J'ai découvert qu'il... voyait une autre femme. Plusieurs autres femmes, en fait.

Charlene en eut le souffle coupé.

— Et il voudrait renouer avec toi ?

Je fis signe que oui.

— Que vas-tu faire ? demanda-t-elle.

— Je vais lui préparer son petit déjeuner et le renvoyer chez lui.

— C'est tout ?

— C'est tout, conclus-je. Mais j'avoue que j'ai hésité.

Peu de temps après, la camionnette rebondissait sur Black Cove Road à l'approche du presbytère. J'étais contente de participer à cette expédition — même si je ne me montrais pas très chaude à la pensée de franchir le périmètre de sécurité de la police.

— D'après toi, où devrions-nous nous garer ? questionna Charlene.

— Nous pourrions aller derrière le presbytère. C'est un peu en retrait et je doute que quelqu'un nous voie.

— Bonne idée, reconnut-elle. J'éteindrais bien les phares, mais j'ai peur de foncer dans un arbre.

Mon regard s'arrêta sur les grands pins en bordure du chemin.

— Tu ferais mieux de les garder allumés.

Une minute plus tard, nous roulions dans l'allée du presbytère et nous nous immobilisâmes derrière l'extension encore en construction. Charlene éteignit le moteur et demeura silencieuse un moment.

— Es-tu certaine de vouloir aller là-dedans ? demandai-je gentiment.

— Oui, répondit-elle d'une voix tremblante.

— Tu peux rester dans la camionnette, si tu veux. Je peux très bien me débrouiller seule.

— Non, je viens avec toi.

Elle retira la clé de contact.

— Tu as mis tes gants ? s'enquit-elle.

J'enfilai mes gants de caoutchouc.

— C'est fait. Tu es prête ?

Elle prit une profonde inspiration.

— Oui.

Le vent froid nous assaillait pendant que nous nous dirigions vers la porte arrière, éclairées uniquement par le faible faisceau lumineux de la lampe de poche de Charlene. Le ruban jaune s'était déchiré et flottait au vent comme un serpentin.

— Eh bien, nous n'avons plus besoin de nous inquiéter de franchir le périmètre de la police, lança Charlene par-dessus le vent qui sifflait.

Je croisai les bras sur ma poitrine pour me réchauffer tandis que Charlene essayait maladroitement d'insérer la clé dans la serrure du presbytère. Un instant plus tard, la porte s'ouvrit brusquement et nous nous précipitâmes à l'intérieur.

— Au moins, ils n'ont pas changé les serrures, constata-t-elle en refermant la porte derrière nous.

Le vent continuait de gémir dehors alors que nous restions debout dans l'obscurité. Une vague odeur d'eau de parfum, celle de McLaughlin, me parvint aux narines, ainsi qu'un arôme de cannelle. Je me tournai vers Charlene pour voir si elle tenait le coup, mais il faisait trop noir pour que je puisse distinguer l'expression de son visage.

— Devrions-nous allumer les lumières? demandai-je.

Elle inspira profondément.

— J'imagine que oui. À moins que tu ne croies que ce serait préférable de nous éclairer uniquement avec la lampe de poche.

— Je pense que même celle-ci serait visible de l'extérieur. Comme la maison se trouve assez bien dissimulée derrière les arbres, ça devrait aller si nous allumons les lumières.

Un moment plus tard, la pièce était entièrement illuminée. En plissant les yeux pour m'habituer à la clarté soudaine, je réalisai que nous nous tenions dans la cuisine.

— Par où devrions-nous commencer?

La voix de Charlene était déterminée, mais ses yeux brillaient de larmes.

— Par l'endroit où tu te sens le plus à l'aise, dis-je en ajustant mes gants.

— Allons d'abord voir dans le bureau, proposa-t-elle d'une voix légèrement tremblante. Je crois que je pourrai le supporter.

— Dans le bureau, alors. Je te suis.

J'emboîtai le pas à Charlene à travers le salon, là où, à peine hier, McLaughlin et moi étions installés. La rangée de toilettes commémoratives se trouvait toujours accrochée au mur derrière le canapé et le tapis neuf était moelleux sous mes pas. Il se révélait difficile de songer que l'homme qui, la veille encore, se tenait assis sur le canapé en cuir, était mort. Assassiné.

— Je n'arrive pas à croire qu'il n'est plus en vie, murmura Charlene, en écho à mes pensées.

Elle s'arrêta un instant et essuya ses yeux sur sa manche. Puis, elle emprunta le tapis pour se rendre jusqu'à une lourde porte en bois.

— C'est ici, indiqua-t-elle en poussant la porte et en actionnant l'interrupteur.

Face à la fenêtre, il y avait un gros bureau en noyer devant lequel se trouvaient deux fauteuils en tissu somptueux de couleur rouge.

— Il a dû faire de bonnes affaires avant de devenir pasteur, remarquai-je.

Charlene me fusilla du regard.

— Il est mort, Natalie. Tu peux lui ficher la paix, maintenant.

Je levai les mains pour me défendre.

— Ce n'est pas ce que j'ai voulu dire. C'est juste que je suis plus habituée de voir des meubles d'occasion dans les bureaux des prêtres.

Elle s'énerva encore une fois.

— Et je suis certaine que tu en as visité beaucoup au fil des ans.

— Tu marques un point, convins-je en me disant que je ferais mieux de me la fermer. Alors, où crois-tu qu'il a rangé ce journal intime, ou ce document, bref, ce qu'il avait découvert?

— Je l'ignore, répondit Charlene les lèvres pincées, mais d'un air un peu plus détendu.

Elle fit glisser son doigt ganté sur le bureau en laissant une trace dans la fine couche de poudre destinée à révéler les empreintes.

— On dirait bien que la police est déjà passée par ici. Il n'y a peut-être rien à trouver.

— Sait-on jamais, hasardai-je.

La demeure était étrangement silencieuse, à part le vent qui gémissait sous le toit. Une rafale de vent particulièrement violente secoua la fenêtre derrière le bureau et je frissonnai.

— Nous pourrions commencer par fouiller les tiroirs ?

— À vos ordres, général.

Je sentis encore davantage l'odeur de l'eau de parfum de McLaughlin quand je m'assis dans son fauteuil en cuir. Le dossier était haut, comme un trône, et j'éprouvais la sensation bizarre d'être protégée de la fenêtre sombre derrière moi lorsque j'ouvris le premier tiroir.

Heureusement, la police n'avait emporté aucune des chemises — du moins, pas d'après ce que je pouvais constater. Elles étaient toutes bien identifiées — les factures d'électricité, celles des cartes de crédit, les assurances. Je suspendis mon geste devant la chemise des relevés bancaires, mais je décidai d'y jeter tout de même un coup d'œil. Pour un pasteur, le solde de ses comptes se révélait impressionnant.

— As-tu découvert quelque chose ? s'informa Charlene, du bahut où elle était en train d'explorer.

— Non, pas encore, annonçai-je en remettant les documents dans la chemise et en rangeant celle-ci à sa place.

Malgré l'air froid, j'avais les mains en sueur dans mes gants en caoutchouc.

— Et toi ? demandai-je à mon tour.

— Rien. Juste des documents pour les rénovations. Des plans, des soumissions, ce genre de trucs.

Je refermai le premier tiroir et ouvris le deuxième. Dans celui-ci, les chemises se voyaient identifiées par des noms : Hoyle, Kean, Sarkes. Je saisis la dernière. Elle était vide. La police en avait-elle retiré le contenu ? Ou quelqu'un d'autre ? Je repris espoir en distinguant l'étiquette sur la chemise suivante : Selfridge.

Il n'y avait qu'une lettre rédigée sur du papier toilé. L'écriture se révélait difficile à lire, mais je pouvais en décrypter l'essentiel. Murray indiquait qu'il s'engageait à offrir une somme d'argent non divulguée pour les rénovations du presbytère. Il remerciait aussi McLaughlin pour son appui.

Quel genre d'appui ? m'interrogeai-je. McLaughlin conseillait-il Selfridge ? Ou promettait-il de verser des fonds en espèces sonnantes et trébuchantes en échange du soutien de McLaughlin pour le domaine de Cranberry ?

— As-tu trouvé un document mentionnant qui payait les frais des rénovations ? demandai-je à Charlene.

— Pas encore. Mais certaines des factures sont véritablement effrayantes. J'ignorais que les restaurations coûtaient aussi cher.

— Et le fait d'être sur une île n'aide pas non plus. Je n'ose même pas *penser* à combien cela va me coûter pour faire réparer les dégâts d'eau à l'auberge…

Je repliai la lettre et la glissai dans la chemise. J'ouvris ensuite celle identifiée au nom de Kean, et après avoir regardé du côté de Charlene, je sortis une pile de feuilles du dossier.

Les premières pages contenaient des montants de dons. Depuis qu'elle avait rencontré McLaughlin, Charlene s'était de toute évidence remise à verser régulièrement sa dîme. Je replaçai les feuilles dans la chemise et rangeai celle-ci dans le tiroir. J'aperçus alors une imprimante dans un coin du bureau.

— Richard possédait-il un ordinateur ? m'enquis-je.

— Il a… je veux dire, il avait… un ordinateur portatif, dit-elle en balayant la pièce des yeux. Mais je ne sais pas où il est. Il le laissait habituellement sur son bureau.

— La police l'a possiblement emporté, suggérai-je.

Ou le meurtrier, songeai-je intérieurement. Je scrutai le visage de mon amie pour voir comment elle supportait l'épreuve.

— Je sais que c'est difficile. Tu te sens bien?

Charlene referma le tiroir devant elle et se leva.

— Ça va. Mais le journal intime ne se trouve pas ici et j'ignore où il pourrait bien être.

— Peut-être dans sa chambre à coucher?

Elle soupira.

— Cela vaut la peine d'aller voir.

Je traversai avec elle le salon en direction de la chambre de Richard. Ce fut à ce moment-là que les lumières clignotèrent et s'éteignirent.

Charlene trébucha sur quelque chose.

— Ça, c'est le comble!

La peur m'envahit à l'instant où elle alluma sa lampe de poche et projeta devant elle un faible faisceau lumineux. S'agissait-il d'une panne d'électricité? Ou était-ce quelqu'un qui savait que nous étions dans le presbytère?

— Crois-tu que la panne touche tous les habitants de l'île? demandai-je.

Les rayons lumineux vacillèrent.

— Je ne sais pas. Sans doute.

Je frissonnai.

— Cela me donne la chair de poule. Examinons rapidement la chambre, puis allons-nous-en.

— Je suis certaine que c'est le vent qui a fait tomber une ligne.

— Je sais. Mais nous pouvons toujours revenir une autre fois.

— Je préférerais ne pas avoir à revenir, si ça ne te dérange pas, dit-elle.

Je la suivis jusque dans la chambre.

Dans le faisceau de la lampe de poche, je distinguai une commode en cerisier, un édredon en peluche verte et une tête de lit sculptée.

— Par où commençons-nous? questionna Charlene.

— Je ne sais pas. Par les tables de chevet?

Nous fouillâmes à l'intérieur de celles-ci, mais je ne découvris qu'une Bible qui avait de toute évidence été lue et relue à maintes reprises. Je la tendis à Charlene.

— Tiens, tu devrais l'emporter avec toi.

Elle hésita, puis la prit dans ses mains.

— Tu crois que je devrais?

— Je sais combien tu aimais Richard, dis-je. Cela ne constitue pas un objet de preuve. Et je suis sûre qu'il aurait voulu que tu l'aies.

Elle la serra contre sa poitrine. L'ombre de son visage se voyait projetée sur le mur.

— Merci, Natalie.

— Ça, tu peux en être certaine. Maintenant, jetons un coup d'œil dans la commode — je te laisse le faire — avant de déguerpir.

— As-tu regardé dans la bibliothèque?

J'aperçus les rangées de livres près de la porte.

— Je ne l'avais pas vue.

Charlene s'approcha en éclairant le dos des volumes. Je la rejoignis pour les examiner.

Sous les manuels religieux, on retrouvait une série de romans à suspense aux couvertures colorées.

— Il y a beaucoup de romans de Ludlum, constatai-je.

Puis, je remarquai un vieux bouquin coincé entre des livres brochés. Sa reliure en cuir se révélait usée dans sa partie supérieure.

— Qu'est-ce que c'est?

— Tu crois que c'est ce qu'on cherche?

— Je ne sais pas, fis-je en soulevant délicatement la couverture. Éclaire-moi.

Charlene dirigea les rayons de sa lampe de poche sur la page à laquelle je venais d'ouvrir le volume.

Les hivers sont glaciaux, ici sur l'île, lus-je à voix haute. *L'encre gèle dans l'encrier, à moins que je le laisse près du poêle.*

— Il s'agit bel et bien d'un journal intime.

Je revins à la page de titre.

— Rév. Martin. Rédigé dans les années 1800.

— Pourquoi quelqu'un aurait-il voulu… tuer Richard pour cela?

— Je l'ignore, répondis-je en faisant défiler les pages. Et si c'était le cas, pourquoi aurait-il abandonné la preuve ici?

Mes yeux parcoururent les pages jaunies.

— La personne qui a écrit ceci semblait obsédée par le mauvais temps sur l'île.

Un grand coup de vent vint secouer les murs de la maison en produisant un bruit inquiétant qui me glaça le sang dans les veines. Je refermai le livre d'un coup sec.

— Que dirais-tu de partir?

— Et la commode?

J'étouffai un soupir.

— Faisons vite, d'accord? Nous pouvons toujours revenir quand le courant sera rétabli.

— On dirait que tu crains de voir un fantôme ou quelque chose du genre.

Le vent gémit encore une fois et je frissonnai en me remémorant les sons que j'avais entendus à l'auberge. Cela faisait un moment que je voulais parler à Charlene de mon visiteur nocturne ; ce soir, j'en avais l'occasion. Je glissai le journal dans ma poche et suivis Charlene jusqu'à la commode.

— Rappelle-moi de te raconter une chose lorsque nous aurons fini de fouiller ici.

. . .

Il était presque vingt et une heures quand nous abandonnâmes nos recherches et retournâmes à l'auberge. Nous avions eu beau regarder dans tous les rayons de la bibliothèque ainsi que dans tous les tiroirs, et même sous le matelas, nous revenions bredouilles.

Les fenêtres de l'auberge de la Baleine grise brillaient dans la nuit lorsque nous remontâmes la longue allée. Ou bien l'interruption d'électricité n'avait pas touché toute l'île, ou bien le courant était rétabli.

Nous courûmes sous la pluie jusqu'à la porte arrière et pénétrâmes dans la cuisine. À l'instant d'allumer la lumière, je demeurai sous le choc en constatant l'état de ma cuisine.

Quelqu'un — ou quelque chose — avait dévalisé le garde-manger et avait lancé de la nourriture partout sur le plancher de bois.

— OH MON DIEU ! SOUFFLA Charlene en réalisant tout comme moi l'étendue des dégâts.

Deux sacs de farine de quatre kilos avaient été éventrés et traînés sur le plancher en laissant derrière eux une traînée de poudre blanche. Les cerises séchées se trouvaient éparpillées dessus comme des baies de houx sur la neige, et plusieurs paquets de pâtes avaient été déchirés et vidés de leur contenu. Le moule à muffins se voyait renversé au sol. Et Biscuit et Pepper étaient hors de vue.

Je fis un pas en avant et c'est alors que nous entendîmes un grand coup au-dessus de nous. *Il provenait du plancher de ma chambre*, constatai-je.

— Qu'est-ce que c'était ? demanda Charlene d'une voix aiguë.

— Je ne sais pas, répondis-je, le cœur battant et les yeux fixés au plafond. Sortons d'ici, chuchotai-je.

— Pour aller où ?

Je désignai du doigt l'escalier et me dirigeai vers lui. Les marches craquèrent sous nos pas et un autre coup provint du mur près de nous. Parvenue à l'étage, je tournai le coin et avançai sur la pointe des pieds jusqu'à ma chambre, puis, j'ouvris la porte et appuyai sur l'interrupteur.

La chambre était vide.

— Qu'est-ce que c'était ? murmura Charlene derrière moi.

— Je l'ignore, indiquai-je d'une voix tremblante. Mais disons que j'ai beaucoup de difficulté à dormir depuis quelque temps.

Charlene demeura sur le seuil de la porte pendant que j'allai vérifier sous le lit et dans la penderie si le bruit n'émanait pas de Biscuit ou de Pepper.

— Il n'y a rien ici, lançai-je.

— C'est bizarre.

— Ça, tu peux le dire.

Après avoir jeté un dernier coup d'œil derrière moi, je m'orientai vers l'escalier, suivie de Charlene. De retour dans la cuisine, je me penchai pour retourner le moule à muffins.

— As-tu entendu des histoires à propos de l'auberge ? m'enquis-je à voix basse.

— Tu veux dire des histoires de fantômes ?

Je levai les yeux vers elle.

— Quoi ? Tu étais au courant ?

Charlene se pencha elle aussi pour prendre par terre un paquet de rotinis déchiré.

— Tout le monde l'est. Eliezer croit que les trafiquants d'alcool qui utilisaient autrefois la crique effectuaient ici quelques-unes de leurs transactions à l'époque où la maison était inhabitée. Ils auraient fait circuler la rumeur selon laquelle il y avait des lumières et des bruits étranges la nuit, en se disant sans doute que personne n'oserait ainsi s'en approcher.

Elle secoua la tête.

— Mais je ne pense pas que cela ait un lien avec ce que nous avons perçu.

— Moi non plus.

Je ramassai les muffins et les jetai avec regret à la poubelle. Quel gaspillage.

— J'aimerais entreprendre quelques recherches pour en savoir plus, mais j'ai peur que cela nuise à mes affaires si cela se sait.

Je scrutai mon amie, habituellement incapable de garder un secret.

— Jure-moi de ne rien révéler de tout ceci à personne.

— Je te le jure.

— Pas même à Tania ?

Charlene posa sa main sur son cœur.

— Croix de bois, croix de fer, si je mens, je vais en enfer.

Je poussai un soupir.

— Merci. Cette histoire me donne vraiment la chair de poule. J'entends des bruits la nuit depuis une semaine ou deux.

Elle leva les yeux vers le plafond.

— Comme ce que nous venons d'entendre ?

— Pire. Je perçois des bruits de pas.

Elle frissonna.

— Es-tu certaine que ce ne sont pas simplement les tuyaux qui claquent ?

— Dans le grenier ?

Charlene écarquilla les yeux quand je lui dévoilai que des bruits de pas m'avaient réveillée l'autre nuit, et que je lui relatai la façon dont Biscuit avait réagi — et le fait que je n'avais vu aucune trace de pas sur le plancher du grenier recouvert de poussière.

— Emmeline m'a raconté que son mari avait déjà aperçu le fantôme d'une femme sur le palier, expliquai-je. Et d'après Matilda, la conservatrice du musée, un meurtre aurait été commis à l'auberge.

— La cuisinière, n'est-ce pas? Annie Oakes, je crois?

— C'est ça. Matilda m'a précisé que le meurtre n'avait jamais été résolu.

— C'est ce que dit la légende. Je pense que l'un des membres de la famille Selfridge était suspect, mais que personne n'a réussi à prouver quoi que ce soit.

— Crois-tu que c'est pour cette raison qu'elle revient hanter la maison? demandai-je en ouvrant un autre sac à ordures. Pour une affaire non réglée?

Charlene secoua la tête.

— Je l'ignore. Nous devrions peut-être nous procurer un jeu Ouija pour l'interroger.

Je ne pus m'empêcher de frémir. Je ne sais pas si c'était parce que j'avais vu trop de films d'horreur de série B, mais l'idée de tenir ce genre de séance me faisait dresser les poils sur la peau.

— La question consiste à savoir pourquoi elle se manifeste maintenant? J'habite ici depuis le printemps et c'est la première fois que je l'entends.

— C'est peut-être bientôt l'anniversaire de sa mort. Et c'est bientôt l'Halloween. N'est-ce pas à cette date que les âmes des morts sont censées revenir sur Terre?

— En fait, je pense que le jour des Morts est le 1er novembre. Et nous ne sommes qu'à la mi-octobre.

Cela me fit songer aux grandes fêtes organisées dans la communauté mexicano-américaine d'Austin. Les bonbons en forme de squelettes, les œillets d'Inde, la nourriture et les chandelles allumées sur les tombes des morts… Je pensai alors à McLaughlin. Si c'était à cette période de l'année que les fantômes venaient hanter les maisons, était-ce lui qui avait causé la panne de courant au presbytère ? Et si oui, pour quelle raison ? Y avait-il quelque chose dans la résidence qu'il ne voulait pas que nous trouvions ? Je chassai cette réflexion de ma tête. La semaine dernière, je considérais ridicule l'idée de la présence de fantômes, et maintenant, j'essayais d'expliquer une simple interruption de courant par des phénomènes paranormaux.

— Je ne sais pas si les fantômes reviennent uniquement durant le jour même des Morts ou au cours de toute la saison, indiqua Charlene. Qui sait, elle n'a peut-être pas découvert de calendrier dans l'Au-delà, ou du moins dans l'endroit où elle se trouve.

J'examinai mon amie. Ses yeux se voyaient de nouveau emplis de larmes et sa voix redevenait songeuse.

— Crois-tu que… Richard pourrait me faire un signe ?

— Je suis certaine qu'il le fera s'il le peut, répondis-je en souriant à Charlene.

Puis, je grimaçai en regardant la farine répandue sur le plancher de pin.

— Oublie le jeu Ouija. Les fantômes pourraient tout bonnement écrire ce qu'ils veulent dans la farine.

— Ce serait plus commode ainsi.

Je jetai un coup d'œil aux miettes de muffins.

— Parlant de farine, que vais-je bien pouvoir préparer pour le petit déjeuner, à présent ?

Charlene haussa les épaules.

— Je suis persuadée que tu vas trouver quelque chose. Que dirais-tu de confectionner tes délicieux flans ? Tu n'as besoin que d'œufs et du lait, non ?

Je balançai à la poubelle un paquet de spaghettis déchiqueté.

— Bonne idée. Je vais en préparer une fois que nous aurons nettoyé la cuisine.

Je ramassai ensuite les cerises, la farine et les pâtes pour les déposer également dans la poubelle.

— Je n'arrive pas à croire que j'habite dans une auberge hantée, dis-je en gémissant. Pas étonnant que le prix de la maison ait été si peu élevé.

Charlene s'empara d'une poignée de pâtes et grimaça.

— Espérons que les phénomènes paranormaux se borneront à ton garde-manger.

• • •

Le lendemain matin, le temps était encore gris et froid. La plupart des gens n'appréciaient pas les températures froides, mais après avoir passé quinze années au Texas, là où c'est toujours l'été, j'appréciais les changements de saison — y compris les petits matins humides et froids. Cela me donnait l'occasion de porter les chandails de laine qui accumulaient la poussière depuis des années dans ma penderie. Aujourd'hui, j'avais choisi un pull irlandais rouge que j'avais acheté sur l'île d'Inishmore, au large de la baie de Galway, voilà presque quinze ans. Après avoir remonté mes manches, je versai les grains frais dans le moulin à café en me disant que j'aimais bien la sensation de la laine rude sur ma peau. Je songeai encore une fois à l'offre de Benjamin. Si je retournais vivre au Texas, je devrais remiser mes chandails épais. Je me mis à secouer la tête. Étais-je vraiment en train de me convaincre de rester ici à cause de mes vêtements ?

À huit heures, une odeur enivrante de saucisses emplissait la cuisine. Dehors, une fine bruine tombait du ciel gris perle. Je jetai un coup d'œil par la fenêtre : le phare de Cranberry Rock était à peine visible à travers le brouillard, et les riches couleurs d'automne au loin, sur les montagnes, se voyaient pareillement atténuées. En contraste avec le ciel grisâtre, les murs jaunes de la cuisine ainsi que les carreaux de céramique bleus et blancs, jumelés au plancher de pin et à la grande table de ferme, rendaient la pièce particulièrement agréable, et j'éprouvai alors une immense satisfaction. Nulle trace de Pepper — elle se trouvait sans doute avec Charlene —, mais Biscuit se tenait roulée en boule à côté du radiateur. Je réalisai à ce moment que Candy n'était pas venue dans la cuisine depuis des jours. Je n'étais réellement pas heureuse qu'elle ouvre une auberge à l'autre bout du chemin, mais au moins, elle ne hantait plus ma cuisine. *Contrairement à Annie Oakes...*

Je pris une gorgée de café et retournai les saucisses dans la poêle, puis j'allai chercher un sac de tortillas au maïs dans le congélateur afin de confectionner des *migas*, un plat mexicain que j'avais découvert à Austin. Elles accompagneraient bien les flans et de toute manière, c'était toujours bon de manger un mets épicé par un matin frigide. Je déposai donc quelques tortillas dans le four à micro-ondes et pendant que je râpais du fromage cheddar, je pensai aux dégâts que Charlene et moi avions trouvés dans la cuisine. Était-ce là l'œuvre du fantôme de la cuisinière assassinée ? Si oui, allais-je devoir me préparer à affronter des phénomènes paranormaux une fois par année ?

Par chance, les manifestations intempestives semblaient vouloir se limiter à la partie de l'auberge à laquelle les invités n'avaient pas accès. Je ne pouvais qu'espérer que la personne — ou la chose — qui avait provoqué les dommages dans la cuisine hier soir n'ait pas envie de causer des ravages ailleurs. Et au moins, il n'y avait pas eu d'autre manifestation par la suite. Même si j'avais mis du temps à m'endormir, rien n'était venu interrompre mon sommeil et je m'étais réveillée toute ragaillardie. Mes yeux glissèrent vers le garde-manger. Il faudrait que je demande à Charlene de me rapporter de la farine de l'épicerie. Et il fallait aussi que je rappelle la compagnie d'assurances.

Durant la demi-heure qui suivit, je me consacrai à la fabrication des *migas*, tranchant des piments jalapenos et des avocats, puis concoctant un plat au fromage et aux œufs baveux qui paraissait si appétissant que je m'en servis une petite portion avant d'aller le porter dans la salle à manger.

Benjamin s'y trouvait déjà. Il avait fière allure dans son jean et son chandail en laine bleu qui s'harmonisait avec ses yeux.

— Merci pour le dîner d'hier soir, dit-il.

— Il n'y a pas de quoi.

Je lui versai du café et m'éloignai rapidement.

— As-tu eu le temps de réfléchir ?

— J'ai été très occupée.

— Je pars dans quelques jours, tu sais. J'aimerais bien acheter un autre billet pour Austin... pour toi.

— Même si j'acceptais...

— Tu y penses ?

J'exhalai un soupir.

— Je n'ai pas de réponse. Tu sais, ce serait sans doute préférable que tu partes...

— Bonjour !

Nous nous retournâmes et aperçûmes Candy dans l'embrasure de la porte. Elle arborait un jean serré et des talons hauts. Benjamin se leva pour l'accueillir.

— Salut, Candy !

— Salut, Ben ! As-tu toujours envie d'aller manger au Jordan Pond House ?

Benjamin me décocha un regard oblique.

Je continuai d'afficher mon plus beau sourire.

— Pourquoi ne prendrions-nous pas notre petit déjeuner ici, puis nous verrons plus tard, marmonna-t-il avant de se tourner vers moi. Natalie…

— Ce n'est peut-être pas un temps idéal pour s'asseoir sur le gazon, mais j'imagine que nous serions aussi bien à l'intérieur, poursuivit Candy joyeusement. Et puis, j'ai entendu dire que leurs popovers étaient bons à en mourir. Je vais essayer d'avoir leur recette pour en faire quand…

Elle leva les yeux sur moi et dévia son regard, puis fit battre ses longs cils et marcha d'un air dégagé jusqu'à la table de Benjamin. Son pull à capuchon rose extrêmement moulant parvenait à peine à couvrir sa poitrine protubérante sous son t-shirt au décolleté provocant.

J'emplis les deux tasses de café et tournai aussitôt les talons.

— Ce matin, il y a des *migas*, des pamplemousses et des flans. Je reviens avec des rôties.

En arrivant dans la cuisine, je m'appuyai contre le mur, le cœur trépidant. Je *connaissais* pourtant la vraie nature de Benjamin. Alors, pourquoi me montrais-je aussi agitée ? Quant à Candy… elle avait *vraiment* l'intention d'ouvrir une auberge. Et la dure réalité était que si la compagnie d'assurances refusait de défrayer les réparations des dommages que Candy avait causés, cette dernière possèderait à ce moment-là une excellente chance de m'acculer à la faillite.

Je fermai les yeux. La meilleure décision — d'un strict point de vue financier — consisterait sans doute à sauter sur l'offre de Benjamin; après tout, j'étais encore attirée par lui et mon existence se révélerait beaucoup moins stressante sans les gros versements hypothécaires à payer chaque mois. Mais il ne s'agissait toutefois pas d'une raison valable pour amorcer une relation amoureuse et de plus, j'avais créé des liens ici. Mes yeux se tournèrent vers la maison de John. Étais-je véritablement prête à tout abandonner ?

Cependant, que j'accepte ou non la proposition de Benjamin, la vérité était que je n'aurais peut-être pas le choix de partir.

Je pris quelques tranches de pain dans un sac et les déposai dans le four grille-pain, puis refermai la porte vitrée d'un coup sec. Ensuite, je saisis le combiné pour contacter mon agent d'assurances, mais je tombai derechef sur sa boîte vocale.

Merde !

Je laissai un message et vérifiai les rôties, puis traversai la cuisine pour aller jeter un coup d'œil dans la salle à manger. Si jamais d'autres invités étaient descendus, ils voudraient sûrement avoir du café. Je me trouvais sur le point de réintégrer la salle à manger quand j'entendis quelqu'un frapper à la porte arrière de la cuisine.

C'était John.

— Qu'est-ce qui ne va pas ? demanda-t-il lorsque j'allai lui ouvrir.

Le vent transporta avec lui son odeur boisée. J'aimais celle-ci et ce qu'elle avait de sauvage et de naturel.

— De quoi parles-tu ? questionnai-je en le laissant entrer.

Comme Benjamin, John arborait un jean et un chandail de laine. Mais contrairement à Benjamin, son jean se voyait usé à la hauteur des genoux et son chandail ressemblait à ceux que portent habituellement les pêcheurs. Je me rappelai alors que les motifs servaient à aider les familles à identifier les naufragés sur les plages. Je frissonnai, la mort ne cessant malgré moi d'envahir mes pensées.

— Tu as l'air tendue, me fit-il remarquer.

— La compagnie d'assurances ne répond pas à mes appels, Candy a l'intention d'inaugurer une auberge près d'ici, l'amoureux de ma meilleure amie a été assassiné et Grimes croit que l'une de nous deux constitue le coupable.

John haussa ses sourcils épais.

— Veux-tu du café ? proposai-je en prenant une tasse dans l'armoire.

— Avec plaisir. Revenons à Grimes. Qui soupçonne-t-il exactement ?

— Charlene et moi.

Après avoir empli la tasse, je la tendis à John et sortis une cuillère.

Il secoua la tête.

— Je ne comprends vraiment pas. Pourquoi l'une d'entre vous aurait-elle tué McLaughlin ?

Je reniflai de dépit.

— D'après la rumeur, McLaughlin fréquentait une autre femme. Et j'étais apparemment tellement jalouse du nouvel amant de Charlene que cela m'aurait poussée à commettre un meurtre.

— C'est ridicule, commenta John en agitant la tête et en avalant une gorgée de café. Et où a-t-il été pêcher cette histoire que McLaughlin voyait quelqu'un d'autre ?

— Je ne sais pas, mais il prend la chose très au sérieux.

Il émit un long sifflement.

— Les événements ne se sont véritablement pas déroulés comme tu l'aurais souhaité dernièrement, n'est-ce pas ?

Il déposa sa tasse et vint se placer derrière moi pour me masser le dos avec ses mains calleuses. Je me détendis, attendrie par son geste.

— Au fait, dans quel état sont tes planchers ?

Je soupirai.

— Celui du corridor se révèle peu endommagé, car nous avons essuyé l'eau assez vite, mais les chambres se trouvent en mauvais état. J'ai laissé les fenêtres ouvertes dans les deux chambres, mais j'ai bien peur de voir apparaître des traces de moisissure.

— Et la compagnie d'assurances te mène la vie dure ?

Je hochai la tête.

— As-tu pensé à demander à la femme qui a bouché le lavabo d'expliquer à l'agent d'assurances ce qui s'était produit ?

— Qui ? Candy ? Elle veut ouvrir une auberge à l'autre bout du chemin. Pourquoi voudrait-elle m'aider ? Je crois même qu'elle a fait exprès pour me nuire.

Ses mains continuaient de me pétrir les épaules.

— Cela vaut tout de même la peine d'essayer.

— Tu as raison. Je vais le lui demander.

— Le pire qu'elle peut dire, c'est non, indiqua John.

Il serra une dernière fois mes épaules avant de me libérer.

— On dirait que quelque chose est en train de brûler.

— Les rôties !

Je me précipitai pour baisser la porte du four grille-pain, mais il était trop tard. Je jetai à la poubelle les tranches de pain carbonisées. Le téléphone sonna au même moment.

— Peux-tu répondre ?

Il saisit le combiné.

— Auberge de la Baleine grise, bonjour ?

Il demeura silencieux un instant pendant que je sortais d'autres tranches de pain du sac pour les faire rôtir.

— Non, c'est John.

Un moment plus tard, sa voix chavira.

— Va-t-il s'en tirer ?

Je me tournai vers John. Son visage était pâle. Un autre meurtre avait-il été commis ?

19

Je fixai John. Il avait les lèvres serrées. Que se passait-il ?

— Je vais le lui dire, ajouta-t-il. Tenez-moi au courant, d'accord ?

— Quoi ? demandai-je avec inquiétude au moment où il raccrocha. Qu'est-il arrivé ?

Il poussa un long soupir.

— C'était Emmeline Hoyle. La guerre des territoires de pêche ne fait qu'empirer. Ce matin, ils ont trouvé l'un des pêcheurs du continent évanoui dans son bateau. Ils ont dû le transporter à l'hôpital. Quelqu'un l'avait assommé en lui donnant un coup derrière la tête.

— Va-t-il s'en sortir ?

— Il n'a pas repris connaissance. Les médecins l'examinent.

Je me laissai choir sur une chaise. Au moins, il n'y avait pas eu un autre meurtre et cette fois-ci, le mobile apparaissait évident.

— D'après toi, qui aurait bien pu le frapper ?

— J'ai une petite idée, dit-il, mais nous devrions sans doute attendre d'avoir une preuve.

— Tu as raison, agréai-je en hochant la tête. Toute cette violence ces derniers jours...

John vint vers moi, déposa ses mains sur mes épaules et m'attira contre lui. Je m'appuyai contre sa poitrine et sentis une vague de chaleur m'envahir lorsqu'il m'entoura de ses bras puissants.

Il me parla d'une voix douce et basse.

— Je suis inquiet pour toi, Natalie.

Je tournai la tête pour le regarder dans les yeux.

— Pourquoi ?

— Il y a d'abord eu la mort de Polly, puis celle de McLaughlin...

— Je croyais que tu m'avais dit que Polly s'était suicidée.

Il resserra son enlacement.

— À l'heure actuelle, je ne suis certain de rien. Tout ce que je sais, c'est qu'une personne dangereuse se promène sur l'île et que Charlene et toi avez tendance à fourrer votre nez dans les affaires des gens et que cela peut en déranger certains.

Je songeai à notre visite au presbytère... et aux traces de pas que j'avais aperçues sur ma galerie arrière l'autre soir. Il marquait un point.

Il m'étreignit une dernière fois sur sa poitrine.

— Sois prudente, d'accord ? Nous n'avons toujours pas pris notre repas d'amoureux et je n'aimerais pas devoir annuler encore une fois.

Il me retourna face à lui et m'embrassa délicatement sur le front.

— Je vais revenir te voir plus tard, entendu ? De grâce, évite de te déplacer seule.

— Je vais essayer. Tu es sûr de ne pas vouloir rester pour le petit déjeuner ?

Il saisit sa tasse de café et ingurgita une ultime gorgée avant de se diriger vers la porte.

— J'ai déjà mangé, mais merci quand même.

Il me sourit une dernière fois avant de se replonger dans le petit matin glacial.

Je demeurai debout à fixer la porte un moment, le corps encore réchauffé par le souvenir de son étreinte. Nous dînerions ensemble bientôt, avait-il dit... Je pris bien note du rendez-vous. Les invités. Les rôties. *Les rôties!* Je sortis les tranches de pain juste à temps, étalai du beurre dessus et les déposai dans le réchaud avant d'insérer quatre autres tranches dans le four grille-pain et de retourner dans la salle à manger avec ma cafetière en main.

Benjamin et Candy étaient assis au même endroit et semblaient bien s'amuser, tandis que Russell Lidell s'était installé à une table plus éloignée. J'ignorai l'heureux couple — honnêtement, après quelques minutes passées avec John, je m'en fichais pas mal — et allai emplir la tasse de Russell.

— Qui était-ce au téléphone ? demanda-t-il.

— Juste un ami à moi, indiquai-je.

— Je n'ai reçu aucun appel ?

Aujourd'hui, il arborait un pantalon en toile froissé et une chemise rayée d'une taille trop petite. Son visage rond paraissait fatigué.

— Non, pas depuis que je suis descendue. Je ne crois pas qu'il y ait de messages sur le répondeur, mais je peux aller vérifier.

— Laissez-le-moi savoir, dit-il. J'attends un appel.

• • •

J'étais en train de laver la dernière assiette du petit déjeuner quand j'entendis Gwen dévaler l'escalier et entrer dans la cuisine. Elle avait rassemblé ses cheveux épais en une queue de cheval et portait un pull sur ses épaules.

— Tante Natalie, haleta-t-elle, le souffle coupé. Je ne me suis pas réveillée à temps… J'étais supposée me rendre à l'atelier de Fernand tôt ce matin !

— Pourquoi n'y vas-tu pas maintenant ? suggérai-je tandis qu'elle s'emparait d'une banane dans le bol à fruits.

— Et les chambres ?

— Je vais m'en occuper. As-tu le temps de manger de la strata ?

— Non, mais je vais prendre un carré au chocolat. S'il en reste.

— Sur le réfrigérateur, révélai-je en emplissant de café une tasse de voyage.

Elle souleva le couvercle du contenant en plastique et en sortit une pile de carrés au chocolat et aux cerises. Mais comment parvenait-elle à demeurer aussi mince ?

Elle me donna un baiser rapide sur la joue et se précipita vers la porte.

— Mille fois merci, tante Natalie.

— Ah, n'y pense plus, lançai-je au moment où la porte se refermait derrière elle.

À vrai dire, j'avais hâte de me retrouver seule. Charlene était partie à l'épicerie et je n'avais donc pas à me soucier d'elle ce matin. Et avec tous les événements qui étaient survenus depuis une semaine, j'avais la tête qui tournait. La routine du ménage représentait pour moi une activité apaisante… presque méditative.

De plus, je voulais être à la maison au cas où la compagnie d'assurances retournerait mon appel.

Après avoir mis en marche le lave-vaisselle, je saisis mes produits de nettoyage et montai à l'étage avec l'intention de commencer par la chambre de Candy pour ensuite progresser d'une pièce à l'autre. En virant sur le coin de l'escalier, je me cognai un orteil contre une planche gauchie par l'eau et je maudis Candy en silence. Mes yeux glissèrent vers la porte de la chambre qu'elle avait «accidentellement» inondée. Qu'allais-je faire si la compagnie d'assurances refusait de payer les réparations? Et l'auberge de la Baleine grise allait-elle pouvoir survivre à la compétition à l'autre extrémité de la route?

C'en était fini de mon état méditatif. J'essayai de chasser mes inquiétudes et frappai à la porte de Candy. Comme personne ne vint répondre, je déverrouillai la porte avec mon passe-partout et pénétrai à l'intérieur de la chambre.

De toute évidence, Candy n'était pas une maniaque du rangement. Des jeans et des t-shirts étaient éparpillés sur le sol, l'un des logos brillant dans la lumière du petit matin gris. Le comptoir du lavabo disparaissait sous l'amoncellement des produits de maquillage et un string en soie était accroché à la poignée de porte de la salle de bains. Si jamais Candy ouvrait une auberge sur l'île, songeai-je amèrement, elle devrait consacrer une partie de son budget à l'aide ménagère.

Je déposai mes produits de nettoyage et débutai par le lit. En enlevant les draps, je me surpris à les inspecter dans le but de repérer l'un des cheveux brun foncé de Benjamin. *Il peut bien faire ce qu'il veut; en quoi cela t'intéresse-t-il?* Je me réprimandai intérieurement et lançai la pile de draps en coton blanc en direction de la porte.

Après avoir mis des draps propres, je retirai avec dédain le string enroulé autour du bouton de porte et l'ajoutai à la pyramide de vêtements qui trônaient sur la commode. Puis, je me mis à détailler ce qu'il y avait sur le bureau. Ayant préalablement jeté un coup d'œil vers la porte d'entrée, je m'avançai furtivement vers la masse de documents dispersés sur le bureau en érable patiné.

Mon estomac se serra quand je vis la feuille du dessus. Il s'agissait d'un contrat d'achat au nom du Bord de la falaise. Je n'apprenais là rien de nouveau, mais le fait de le voir par écrit rendait la chose encore plus réelle. Je fouillai dans le reste de l'amas de paperasse pour voir si elle s'était intéressée à d'autres propriétés, mais les renseignements ne concernaient que le Bord de la falaise.

La colère s'empara de moi. Après tout ce qu'elle m'avait raconté à propos de son intention d'ouvrir une auberge sur le continent, il semblait bien qu'elle n'avait cherché que sur Cranberry Island.

Je passai le plumeau autour des documents, lavai rapidement la salle de bains et déguerpis de la chambre avant d'oublier mon professionnalisme et d'accomplir un geste disgracieux, comme couper son string avec une paire de ciseaux, bien que j'ignorasse comment je pouvais le rendre encore plus petit.

La chambre suivante était celle de Benjamin. Contrairement à Candy, ses attributs vestimentaires étaient soigneusement pliés dans les tiroirs et le lit, déjà fait. *Les contraires s'attirent?* Je chassai cette pensée de ma tête et m'attaquai au lit et à la salle de bains en prenant soin d'éviter la pile de documents sur la commode. Je savais qu'ils contenaient les descriptions des auberges à Austin et je n'avais pas besoin de cette tentation. Je fus heureuse de constater qu'il n'y avait pas un cheveu blond sur les oreillers. J'avais beau essayer, je me montrais incapable de demeurer indifférente.

Je fis un instant abstraction de mon professionnalisme pour saisir la bouteille de parfum *Obsession* de Calvin Klein et la porter à mon nez. Je fermai les yeux et laissai un flot de souvenirs m'envahir... toutes ces nuits étendue sur les draps bleus de son très grand lit, sa peau chaude contre la mienne...

Je déposai brusquement la bouteille et m'éloignai du lavabo. Puis, je repris mes produits de nettoyage et courus vers la porte pour fuir le danger.

Je refermai la porte derrière moi et m'appuyai contre le mur en essayant de maîtriser les battements de mon cœur. Pourquoi me faisait-il autant d'effet ? Seigneur, même son eau de parfum réussissait à me faire perdre tous mes moyens ! Je redevenais une adolescente. Serrant le seau des produits de nettoyage dans ma main, je tentai de me rappeler la sensation des bras de John autour de moi. Un doux frisson remonta le long de ma colonne vertébrale, mais cela ne suffit pas à exorciser le trouble que j'avais ressenti dans la chambre de Benjamin. Je m'efforçai alors de me remémorer le moment d'humiliation au restaurant Z Tejas, la main de Benjamin dans le dos de Zhang, ses longs cheveux noirs soyeux...

Je relevai les paupières et chassai ces images de mon cerveau. *Concentre-toi sur ton travail.* C'était supposé être une activité apaisante, non masochiste. De plus, j'avais presque fini — à part la chambre de Charlene, celle de Russell Lidell se plaçait en dernier lieu sur ma liste. Les Hahn avaient quitté l'auberge après avoir écrit des commentaires élogieux dans le registre des invités en dépit de l'inondation dans le corridor.

En ouvrant la porte de Russell, je fus assaillie par une odeur de linge sale et je fronçai le nez malgré moi. Cela n'avait rien à voir avec l'arôme suave de l'eau de parfum de Benjamin. Comme dans la chambre de Candy, des chemises et des sous-vêtements jonchaient le plancher, mais contrairement à Candy, il semblait davantage apprécier la marque Fruit of the Loom que Victoria's Secret en matière de sous-vêtements. Je pris les vêtements sales du bout des doigts — j'aurais dû enfiler mes gants en caoutchouc orange — et les empilai près de la penderie, pour ensuite commencer à épousseter.

Peu importe l'endroit où il s'était rendu ce matin, Russell n'avait pas apporté sa mallette. Je ne pouvais m'empêcher de poser continuellement mon regard dessus tout en enlevant les draps et en ajustant les rideaux. Où en était le projet du domaine de Cranberry? Gary, le cousin de Polly, avait-il vendu sa maison à Murray? Ou à la compagnie de développement de Russell?

Après avoir récuré la cuvette et rincé le lavabo tout en imaginant une série de scénarios impliquant Candy, sa future auberge et des toilettes qui débordent, je revins dans la chambre et contemplai un instant sa mallette.

Puis, j'allai fermer la porte, poussai le verrou de sûreté et déposai la mallette en cuir brun sur l'édredon bleu.

Elle était usée dans les coins et je fus heureuse de constater qu'elle n'avait pas de serrure. Je m'empressai de l'ouvrir et de feuilleter les dossiers qu'elle contenait.

Le plus gros d'entre eux portait la mention «Domaine de Cranberry». Je n'eus aucune difficulté à l'extraire de la pile et je le plaçai sur le lit pour pouvoir le consulter. La dame à l'église avait dit vrai: Gary avait cédé la résidence de Polly et la date de démolition était déjà fixée en mars. J'inspirai profondément en songeant aux chats de Polly. Il fallait que je leur déniche un foyer cet hiver avant que la maison de Polly ne soit rasée... *Polly.* Je déposai le document et fermai les yeux un moment en me rappelant son sourire, la façon dont son visage rond s'illuminait quand elle parlait de ses chats. J'éprouvais encore du chagrin lorsque je pensais à la perte de cette femme si efficace qui avait toujours un mot gentil et qui avait ouvert son cœur et sa maison à des animaux abandonnés qu'elle nourrissait avec ses maigres ressources.

Je soupirai, frustrée de ne pas encore avoir pu identifier son meurtrier. Sans compter qu'avec la mort de McLaughlin, je perdais une piste pour m'aider dans mon enquête. Je replaçai le contrat dans le dossier et m'arrêtai sur la pile suivante.

Il s'agissait d'une évaluation environnementale et l'information qu'elle contenait me laissa sans voix.

Russell avait indiqué que le projet du domaine de Cranberry avait été accepté. Toutefois, l'évaluation que j'avais sous les yeux énumérait dix espèces menacées — et refusait à la Weintroub Development toute autorisation de construire.

J'étais en train de feuilleter le rapport quand quelqu'un inséra une clé dans le verrou de la porte.

— Un moment, s'il vous plaît, dis-je en lançant les dossiers dans la mallette.

Je remis celle-ci par terre, à côté du bureau, repris mon seau de produits de nettoyage et me précipitai vers la porte.

Russell me décerna un regard suspicieux lorsque j'ouvris la porte en lui affichant mon plus beau sourire.

— Pourquoi la porte était-elle verrouillée?

— J'imagine que ça doit être par habitude, expliquai-je avec un petit rire léger. Je verrouille toujours les portes derrière moi. Sans doute parce que je suis une femme célibataire.

Russell jeta un coup d'œil à sa mallette sur le plancher et j'en profitai pour prendre les draps sales et me dépêcher à m'éclipser de la pièce.

— Je dois aller les mettre dans la machine à laver. Si vous avez besoin de quoi que ce soit, n'hésitez pas à me le demander !

J'entendis la porte se refermer tandis que je me ruais dans le corridor en direction de l'escalier. Une chance que j'avais mis le verrou de sûreté, car sinon, il m'aurait surprise en flagrant délit. C'était probablement une bonne chose que Gwen s'occupe du nettoyage de la plupart des chambres, songeai-je alors. J'étais bien trop curieuse pour être une bonne femme de ménage. Avais-je replacé les dossiers dans le bon ordre ? Mon estomac se noua à cette pensée. Cependant, je me dis que je n'avais vraisemblablement pas à m'inquiéter même si ce n'était pas le cas — étant donné l'état de sa chambre, il ne devait sûrement pas trop se préoccuper du classement de ses dossiers. Par contre, l'évaluation environnementale continuait de m'intriguer. La présence d'espèces menacées signifiait qu'il était interdit de construire dans ce coin de l'île. Le rapport que je venais de lire était bien clair sur ce point. Existait-il une façon d'obtenir une mesure d'exception que j'ignorais ? Encore une chose à vérifier à la bibliothèque… une fois que mon bateau serait réparé. Je réalisai à ce moment que j'avais omis de demander à John d'examiner la *Little Marian*. J'irais peut-être faire un tour chez lui après avoir fini de nettoyer les chambres.

Ayant déposé les draps dans la buanderie, je laissai un autre message à la compagnie d'assurances et me dirigeai ensuite dans la chambre de Charlene. Ce matin, l'époussetage des chambres n'avait pas représenté une activité méditative, mais bien plutôt un travail très informatif.

J'achevais de remettre en place le couvre-lit de Charlene quand le téléphone sonna. Je me précipitai dans l'escalier en espérant que ce soit la compagnie d'assurances qui appelait pour m'annoncer des bonnes nouvelles.

— Allô? répondis-je, essoufflée.

— Bonjour, M. Lidell est-il à l'auberge? s'enquit une voix haut perchée et nerveuse.

Mes espoirs venaient de s'évanouir.

— Oui, il y est. Du moins, il y était il y a quelques minutes. Puis-je lui dire qui appelle?

— Frank Edwards.

— Je vais aller voir s'il peut venir vous parler.

Je déposai le combiné et m'orientai vers l'escalier, intriguée. Le nom m'était familier. Je l'avais vu quinze minutes plus tôt au bas du rapport d'évaluation environnementale dans la chambre de Russell Lidell.

Je frappai à la porte et Russell ouvrit immédiatement.

— Vous avez un appel téléphonique, lui dis-je en souriant. Un certain Frank Edwards.

— Merci, répondit-il sèchement tout en passant devant moi pour descendre au rez-de-chaussée.

Je le suivis lentement de manière à me trouver près de lui à l'instant où il saisit le combiné. Il attendit que je franchisse la porte battante de la cuisine avant d'amorcer la conversation.

Je collai mon oreille contre la porte; lorsque je pus entendre Russell murmurer quelque chose, j'entrouvris la porte juste assez pour pouvoir me glisser dans la salle à manger.

Russell s'exprimait à voix basse.

— Je ne sais pas si je peux offrir davantage.

Il demeura silencieux un moment, puis poussa un soupir prolongé.

— Bien. Je vais voir ce que je peux faire.

Un autre silence. Puis, il questionna :

— Que diriez-vous de demain? À dix heures?

Après une pause, il ajouta :

— D'accord. À demain, donc.

Je retournai dans la cuisine en l'entendant déposer le combiné. Une chance que je n'avais pas acheté un téléphone sans fil, songeai-je en refermant doucement la porte derrière moi. Il se révélait ainsi beaucoup plus facile d'écouter les conversations téléphoniques étant donné que le seul appareil se trouvait dans le hall d'entrée. En emplissant la machine à laver des serviettes et des draps sales que j'avais récupérés plus tôt, je me mis à réfléchir à l'échange que je venais d'entendre. Pourquoi Russell avait-il rendez-vous avec l'évaluateur environnemental ?

Et surtout, que diable ce dernier lui demandait-il de faire ?

20

APRÈS AVOIR RANGÉ MES PRODUITS DE nettoyage, je transférai le contenu de la machine à laver dans le sèche-linge en pensant toujours aux paroles de Russell. Si je déléguais à Gwen la tâche de s'occuper du petit déjeuner, peut-être pourrais-je suivre Russell à son rendez-vous ? Par contre, si celui-ci avait lieu sur le continent, je me verrai obligée de monter derrière lui à bord du bateau-courrier et il se douterait alors de quelque chose. Dommage que je ne puisse pas me rendre sur le continent à l'aide de mon skiff. Je regardai par la fenêtre la *Little Marian* amarrée au quai. Impossible de l'utiliser tant que John n'aurait pas examiné le moteur.

Je lançai une autre pile de draps dans la machine à laver et mis en marche cette dernière. Puis, j'allai dans la cuisine chercher un blouson, le cœur joyeux à l'idée de passer quelques minutes avec mon voisin — et de recevoir possiblement un autre massage. En enfilant mon coupe-vent, je me rappelai qu'il se pouvait que John ait d'autres informations au sujet de la mort de McLaughlin. La police avait peut-être trouvé quelque chose au presbytère avant notre passage. En sortant dehors, je fus accueillie par une odeur de feu de bois et je pris une bonne bouffée d'air frais.

Hélas, je n'aurais pas droit à un massage cet après-midi. Je frappai à la porte de l'ancienne remise pour voitures à chevaux ainsi qu'à celle de l'atelier, mais John ne répondit pas. Je revins à l'auberge, rédigeai une note sur un bout de papier lui demandant de jeter un coup d'œil au skiff quand il en aurait l'occasion et retournai coincer la note entre la porte et le cadre de celle-ci.

Une pluie glacée se mit à tomber et je regagnai l'auberge en courant. Je me trouvais dans une impasse. La compagnie d'assurances ne retournait pas mes appels, je n'en apprendrais pas davantage à propos de Russell avant la rencontre du lendemain, mon enquête au sujet de la mort de Polly n'avançait pas et je ne saurais rien de plus sur McLaughlin tant que je n'irais pas sur le continent.

J'envisageai un instant d'emprunter le bateau-courrier pour me rendre à Northeast Harbor et ensuite prendre mon automobile pour rouler jusqu'à la bibliothèque de Somesville, mais je changeai d'idée en voyant la pluie s'abattre sur les carreaux des fenêtres. C'était un excellent après-midi pour siroter une tasse de thé en lisant un bon livre. J'aurais tout le temps de poursuivre mes recherches infructueuses demain... et peut-être même plus tard cet après-midi, si John avait l'opportunité d'examiner le moteur de la *Little Marian*.

Dix minutes plus tard, je montai dans ma chambre avec une tasse de thé chai, heureuse à la pensée de passer une ou deux heures à lire un bon roman à mystères, bien au chaud sous ma couette. Ma chatte Biscuit me suivit en miaulant au moment où j'ouvris la porte. Elle se faufila à l'intérieur juste à temps pour éviter de recevoir du thé brûlant sur la tête.

Le journal intime que nous avions découvert au presbytère reposait au creux du lit. Pourtant, je ne l'avais jamais sorti de la poche de mon coupe-vent.

Je déposai ma tasse de thé à moitié vide sur la table de chevet et essuyai le plancher avec une serviette avant de m'approcher du volume. En posant mes doigts sur la reliure en cuir brun usé, je frissonnai et levai involontairement les yeux vers le plafond.

Ce journal contenait potentiellement bien plus que des indications sur le temps qu'il faisait dehors.

Je m'assis sur le lit et soulevai la couverture du livre. Puis, je feuilletai les pages jaunies. L'écriture abondait en fioritures et quelques pages avaient été endommagées par l'eau, étant froissées et des mots étant effacés. Impossible de les déchiffrer. Elles étaient maintenant sèches, mais demeuraient friables. À quel endroit le journal avait-il été caché dans le presbytère ? Et pendant combien de temps avait-on ignoré son existence ?

Biscuit vint se coller contre moi tandis que je parcourais les notes inscrites quotidiennement. Beaucoup d'entre elles référaient à l'industrie de la pêche, aux nouveaux bâtiments construits — je lus avec intérêt la section sur la famille Selfridge. La ville considérait que sa décision d'ériger une maison immense si loin du centre-ville était un peu incongrue. Plusieurs pages mentionnaient aussi la mort de la jeune fille de la famille Oakes, l'enquête et les funérailles. Puis, le prêtre indiquait à quel point il avait été surpris d'apprendre que des paroissiens couchaient avec leur pain pour empêcher celui-ci d'être congelé par le froid. Après cette révélation, il semblait avoir été réticent à accepter les invitations à partager leurs repas. Je pouffai de rire et tournai la page en songeant aux casseroles au thon que recevait McLaughlin quand soudainement, l'écriture soignée se modifia. Ce que je lus me donna la chair de poule.

« J. S. est venu me voir aujourd'hui ; il a demandé à me parler sous le sceau du secret de la confession. J'ai accepté et l'histoire qu'il m'a racontée va me hanter pour le reste de mes jours. »

Je levai les yeux vers le plafond et poursuivis ma lecture pendant que Biscuit pétrissait l'oreiller à côté de moi.

« Il s'agit d'un bien triste récit ; une histoire d'amour entre une jeune fille et un homme marié… et comme cela se produit souvent, la jeune fille s'est retrouvée dans une situation embarrassante et en a parlé au monsieur. »

Faisait-il allusion à Annie Oakes ?

« Il l'a encouragée à retourner vivre dans sa famille, mais elle a refusé. Cela a duré des semaines, m'a-t-il dit, jusqu'à ce qu'ils en viennent aux mots, une nuit. Puis, ne sachant plus quoi dire, il s'en est pris à elle physiquement et l'a tuée, ainsi que l'enfant à naître, dans un geste de violence gratuite. Que leurs âmes reposent en paix. J'ai beaucoup de chagrin pour l'enfant. Il est mort avant d'être baptisé. »

Mon sang se glaça dans mes veines. Un soir d'octobre. Il s'agit sûrement d'Annie Oakes. Et si le meurtrier était son maître…

« Je vais écrire à mon évêque pour savoir quoi faire à ce sujet, car j'ignore si je suis autorisé à communiquer avec les autorités. Le malheureux homme se montre repentant pour les actes qu'il a commis et souhaite expier son péché mortel, mais la nature de son crime se situe bien au-delà de mon pouvoir d'absolution. Je prie Dieu que mon évêque me recommande d'agir de manière à ce que justice soit rendue et que le péché soit absous. »

Je tournai la page avec empressement en me demandant ce que l'évêque lui avait indiqué de faire, mais il ne restait que deux inscriptions qui traitaient principalement d'une querelle à propos de filets de pêche disparus. La suite des pages du journal étaient blanches.

Pourquoi avait-il cessé d'écrire ? m'interrogeai-je. Avait-il été assigné ailleurs ? S'était-il acheté un nouveau journal ? Ou quelque chose d'encore plus grave lui était-il arrivé ? J'eus alors une pensée sombre. Cette découverte d'un meurtre s'étant produit plus d'un siècle plus tôt pouvait-il se trouver à l'origine d'un autre meurtre plus récent ?

Biscuit protesta avec un miaulement lorsque je bondis du lit et me précipitai dans l'escalier. Matilda Jenkins devait certainement savoir ce qui était arrivé au prêtre. Et si elle l'ignorait, l'information se retrouvait sûrement quelque part dans le musée.

Il pleuvait et il ventait encore quand je refermai la porte de la cuisine derrière moi pour aller chercher mon vélo dans l'abri après avoir remonté la fermeture éclair de mon coupe-vent jusqu'au menton. Le vent froid me transperçait tandis que je pédalais énergiquement pour gravir la colline, stimulée par la curiosité et la confusion. Était-ce le fantôme d'Annie qui avait déposé le journal sur mon lit afin que je le lise ? Je ne croyais pas aux fantômes, mais après ce qui s'était produit depuis quelques semaines, j'étais sur le point de changer d'idée.

Il n'y avait aucune lumière aux fenêtres du musée, mais la petite maison jaune à côté était bien éclairée. J'appuyai ma bicyclette contre un arbre et grimpai les marches du balcon. Puis, je frappai à la porte. Pendant que je patientais, je serrai le journal que j'avais enfoui dans ma poche. Un moment plus tard, Matilda Jenkins ouvrit la porte et me regarda par-dessus ses lunettes.

Je devais avoir les cheveux tout ébouriffés, parce que ses premières paroles furent :

— Vous est-il arrivé quelque chose ?

— J'ai besoin de votre aide.

— Entrez, entrez, dit-elle alors que je pénétrais dans son petit vestibule. Êtes-vous venue chercher les documents concernant l'auberge ?

— Non, quoique si vous en avez, je vais les prendre.

— J'en ai réuni quelques-uns, mais je n'ai pas eu le temps d'en faire des copies.

— Cela peut attendre, indiquai-je.

— Alors, que puis-je faire pour vous ? s'enquit-elle pendant que je défaisais la fermeture éclair de mon coupe-vent et frottais mes mains frigorifiées pour les réchauffer.

— Il me faut savoir ce qui est survenu au père Martin. Il était assigné à l'église St-James dans les années 1870.

Elle plissa sa bouche mince.

— Le nom ne me dit rien. Savez-vous combien de temps il a habité ici ?

— C'était justement l'information que j'espérais que vous me fourniriez.

— Je suis certaine que nous allons la découvrir dans les dossiers de l'église St-James. Donnez-moi le temps de saisir mon manteau et nous irons vérifier au musée.

Je demeurai dans le vestibule à admirer les photographies de Cranberry Island vieilles de cent ans tandis qu'elle disparaissait au premier étage. Je reconnus plusieurs bâtiments, mais quelques-uns d'entre eux n'avaient de toute évidence pas résisté au temps. Je me demandai qui étaient ces gens qui avaient vécu sur l'île en me disant que dans un siècle, il y avait de fortes chances que mon existence se voie également réduite à une note inscrite dans un dossier poussiéreux.

— Vous êtes prête ?

Matilda m'interrompit dans mes pensées mélancoliques et je la suivis dehors sous la pluie glaciale. Une minute plus tard, Matilda refermait la lourde porte du musée derrière nous et allumait la lumière. Il faisait pareillement froid à l'intérieur, mais au moins, nous étions au sec, même si d'un autre côté, cela sentait le renfermé.

— Les dossiers dont nous avons besoin se trouvent ici, révéla-t-elle en passant devant d'anciens engins de pêche exposés et en repoussant quelques boîtes empoussiérées dans un coin. Quelle année, déjà ?

— 1875.

— La voici.

Elle retira le couvercle d'une boîte en carton jaunie étiquetée « S. J. 1860-1890 », soulevant en même temps un nuage de poussière qui me fit éternuer.

— Désolée. Il faut absolument que je fasse le ménage dans cet endroit.

— Il y a toujours quelque chose à faire, n'est-ce pas ? commentai-je pendant qu'elle sortait une pile de documents.

— Je sais. Il y a des jours où je ne sais plus par où commencer, lança-t-elle avec un petit rire tout en parcourant les documents. Ceux du dessus sont plus récents. Ce que nous cherchons se trouve plus au fond. L'église St-James n'a été construite qu'en 1860, ce qui veut dire que le père Martin devait être l'un de ses premiers prêtres.

Elle fouilla dans la pile et en retira une chemise en carton manille pour ensuite en secouer la poussière. De minuscules insectes retombèrent dans la boîte.

— Seigneur, des lépismes argentés ! Il faut vraiment que nous protégions mieux ces documents.

J'acquiesçai, impatiente de voir le contenu de la chemise. Elle l'agita une dernière fois, puis l'ouvrit et examina les noms et les dates. Dehors, le vent mugissait et mon corps fut parcouru d'un frisson.

— Père Martin. D'après ce que je lis, il aurait habité ici de 1871 à 1875.

Elle leva les yeux vers moi.

— Cela correspond à votre information, non?

Je plongeai ma main dans ma poche pour toucher le journal intime.

— Oui. Pourquoi est-il parti?

Elle étudia plus attentivement les documents.

— On ne le mentionne pas ici. Attendez un moment, cependant.

Elle fouilla parmi les documents et y repéra un livre peu épais, relié en cuir et aux coins usés par les années.

— Peut-être s'agit-il du registre paroissial. C'est bien 1875 que vous cherchez?

Je patientai tandis qu'elle faisait glisser son index le long des colonnes. Puis, son doigt s'arrêta finalement. Je me penchai pour regarder.

— On dirait qu'il n'a jamais quitté l'île, constata-t-elle.

L'écriture était un peu effacée, mais tout de même lisible. Le père Martin était mort des suites d'un empoisonnement du sang en raison d'une coupure infectée, seulement un mois après la confession de l'individu désigné par les initiales J. S.

Matilda secoua la tête.

— C'est étonnant comme toutes ces choses que nous tenons pour acquises aujourd'hui, comme les crèmes antibiotiques, étaient inimaginables à cette époque.

Elle replaça les documents dans la chemise.

— Les gens mouraient de maladies qui, de nos jours, nous incommodent à peine. Dire qu'une simple entaille infectée suffisait à provoquer le décès de quelqu'un...

Je tremblai en pensant au couteau qui avait tué McLaughlin. Je songeai alors qu'il n'était pas l'unique prêtre dont le trépas avait été causé par un coup de lame... bien que, en autant que je sache, la blessure qui avait entraîné la mort du père Martin n'eût pas été infligée intentionnellement pour le tuer.

— Possédez-vous un recensement des habitants de l'île à cette période ?

Elle fit signe que non de la tête.

— Il y a le registre paroissial, mais il comprend surtout des renseignements sur les prêtres. Je sais qu'il existe un plus gros dossier quelque part — une sorte de registre des naissances, des décès, des baptêmes et des mariages —, mais il s'avère incomplet et très endommagé. Je vais essayer de le retracer, mais vous aurez sans doute plus d'information en allant au cimetière. La plupart des pierres tombales sont en bon état étant donné que les familles habitent encore sur l'île et qu'elles en prennent généralement soin.

— Je n'y avais pas pensé.

— Je vais continuer de chercher ici au cours des prochains jours, ajouta-t-elle en désignant du menton les amoncellements de boîtes qui nous entouraient. Je vais garder les yeux ouverts. Puis-je faire autre chose pour vous ?

— Que savez-vous de Jonah Selfridge ?

— Jonah Selfridge ? Eh bien, il est né en 1840 et est mort en mer vers la fin des années 1880.

Elle posa sur moi son regard vif.

— Ce qui veut dire qu'il se trouvait là en même temps que le père Martin.

— Je sais, commentai-je. Y avait-il d'autres membres du clan Selfridge sur l'île à cette époque?

— Cela a-t-il un lien avec votre question à propos du prêtre?

J'acquiesçai.

— J'ai découvert l'autre jour un vieux journal intime qui portait la mention J. S., expliquai-je.

Les yeux de Matilda s'éclairèrent.

— Un journal? Quelle merveilleuse trouvaille. L'avez-vous apporté avec vous? À qui appartenait-il?

J'hésitai un instant et décidai de ne pas le lui montrer pour le moment.

— Je crois qu'il appartenait au père Martin, mais j'ai oublié de l'apporter. Je l'ai laissé à l'auberge.

— Pourrais-je en faire une copie?

— La prochaine fois que j'irai à Somesville, je vous en ferai une à la bibliothèque. D'ailleurs, si vous voulez bien me donner les documents concernant l'auberge, cela me fera plaisir d'effectuer des copies pour vous.

Elle hésita pareillement et je réprimai un sourire. Je n'étais manifestement pas la seule à éprouver de la difficulté à me séparer de mes documents.

— Je n'oserais surtout pas vous ennuyer avec cela, se défendit-elle. Et puis, j'ai besoin de deux copies. J'irai moi-même les faire demain ou après-demain. Vous pourriez revenir lundi et je vous remettrai alors les documents qui vous intéressent.

Je souris.

— Pourrais-je au moins y jeter un coup d'œil?

— Il faudrait repasser demain, car j'ai déjà un rendez-vous cet après-midi.

Je croisai les bras, frustrée de ne pouvoir mettre la main sur ces documents. Était-ce Jonah Selfridge qui avait assassiné Annie ? Ou bien y avait-il un autre J. S. sur l'île ?

J'esquissai un sourire forcé.

— C'est bien. Et je vous apporterai une copie du journal intime.

Exception faite des quelques dernières pages…

— Splendide ! Un document historique inédit ! N'est-ce pas excitant ?

— En effet, répondis-je en songeant aux apparitions du fantôme à l'auberge. Au fait, si jamais vous trouvez plus d'informations sur la mort de la cuisinière, pourriez-vous me faire également une copie des documents ?

Matilda plissa les yeux une fraction de seconde et acquiesça brièvement.

— Avec plaisir.

— Merci.

— Viendrez-vous demain ? demanda-t-elle en verrouillant la porte du musée derrière elle.

Je courbai les épaules pour lutter contre le vent.

— Si je peux me libérer. Je pourrais venir en début d'après-midi, si cela vous convient.

— Je vous attendrai, dit-elle.

— Merci pour tout ! lançai-je tandis qu'elle courait vers la petite maison jaune.

Il pleuvait toujours et bien qu'on fût encore au commencement de l'après-midi, je savais que le soleil disparaîtrait bientôt sous la ligne d'horizon. J'avais tout de même le temps d'aller faire un tour au cimetière. Agressée par le vent, je remontai la fermeture éclair de mon coupe-vent et frottai mes mains ensemble avant d'enfourcher mon vélo et de prendre la direction du presbytère et du cimetière de Cranberry Island.

• • •

L'église St-James offrait un aspect lugubre dans la lumière grise de cet après-midi d'automne. Même si la petite église de bois en déclin possédait un charme pittoresque, elle paraissait triste ce jour-là. Le vent avait balayé presque toutes les feuilles des érables rouges qui l'encadraient. Les fenêtres à meneaux qui, les dimanches soir, brillaient d'une chaude lumière dorée, étaient plongées dans le noir. Je passai devant pour me rendre jusqu'au cimetière clôturé situé à environ trente mètres de la courte allée menant au presbytère. Je m'arrêtai face au portail.

Un frisson me parcourut le dos lorsque je refermai ce dernier et examinai les pierres tombales. Les plus vieilles, rongées de lichen, se trouvaient dans le fond. Je défilai donc devant un certain nombre de pierres en marbre plus récentes qui affichaient des noms que je reconnaissais — Hoyle, Spurrell, Kean — avant de parvenir aux pierres plus minces, usées par le temps, en bordure du petit cimetière.

Je m'immobilisai, attirée par une grande dalle funéraire sur laquelle se voyait inscrite une longue liste de noms — les enfants de Hezekiah et d'Eleanor Kean. Ils faisaient sûrement partie des ancêtres de Charlene. Les dates allaient de 1860 à 1883. Je traçai avec mes doigts les noms gravés : Hezekiah, Sarah, Grace, Prudence, Muriel, William. Chaque nom s'accompagnait d'une date de naissance et d'une date de décès. Six enfants, et aucun d'entre eux n'avait survécu plus de sept ans. Je baissai les paupières. Leurs pauvres parents étaient venus ici enterrer chacun de leurs garçons et filles dans de petits cercueils… Matilda avait raison. Les maux qui nous paraissent insignifiants de nos jours, comme une mauvaise grippe, une légère coupure à un doigt et même une infection des sinus, se révélaient susceptibles d'entraîner la mort il y a à peine un siècle.

Je priai en silence pour ces enfants disparus depuis longtemps ainsi que pour leurs parents, puis j'avançai lentement afin de repérer les noms portant les initiales J. S. La pluie avait traversé mon coupe-vent et je grelottais en marchant sur l'herbe détrempée jusqu'à une rangée de pierres appartenant à la famille Hoyle. Puis, je me rendis à celles de la famille Sarkes, m'arrêtant devant la pierre de Jeremiah Sarkes. D'après la date qui s'y trouvait indiquée, il avait vingt-trois ans au moment du décès d'Annie Oakes. Elizabeth Mary Sarkes, son « épouse bien-aimée », reposait à ses côtés. Je traçai avec mon doigt les lignes gravées dans la pierre mouillée. Jeremiah correspondait-il au J. S. auquel faisait référence le père Martin dans son journal? Selon le prêtre, le meurtrier était marié. En quelle année Jeremiah avait-il épousé Elizabeth? Matilda pourrait-elle retracer la date dans les registres de l'église?

La seule autre pierre possédant les initiales J. S. parmi les Sarkes appartenait à une fille prénommée Jenny, morte à l'âge de dix-neuf ans. Je passai donc à la section des Selfridge.

Les dalles funéraires se voulaient plus larges, reflétant sans doute le statut financier des Selfridge au milieu des années 1800. Je n'eus aucune difficulté à localiser la pierre de Jonah Selfridge : il s'agissait de la plus grande du cimetière et elle était ornée de chérubins ailés jouant de la harpe. La plus petite pierre à proximité de la sienne était celle de son épouse, Myra. Derrière, on distinguait les marqueurs de ses deux enfants, Jonah fils et William. Cela me rappela la photographie de la petite famille qui avait été prise devant l'auberge. Je me penchai pour les examiner de plus près en plissant les yeux pour essayer de déchiffrer les lettres usées. Les enfants de Jonah semblaient avoir vécu longtemps — William serait décédé à soixante-dix-sept ans et son frère dans la soixantaine. Ils avaient eu plus de chance que les pauvres Kean qui avaient perdu leurs six rejetons. Un fort coup de vent vint me transpercer. Je croisai les bras pour me protéger du froid et avançai.

Jonah représentait le seul à détenir les initiales J. S. dans la rangée des Selfridge. Par conséquent, je me précipitai vers celle des Spurrell, mais nul prénom n'y commençait par la lettre J. Je tirai sur mon coupe-vent en m'assurant que le journal se trouvait toujours bien au sec dans ma poche fermée. La pluie s'était intensifiée et le ciel s'assombrissait. Si je traînais encore sur le site, je me verrais obligée de rentrer à l'auberge à la noirceur.

J'étais sur le point de rejoindre mon vélo quand une pierre brisée, isolée sous un pin tordu, attira mon attention. Même avant d'être endommagée, la pierre avait dû être petite — à peine trente centimètres de haut — et je retournai avec mon pied la partie qui reposait dans l'herbe.

Un frisson me parcourut l'échine lorsque je lus l'inscription tumulaire.

Annie Oakes.

Je m'agenouillai en appuyant ma main dans l'herbe détrempée qui envahissait les lieux et une vague de pitié me submergea. Même son corps se voyait abandonné de tous sur Cranberry Island. Sa propre famille ne l'avait pas réclamé bien que, de toute évidence, quelqu'un eût payé sa pierre tombale. Charlene m'avait déjà raconté que beaucoup de familles indigentes utilisaient des croix en bois, qui finissaient vite par pourrir. Après avoir redressé la pierre du mieux que je le pouvais, je reculai. Était-ce le fantôme de cette femme qui était apparu à Henry Hoyle dans l'auberge ?

Je revins au portail, mes cheveux mouillés fouettés par le vent, en détournant mon regard du petit monticule de terre fraîche à proximité de l'entrée. Des lys squelettiques entouraient la modeste pierre tombale de Polly. Certains de leurs pétales frisés étaient transportés par le vent. Je frissonnai. McLaughlin reposerait bientôt sous terre, lui aussi.

Ayant refermé le portail, j'essuyai le siège de ma bicyclette avec ma manche avant de l'enfourcher. Je décidai ensuite, avant de rentrer à l'auberge, de pédaler la distance des quelques mètres qui me séparaient du presbytère, attirée par les fenêtres plongées dans l'obscurité. La galerie fraîchement peinte était couverte de feuilles mortes et le ruban jaune délimitant la scène de crime flottait au vent.

Je retournai dans mon cerveau la question qui ne cessait de me tourmenter depuis que John m'avait annoncé le décès du révérend McLaughlin deux jours auparavant. Pourquoi quelqu'un l'avait-il tué ? J'insérai ma main dans ma poche et, tout en protégeant le journal de la pluie, je l'ouvris aux dernières pages pour relire le récit du meurtre. McLaughlin avait trouvé ce journal caché quelque part dans le vieux presbytère. Contenait-il d'autres secrets ?

Le vent souffla quelques gouttes de pluie sur la page. J'essuyai celle-ci rapidement et remis le journal dans ma poche, puis je repris mon guidon à deux mains et me mis à rouler en direction de l'auberge. En changeant de vitesse afin de grimper la colline, mes pédales se mirent à tourner sans aucune résistance. Je perçus alors un bruit de chaîne. Je serrai les freins, descendis du vélo et me penchai pour la réparer.

Je venais à peine de refermer mes doigts autour de la chaîne mouillée quand j'entendis des pas se précipiter vers moi. Je pivotai juste à temps pour apercevoir un plaid bleu avant de recevoir un coup derrière la tête et de perdre connaissance.

21

Lorsque j'ouvris les yeux, tout était noir autour de moi. Je m'assis, le corps frissonnant. Je ressentais une douleur vive à la nuque et je passai mes doigts dans mes cheveux, à l'endroit où j'avais mal. La souffrance s'accentua et je grimaçai, puis je portai ma main mouillée à mes lèvres. Mes cheveux ne se trouvaient pas uniquement trempés par la pluie. Mes doigts possédaient également un goût métallique de sang.

J'asséchai ma main sur mon jean en essayant de me rappeler comment je m'étais retrouvée dans cette situation. Le vent glacial me transperça et me déroba le peu de chaleur qui restait dans mon corps. Je frissonnai de nouveau. Il fallait que je parte d'ici et que j'aille me réchauffer.

Je me relevai en chancelant, ce qui provoqua un nouvel élancement derrière ma tête, et je ne pus m'empêcher de me plier en deux de douleur. Ma tête tournait et je voyais des points rouges et violets tournoyer autour de moi. Que m'était-il arrivé ? Je me souvins vaguement que la chaîne de ma bicyclette avait sauté. Ma bicyclette. Je me penchai et cherchai à tâtons dans le gravier mouillé jusqu'à ce que ma main entre en contact avec du métal froid. J'avais encore mon dix vitesses, mais étant donné la noirceur, il s'avérait sans doute préférable que je rentre à pied.

J'effectuai un pas en avant, les mains tendues devant moi. Je me trouvais toujours près du presbytère — à cause du chemin en gravier et de la présence de mon vélo. Pourquoi quelqu'un m'avait-il frappé derrière la tête ? Je me remémorai alors que j'avais aperçu un plaid bleu. J'étais en train de lire le journal intime. Le journal !

Je plongeai ma main dans la poche de mon coupe-vent.

Elle était vide.

Je fouillai dans les autres poches, puis je m'agenouillai, malgré la souffrance qui m'élançait à la tête, pour chercher le petit livre au milieu du gravier. Je ne sentis sous mes mains qu'un tas de feuilles détrempées, de la boue et l'acier froid de ma bicyclette.

Aucune trace du journal.

Une bourrasque de vent me fit trembler de tout mon corps. Le journal devrait attendre. J'ignorais combien de temps j'étais demeurée étendue ici, mais si je ne réussissais pas à me réchauffer au plus vite, le cimetière devrait bientôt accueillir un nouveau résidant permanent.

Je tâtai mon vélo pour en repérer le guidon ; comme je me dirigeais vers l'auberge au moment où j'avais été atteinte, j'en conclus que cela m'aiderait à savoir dans quelle direction avancer. Mes mains se refermèrent sur les poignées caoutchoutées ; elles pointaient vers ma droite. J'empruntai donc cette direction en titubant, la main tendue dans le noir. Au bout d'une vingtaine de pas, je n'entendis plus le gravier crisser sous mes pas. Je reculai et modifiai ma trajectoire en me disant que tant que j'évoluerais sur le gravier, je risquais moins de rentrer dans un arbre.

J'avais l'impression de trébucher ainsi depuis des heures quand je distinguai de la lumière à travers les branches épaisses des pins. Le dos courbé sous le vent, je fonçai devant moi, déterminée à rejoindre ce rayon de lumière. J'y parvins finalement — une lampe brillait derrière le rideau d'une fenêtre. Je grimpai les marches du balcon et cognai à la porte. Je faillis m'effondrer lorsque la porte s'entrouvrit et qu'un visage apparut dans l'entrebâillement.

— Douce Sainte Vierge ! dit une voix pendant que je vacillais sur mes jambes.

La porte s'ouvrit d'un coup sec et je sentis un courant d'air chaud provenir de l'intérieur. Soudainement, un bras puissant me saisit et me guida dans l'entrée mal éclairée.

• • •

Une demi-heure plus tard, je me tenais assise sur une chaise à barreaux de la cuisine, enroulée dans deux couvertures de laine, et je me réchauffais les mains autour d'une tasse de chocolat chaud. Je pris une gorgée et grimaçai quand Patricia Connolly tamponna avec une compresse d'alcool la coupure derrière ma tête.

— Donc, vous ne savez pas qui vous a frappée, constata-t-elle en inspectant ma blessure.

En reconnaissant la figure ridée de Patricia, je m'étais sentie soulagée. Comme c'était bon de me retrouver au chaud dans sa cuisine désordonnée, à l'abri de la pluie glaciale. Heureusement que j'avais cogné chez Patricia plutôt que chez les O'Leary. Patricia fréquentait régulièrement l'épicerie de Charlene et, contrairement à certains des habitants de l'île, elle avait toujours un bon mot pour moi.

— Je n'ai aucune idée de qui a pu m'assommer ainsi, dis-je en gémissant et en agitant les mains de douleur en raison de l'alcool qui cuisait mon crâne.

— Vous devriez déposer votre tasse un instant, sinon vous risquez de vous brûler.

J'obtempérai à contrecœur, mettant ma tasse sur la table. Mes mains tremblaient encore de froid. La chaleur du feu qui craquait dans le poêle à bois commençait à pénétrer mes membres frigorifiés, mais j'étais loin d'être revenue à la normale. Patricia tamponna de nouveau ma blessure et je ne pus m'empêcher de geindre encore une fois sous la douleur.

— Ne vous inquiétez pas, indiqua-t-elle, j'ai pratiquement terminé.

— Est-ce grave? m'informai-je.

— Vous aurez mal à la tête durant quelques jours et vous devriez peut-être consulter un médecin, mais je pense que vous allez bien vous en remettre.

— Tant mieux.

Patricia fit une pause et s'empara d'un autre tampon de coton dans la pile étalée sur la table.

— Je ne comprends pas ce qui arrive depuis quelque temps. D'abord Polly, puis le révérend, et maintenant cet…

Elle fit claquer sa langue.

— Toute cette violence. Ce n'est pas normal.

Ma main chercha machinalement la poche où se trouvait le journal intime, mais mon coupe-vent était accroché près du poêle à bois, dans le coin de la petite cuisine. Et le journal intime ne s'y trouvait pas non plus, me rappelai-je. Qui l'avait pris? Et pourquoi?

— La police croit que Polly s'est suicidée, mentionnai-je.

— Et j'imagine qu'elle croit aussi que le révérend s'est lui-même poignardé, prononça-t-elle d'un ton méprisant. J'ai presque envie d'appeler au service de police pour déposer une plainte. Jusqu'à présent, l'île avait toujours constitué un endroit sûr. C'est d'ailleurs la raison pour laquelle des gens viennent ici pour élever leurs enfants, vous savez.

— Je sais, répondis-je en gémissant derechef au moment où elle tamponna ma blessure avec vigueur.

— Désolée, marmonna-t-elle en essayant d'atténuer son geste.

— Ça va, fis-je en songeant que Patricia était dans le vrai.

Après tout, j'avais moi-même déménagé sur l'île pour mener une vie paisible. Cela faisait six mois que j'y habitais et j'avais plutôt connu le contraire.

— Avez-vous une idée de qui aurait pu tuer Polly ou le révérend McLaughlin ? m'enquis-je.

— Non, je ne peux pas dire que je le sais. Par contre, j'ai entendu dire…

Je me redressai sur ma chaise.

— On m'a confié que Polly fréquentait quelqu'un qu'elle n'aurait pas dû, expliqua Patricia.

— Vous parlez d'une relation amoureuse ?

— Peut-être, dit-elle.

— Vous savez avec qui ?

Elle poussa un soupir.

— Je n'aime pas rapporter les ragots et j'hésite à vous le révéler, en raison de Charlene.

— Vous voulez dire que le révérend McLaughlin…

— Je ne sais pas. Mais tout le monde sait qu'il se rendait souvent chez elle… peu de temps avant son décès. Et une personne que je connais se trouvait dans le marais, tôt un matin, et elle a vu quelqu'un quitter sa maison.

— Un homme?

— Ouais. Et ce n'était pas encore l'heure du petit déjeuner, si vous voyez ce que je veux dire. Ce que je ne saisis pas, cependant, c'est pourquoi quelqu'un aurait souhaité leur mort à tous les deux. Sauf si…

Je me raidis. Elle avait interrompu sa phrase, mais il était évident qu'elle faisait référence à Charlene.

— Ce n'était pas Charlene, répliquai-je sèchement.

— Je sais, je sais, concéda-t-elle. Je connais Charlene depuis sa tendre enfance et elle n'est pas du genre à… vous savez quoi. Seulement, c'est ce que la police est susceptible de penser, non?

Je me laissai retomber contre le dossier de ma chaise en me remémorant le beau visage du révérend McLaughlin. McLaughlin et Polly… et en me souvenant de Grimes, qui se montrait bien déterminé à ce que Charlene ou moi fassions l'objet d'une enquête.

— De toute façon, ajouta Patricia, ne faites pas attention à ce que je dis. Je ne suis qu'une vieille femme qui radote. Je vais aller chercher une bande de gaze pour votre blessure et vous vous sentirez mieux.

— Je ne sais pas comment vous remercier.

— Ce n'est rien, dit Patricia en examinant son œuvre une dernière fois avant de s'asseoir en face de moi tout en tirant sur son chandail de laine vert.

De petites rides apparurent dans les coins de ses yeux bruns au moment de me sourire.

— Maintenant, comment allez-vous rentrer chez vous?

• • •

— Tu es un véritable danger public, s'écria Charlene lorsque je refermai la porte de la camionnette, encore frissonnante à cause de la pluie glaciale.

— Hé ! Je suis la victime, moi, pas la coupable.

Je grimaçai en me rappelant que je ne constituais pas la seule victime cette semaine... et que je m'en étais relativement bien tirée.

Le moteur du véhicule rouspéta quand Charlene embraya, et la camionnette se mit péniblement en branle.

— De toute manière, pourquoi ton vélo est-il garé près du presbytère ?

— En fait, il se trouve à proximité du cimetière, précisai-je alors qu'elle empruntait le chemin menant au presbytère.

— Veux-tu bien me dire ce que tu allais faire au cimetière ?

— Je voulais vérifier une chose, expliquai-je.

Charlene tourna la tête vers moi.

— Est-ce que cela a à voir avec le fouillis dans ta cuisine hier soir ?

— Peut-être.

— Peut-être ? Tu ne m'en diras pas davantage ?

— Tu te souviens du journal que nous avons découvert l'autre jour ?

Elle hocha la tête.

— Il contenait une confession, dévoilai-je en observant les rangées de pins défiler devant moi pour ensuite disparaître dans la noirceur.

— Que veux-tu dire par confession ?

— Quelqu'un admettait avoir commis un meurtre et le prêtre l'a noté dans son journal. Toutefois, il n'a écrit que les initiales de l'individu — J. S. J'essayais de déterminer de qui il pouvait bien s'agir.

Les essuie-glaces grinçaient sur le pare-brise. Dans le reflet des phares, j'aperçus distinctement les traits de Charlene alors qu'elle secouait la tête.

— C'est très intéressant, mais je suis d'avis que nous avons d'autres chats à fouetter. Dois-je te rappeler que Richard..., dit-elle en avalant difficilement, a été assassiné cette semaine et que la police semble croire que l'une de nous deux est coupable ?

— J'estime qu'il pourrait y avoir un lien, indiquai-je doucement.

— Avec quoi ?

— Avec la personne qui m'a frappée et qui a subtilisé le journal intime.

Charlene prit une profonde inspiration.

— Tu crois que les meurtres...

— Pourraient être reliés à ce qui est survenu voilà cent cinquante ans, poursuivis-je.

Par contre, je n'ai aucune idée de la façon dont ça pourrait être relié au visiteur nocturne de Polly.

— Seigneur ! murmura-t-elle.

— Exactement.

● ● ●

Une demi-heure plus tard, après avoir pris un bain chaud et bu une tasse de thé, j'enfilai un pantalon et un pull molletonnés avant d'ouvrir la porte de ma chambre. En descendant l'escalier, une odeur de fromage et de beurre fondu me parvint aux narines ; j'avais l'intention de préparer le dîner, mais il semblait bien que Charlene s'en était chargé.

La table était mise et Charlene était justement en train de glis
ser des sandwiches au fromage fondant dans une assiette quand je
pénétrai dans la cuisine.

— Mmm… ça sent bon, constatai-je en ingérant deux comprimés d'ibuprofène et en les avalant avec le reste de mon thé.

Le bain m'avait fait du bien, mais le froid m'avait transpercée
jusqu'aux os et je commençais à avoir mal à la tête.

— Avec ou sans tomates ? demanda Charlene.

— Avec, répondis-je.

Elle inséra quelques tranches de tomates entre les tranches de
pain beurrées avant de déposer l'assiette sur la table.

— Veux-tu encore du thé ?

— Merci. Mais n'est-ce pas moi qui suis supposée prendre
soin de *toi* ? vérifiai-je.

— Ce n'est pas moi qui ai été attaquée et abandonnée à moitié
morte sous la pluie, raisonna-t-elle en remplissant ma tasse de thé
et en avançant le pot de crème et le sucre vers moi. À ce propos, tu
dois absolument faire examiner ta blessure par un médecin.

Son visage se renfrogna.

— En attendant, j'ai d'autres mauvaises nouvelles à t'annoncer, alors, mange, car tu vas avoir besoin de toutes tes forces.

J'étais sur le point de mordre dans mon sandwich, mais je suspendis mon geste. Je devais sûrement être blême.

— Oh, Seigneur ! Est-ce que quelqu'un d'autre…?

— Non, ce n'est pas aussi grave, s'empressa-t-elle de préciser.

Elle s'assit face à moi. Elle portait un chandail gris et un jean
moulant, et elle avait même souligné ses yeux d'un trait d'eye-
liner ; de toute évidence, elle allait mieux.

— C'est au sujet du Bord de la falaise.

Je fermai les yeux en grognant.

veux pas le savoir.

eu une offre d'achat.

un œil.

ndy ?

n plein dans le mille.

upirai et pris une grosse bouchée. J'entendis mon estomac

iller pendant que je mastiquais mon sandwich en savourant

t du fromage fondu et du beurre sur le pain grillé.

— Peut-être aurais-je dû accepter l'offre de Benjamin ?
monnai-je la bouche pleine.

Charlene fronça les sourcils.

— Quelle offre ?

J'avalai ma bouchée.

— Il m'offre de m'acheter une auberge à Austin.

— Une *quoi* ?

— Je pourrais choisir celle qui me plaît, en fait. L'une d'entre
elles est vraiment magnifique. Il y a des rosiers partout devant,
deux étages et des grandes galeries.

— Et qu'attend-il de toi en échange ?

Je serrai les lèvres.

— Oh, il veut seulement que je passe l'éponge à propos des
femmes avec lesquelles il a couché quand nous étions fiancés.

Charlene s'appuya contre le dossier de sa chaise et
m'examina.

— Donc, il veut t'épouser.

— Pour quelle autre raison serait-il venu ici ?

— Et toi, veux-tu l'épouser ?

— Non.

Elle plissa les yeux.

— En es-tu certaine ?

Je me décernai une autre bouchée et mastiquai la boule de fromage gluant avant de l'avaler avec difficulté.

— En quelque sorte, oui, confirmai-je.

— En quelque sorte?

— Écoute, ajoutai-je en déposant mon sandwich. On ne peut pas dire que les choses vont bien pour moi ces temps-ci. Candy a causé des dommages dans deux de mes chambres et détruit le plancher du corridor, la compagnie d'assurances rechigne à payer les réparations et maintenant, Candy compte inaugurer une auberge à l'autre bout du chemin pour me faire de la concurrence.

— D'accord, tu fais face à de nombreux problèmes. Mais qui n'en a pas?

— Ils sont foutrement gros, non?

— À vrai dire, tu en as même omis un.

Je levai les yeux vers elle.

— Quoi?

— Grimes croit que tu es peut-être une meurtrière. Tu n'as pas oublié?

— Ah oui, fis-je en balayant l'air d'un geste de la main. Mais ne l'a-t-il pas toujours cru?

Charlene étouffa un petit rire.

— Non, mais sérieusement, cela vaut-il la peine de tout abandonner pour laisser ton tricheur d'ex-fiancé t'acheter une auberge? questionna-t-elle en mordant dans son sandwich. Bon, d'accord, c'est un ex-fiancé plutôt bel homme, indiqua-t-elle la bouche pleine. Mais si tu renoues avec lui, dis-toi bien qu'il recommencera à te tromper parce qu'il sait que tu vas lui pardonner. De plus, il y a John.

Je pensai alors à Benjamin et à Candy et à leurs excursions en kayak et à leurs visites au Jordan Pond House. Je savais que

Charlene avait raison. Benjamin m'avait déjà cocufiée. Qu'est-ce qui l'empêcherait de répéter ?

— Très bien. Je ne devrais donc pas vendre l'auberge pour déménager au Texas.

Mon mal de tête s'intensifiait.

— Pourrions-nous changer de sujet, s'il te plaît ? implorai-je.

— Avec plaisir.

Charlene s'octroya une autre bouchée et la mastiqua d'un air songeur. Soulagée, je mordis moi aussi dans mon sandwich et, durant un moment, nous demeurâmes assises en silence à manger notre repas et à essayer de ne plus penser à des choses désagréables.

Puis, Charlene aborda un nouveau sujet.

— Alors, qui a tué Richard, selon toi ? interrogea-t-elle d'une voix paisible.

J'exhalai un soupir.

— Si seulement je le savais.

— Serait-ce la même personne qui a tué Polly ?

— Je crois bien que oui, répondis-je. La question consiste à savoir pour quel motif.

— Et qui est le meurtrier. Crois-tu que cela a un lien avec le journal intime ?

Je portai ma tasse à mes lèvres et pris une gorgée de thé.

— On dirait bien. Mais je ne comprends pas pourquoi.

— À qui appartiendraient les initiales J. S. ?

— Il existe deux possibilités, indiquai-je. Il y a un certain Jeremiah Sarkes, qui avait vingt-trois ans à la mort d'Annie. Et puis, il y a Jonah Selfridge.

— L'ancêtre de Murray ?

Nos regards se croisèrent.

— Ouais.

— Serait-il prêt à tuer pour couvrir ce meurtre ?

— Je l'ignore, dis-je. Mais ce qui m'inquiète, c'est que si le meurtrier a tué Polly et Richard parce qu'ils savaient quelque chose…

Charlene m'observa les yeux vides un moment, puis ses yeux s'agrandirent.

— Tu veux dire… tu crois que le meurtrier pourrait s'en prendre à *moi* ?

Je hochai la tête.

— La pensée m'a traversé l'esprit.

— Mais… mais c'est toi qui as trouvé le journal intime ! Pourquoi ne t'a-t-il pas tuée ?

— Il en avait peut-être l'intention, articulai-je lentement. Il s'agissait vraiment d'un coup solide que j'ai reçu sur la tête. En plus, l'autre soir, quelqu'un se tenait derrière la porte de la cuisine. Il — ou elle — a essayé d'entrer pendant que j'étais seule à l'auberge.

— Oh mon Dieu ! Qui était-ce ?

— Je ne sais pas. Il est parti trop vite, expliquai-je en avalant une gorgée de thé. T'est-il arrivé quelque chose d'étrange ?

— Non, répondit-elle en secouant la tête. Il faut dire que j'ai tout le temps été ici ou à l'épicerie, là où beaucoup de gens circulent.

Ses yeux s'agrandirent encore davantage.

— La personne qui se trouvait derrière ta porte l'autre soir était peut-être venue pour nous tuer toutes les deux, hasarda-t-elle.

Mes yeux glissèrent vers la porte. Elle était verrouillée.

— Nous devons nous montrer prudentes, prononçai-je à voix basse. Et il faut que je retourne au musée pour en savoir encore plus sur le meurtre de la cuisinière.

— Et que faisons-nous à propos de Murray ?

— Rien pour l'instant, indiquai-je. Nous n'avons même plus le journal intime en notre possession. Nous devons essayer d'obtenir le plus d'informations possibles avant de le confronter.

Charlene frissonna.

— Je n'ai pas hâte à ce moment.

— Moi non plus.

Je songeai une nouvelle fois au visiteur que Patricia avait aperçu la nuit chez Polly, mais je décidai de ne pas partager ce renseignement avec Charlene jusqu'à ce que je découvre son identité. Si c'était *effectivement* McLaughlin, le meurtrier aurait-il alors agi par jalousie? Et si c'était le cas, qui était-ce? *Charlene*? Je chassai aussitôt cette pensée. Je ne savais pas grand-chose, mais je savais que mon amie n'était pas une meurtrière.

Mais si ce n'était pas Charlene, qui cela pouvait-il bien être?

— J'ai d'autres idées en tête, mentionnai-je vaguement. Et nous devons poursuivre notre enquête afin de déterminer ce qui s'est passé à Boston.

Charlene secoua la tête.

— Je continue de croire que tu fais fausse piste. De plus, qu'est-ce que cela a à voir avec Polly?

— Je l'ignore, avouai-je en enfonçant le dernier sandwich dans ma bouche. Pendant que j'avalais, Pepper apparut et alla se frotter aux jambes de Charlene.

— Allô, ma chérie, dit Charlene en prenant la petite chatte grise sur ses cuisses. Tu es si gentille, je pense bien que je vais devoir te ramener chez moi.

Elle me regarda.

— Sais-tu si elle a reçu ses vaccins?

— Il y avait un numéro de téléphone du refuge d'animaux chez Polly, répondis-je. Ils pourraient sans doute t'informer. Je vais aller le chercher.

En songeant à la maison de Polly, je me rappelai que Russell avait un rendez-vous demain matin et je poussai un soupir. J'avais oublié de vérifier si Gwen pouvait s'occuper du petit déjeuner à ma place.

— As-tu vu ma nièce, par hasard?

— Non, pourquoi?

— Je voulais lui demander de se charger du petit déjeuner demain, expliquai-je.

— Si tu ne la trouves pas, je peux le faire.

— Vraiment? J'ai seulement besoin de quelqu'un pour me remplacer durant la deuxième partie du repas.

— Cela va me faire plaisir, annonça-t-elle. Tu dois voir un médecin. Et en outre, à quoi servent les amies?

Je ne lui révélai pas que je n'avais pas l'intention d'aller consulter un docteur, mais je la remerciai tout de même. Lorsque je montai dans ma chambre quelques minutes plus tard, ma tête m'élançait encore et je songeai, avec un léger sentiment de culpabilité, qu'en dépit de l'horreur de la mort de McLaughlin, c'était merveilleux d'avoir retrouvé l'amitié de Charlene.

22

Le réveil sonna à six heures trente le lendemain matin et il faisait toujours noir quand je descendis préparer le petit déjeuner. J'avais encore mal à la tête, mais je me sentais mieux qu'hier, de sorte que je ne pris que deux comprimés d'ibuprofène avec mon café avant de commencer à cuisiner. Heureusement, mes cheveux cachaient bien la blessure.

Charlene m'ayant réapprovisionnée en farine et en sucre, je pus confectionner des muffins. Puis, je cassai des œufs dans des ramequins beurrés dans le but de faire des œufs dans le plat. Je déposai ensuite des morceaux de pêches congelées dans un plat allant au four avec de la cassonade et des noisettes de beurre, puis je glissai des saucisses congelées dans une poêle.

Comme je m'y attendais, Russell se manifesta vers huit heures quarante-cinq, vêtu derechef de son costume brun foncé. Cette fois-ci, cependant, il avait apporté avec lui un manteau de laine. Le froid sévissait dehors. Les branches des rosiers se voyaient couvertes de givre, tout comme les brins d'herbe au sol. Même si son rendez-vous n'était prévu que dans une heure, il avala rapidement ses saucisses et ses œufs dans le plat, puis se servit un second muffin. À neuf heures quinze, je me mis à me sentir nerveuse. Où était Charlene ? J'emplis une troisième fois la tasse de Russell et le priai de m'excuser avant d'aller à la recherche de mon amie dans le corridor.

Nous faillîmes entrer en collision au bas de l'escalier.

— Désolée, je suis un peu en retard, s'excusa-t-elle.

— Ça va, dis-je. Tout se trouve dans la cuisine. Il n'y a que Russell dans la salle à manger.

— Aucune trace de Candy ?

Je levai les yeux au ciel.

— La seule bonne chose à propos de son intention d'acheter le Bord de la falaise, c'est qu'elle me fiche la paix, maintenant.

— C'est peu, mais c'est déjà ça. As-tu pu prendre un rendez-vous avec le médecin ? s'informa-t-elle au moment où Russell apparut dans le couloir avec un épais manteau noir autour du bras.

Nous lui sourîmes à l'instant où il passa devant nous pour atteindre la sortie. Il mit son manteau sur ses épaules et referma la porte derrière lui.

— Oui. Oups ! Je crois que j'ai laissé quelque chose sur la cuisinière, indiquai-je. Veux-tu aller vérifier ? Je reviens le plus vite possible, promis-je en saisissant une veste de laine épaisse accrochée derrière la réception et en me précipitant vers la porte.

— Quel docteur vas-tu consulter exactement ? demanda Charlene d'un ton suspicieux.

— Je te le dirai plus tard, répondis-je en regardant à travers le verre ondulé du carreau de la porte.

Peu après, je me faufilai à l'extérieur, abandonnant Charlene qui continuait de me fixer, les mains sur les hanches.

Après avoir refermé la porte, j'allai me dissimuler derrière un poteau en attendant que la charpente lourde de Russell ait disparu derrière la colline afin de pouvoir m'élancer à sa suite. Le vent froid traversait mes deux chandails et je me dis alors que j'aurais dû aussi revêtir un coupe-vent. Mais au moins, il ne pleuvait pas. Je commençai donc à gravir la colline, le souffle coupé, en souhaitant ne pas avoir patienté trop longtemps.

En parvenant en haut de l'élévation de terrain, j'aperçus le dos large de Russell non loin de moi. Manifestement, je n'avais pas attendu assez longtemps.

Au moment où il s'éclipsa dans une courbe, je courus derrière lui en essayant de ne pas faire de bruit et en espérant qu'il ne se dirigeait pas vers le bateau-courrier. En plus de geler sur ce dernier, il se révélerait plus que difficile de demeurer hors de vue sur une embarcation de neuf mètres de long.

J'avais de la chance. Au lieu de tourner à droite en direction de la ville, il vira à gauche pour emprunter le chemin cahoteux qui menait à la maison de Polly. Comme j'étais à peu près certaine de l'endroit où il s'orientait, je ralentis quelque peu tout en croisant les bras pour me réchauffer. Le vent balayait les feuilles sur mon passage et mon haleine se condensait dans l'air, mais en dépit du froid, il faisait un temps magnifique. Le ciel bleu était parsemé de quelques nuages qui ressemblaient à de la ouate. Les oiseaux se tenaient silencieux et à part le bruissement du vent dans les feuilles, je ne percevais que le son des bottes de Russell quelque part devant moi.

Au bout de vingt minutes, le bruit des pas s'arrêta. Je modérai le rythme de ma marche et un instant plus tard, je distinguai le marais. Comme je l'anticipais, Russell Lidell se trouvait devant la résidence de Polly, en train de retirer quelque chose de la jambe droite de son pantalon.

Je me cachai derrière un arbre juste avant qu'il ne se relève pour examiner la route derrière lui. Seuls quatre-vingt-dix mètres environ nous séparaient. Malheureusement, il n'y avait entre nous que le marais et la route. Impossible de m'approcher de la demeure de Polly sans que Russell ne me voie.

Par bonheur, toutefois, une rangée de pins et d'épinettes se dressait de l'autre côté du chemin. Je jetai un coup d'œil à ma montre : il était 9 h 50. Dix minutes avant le début de la rencontre de Russell. J'espérais que la personne avec qui il avait rendez-vous n'arriverait pas trop tôt.

Je revins sur mes pas jusqu'à ce que Russell disparaisse de ma vue, puis je traversai en courant le chemin asphalté et m'enfonçai dans la forêt. Après m'être éloignée de la route, j'évoluai en direction de la maison de Polly en tentant d'éviter de marcher sur les feuilles mortes éparpillées ici et là sur le tapis d'aiguilles. En pilant sur les branches mortes, je me dis que j'avais de la veine de me retrouver dans une forêt de conifères ; le craquement des feuilles mortes aurait presque instantanément trahi ma présence. En parvenant à la hauteur de Russell, je trébuchai sur une branche dissimulée. Russell tourna aussitôt la tête dans ma direction. Je me collai à un arbre et jetai un coup d'œil de l'autre côté du tronc. Il s'avança d'un pas hésitant, puis renonça après avoir regardé ses chaussures bien cirées. Je me laissai choir contre l'arbre en poussant un discret soupir de soulagement. Vive les richelieus bien astiqués !

Le vent froid balaya les branches autour de moi et j'en profitai pour m'éloigner encore quelque peu du chemin. Après avoir mis un peu de distance entre Russell et moi, je revins sur l'asphalte. À 9 h 56, je traversai une nouvelle fois la route tout en demeurant hors de la vue de Russell, et je me faufilai derrière la maison vide en maudissant l'herbe givrée qui craquait sous mes pas. Je venais à peine de m'appuyer contre le mur de la résidence lorsque quelqu'un appela Russell du chemin.

Toujours collée contre les planches de bois, je décochai un coup d'œil pour voir qui venait. Je ne reconnus pas l'homme — il marchait le dos courbé et arborait un blouson vert et des gants bruns. Je ne pouvais pas distinguer la couleur de ses cheveux étant donné qu'il portait un bonnet de laine brun qui lui descendait jusqu'aux oreilles.

— Par ici ! cria Russell.

Parfait. Cela voulait dire qu'ils allaient se rencontrer devant la maison..

— J'espère que vous l'avez apporté, dit l'inconnu en approchant de Russell. J'ai dû me lever aux aurores pour venir ici et le trajet en bateau s'est révélé un véritable cauchemar. Pourquoi ne pouvions-nous pas nous rencontrer sur le continent ?

— Je voulais que cela demeure privé, expliqua Russell. De toute façon, comme vous êtes censé venir ici, personne ne s'étonnera de votre présence sur l'île.

J'entendis un froissement de papier et jetai encore une fois un coup d'œil dans leur direction, juste à temps pour apercevoir l'homme au blouson vert glisser quelque chose dans sa poche.

Russell rayonnait de joie.

— Vous êtes sûr que nous avons tous les droits ?

— J'ai remis le rapport hier. Vous avez le feu vert.

— Et l'enquiquineuse ?

— Un important remaniement est survenu au bureau la semaine dernière. Elle n'a reçu que quatre ou cinq nouveaux dossiers à traiter, indiqua l'homme en rigolant. Vous n'avez pas à vous inquiéter.

Quelque chose vint se frôler contre mes jambes. Je rejetai ma tête vers l'arrière et retins un cri. Il s'agissait d'un chat gris tigré. Je me penchai pour le caresser. Il sentit mes doigts qui portaient encore les traces du petit déjeuner que je venais de préparer et miaula.

— Qu'est-ce que c'était? demanda le visiteur de Russell.

— Un des foutus chats que cette femme possédait, répondit Russell. Il y en a partout.

Le chat miaula à nouveau et un autre chat tigré de même qu'un gros chat blanc vinrent le rejoindre pour constater ce qu'il y avait de si intéressant. Je plongeai mes doigts dont émanait l'odeur de saucisse dans la poche de mon chandail, mais c'était trop tard. Maintenant, les trois chats s'époumonaient en concert. Ils mourraient sans doute de faim.

— Après quoi miaulent-ils? Y a-t-il quelqu'un derrière la maison?

Je contournai la résidence pour aller me dénicher une cachette. Un vaste espace vide se trouvait disponible sous la galerie arrière. Je m'étendis donc à plat ventre et me glissai dessous au moment où je perçus des pas lourds venir de mon côté. Les chats me suivirent, accompagnés d'autres de leurs congénères. Ils restèrent assis devant la galerie à miauler dans ma direction. Je retins mon souffle, les nerfs tendus de peur d'être découverte.

— Il n'y a personne, dit Russell. C'est étrange.

— Ouais, mais il y a quelque chose sous la galerie.

Je m'écartai le plus possible de l'ouverture et serrai les lèvres lorsque l'homme se pencha pour scruter ma cachette.

— Vous voyez quelque chose? s'informa Russell.

— Non. C'est probablement une mouffette ou une bestiole du genre qui se protège du froid.

Je me laissai tomber contre la terre frigide et mouillée en entendant les voix s'éloigner. Comment avait-il pu ne pas m'apercevoir ? Je regardai la lumière du matin qui s'infiltrait par les interstices des planches de la galerie. L'intensité ne se révélait sans doute pas suffisante pour distinguer mon chandail foncé et mon jean. Heureusement que je ne portais pas de blanc.

Une fois assurée qu'ils étaient partis, je m'extirpais de ma cachette en pestant contre la boue qui tachait mes vêtements. Je jetai un coup d'œil de l'autre côté de la maison, mais les deux hommes avaient quitté en empruntant le chemin.

Après avoir frotté la boue pour la retirer le plus possible de mes genoux, je grimpai sur la galerie afin d'aller mettre de la nourriture les bols des chats.

— La prochaine fois, restez près de vos bols, les amis, maugréai-je en allant à l'intérieur de la résidence pour emplir d'eau les autres bols et me laver les mains.

Il faisait pratiquement aussi froid à l'intérieur qu'à l'extérieur. Il faudrait vite isoler la maison — bien qu'avec la démolition prévue en mars, la chose ne s'avérât pas vraiment nécessaire. Il faudrait cependant que je trouve des foyers pour les chats de Polly, songeai-je tristement au moment même où une boule de poils vint s'enrouler autour de mes jambes.

Après avoir garni les bols, je retournai une dernière fois à l'intérieur et pris le numéro du refuge d'animaux. Le personnel saurait sûrement si Pepper avait reçu ses vaccins et il pourrait peut-être également m'aider à découvrir des foyers pour les chats abandonnés.

Une vague de morosité m'envahit pendant que, debout sur le linoléum usé de la cuisine de Polly, j'essuyais mes vêtements tachés de boue avec une serviette en papier. Pauvre Polly. Je revis son visage rond, ses cheveux bruns qui l'encadraient «comme un pissenlit monté en graine », m'avait-elle dit une fois. Bientôt, ses chats et même sa maison auraient disparu. Elle ne constituerait plus qu'un souvenir — ainsi qu'un nom dans un registre poussiéreux. Je me penchai pour caresser le chat siamois qui était en train de sentir mes chaussures. Il possédait de beaux grands yeux bleus. Puis, je refermai la porte derrière moi après avoir accordé un ultime regard à la petite cuisine sombre de Polly, et je réintégrai le chemin pour rentrer chez moi.

Je serrai mon chandail maintenant humide autour de moi et avançai d'un pas rapide, le dos courbé. À l'instant où je passais devant les nains de jardin d'Emmeline, un brusque coup de vent me fit frissonner. Je jetai un coup d'œil à la fenêtre de sa cuisine et décidai d'aller voir si elle se trouvait chez elle. Elle ne cessait de me promettre de me montrer les sentiers dans la forêt et quelque chose me disait que cela pourrait m'aider à élucider la mort de Polly. De plus, je savourerais bien une tasse de thé et une tranche de son pain aux bananes. Je remontai donc prestement l'allée à travers la forêt de nains et sonnai à la porte. Emmeline vint répondre un moment plus tard, vêtue ce matin d'une robe d'intérieur à fleurs bleues et d'un tablier rose et blanc.

— Natalie ! Comme c'est gentil de venir me rendre visite.

Ses yeux s'arrêtèrent sur mes habits maculés de boue.

— Mais que vous est-il arrivé ?

— Oh, j'ai trébuché sur une pierre et je suis tombée.

Son sourcil gauche se contracta et j'eus l'impression qu'elle ne me croyait pas. Toutefois, elle n'insista pas.

— Venez, venez, dit-elle simplement en reculant pour me laisser pénétrer dans le hall d'entrée encombré d'objets.

Une odeur de pomme et de cannelle flottait dans la petite maison et je la humai avec un plaisir évident.

— Henry est allé à la pêche avec des amis ce matin, alors, nous sommes seules. J'ai un pouding Betty qui cuit au four. Si vous voulez bien rester quelques minutes, je vous en servirai plus tard.

La chaleur de la demeure commençait à s'imprégner en moi et je me détendis. Pour l'instant, rien ne pouvait m'être plus agréable que le pouding Betty et la cuisine confortable d'Emmeline.

— Ça sent bon. Je pense que je vais me laisser tenter. Après, cependant, je me demandais si vous pourriez me montrer ces sentiers dont vous m'avez parlé.

— Ah oui, s'exclama-t-elle, le regard brillant. Mais d'abord, permettez-moi de vous faire voir le modèle de broderie que vous vouliez. Et puis, je vous ai copié mes recettes, celle du pain aux bananes et celle des biscuits que vous aimez tant.

— Merci, Emmeline, dis-je en la suivant dans sa modeste cuisine et en m'asseyant sur une chaise.

Elle prit des feuilles de papier sur le comptoir et me les tendit. Je parcourus la recette de pain aux bananes — la cardamome semblait être l'épice secrète. Le modèle de broderie se trouvait sous la pile. Il se révélait à la fois simple et magnifique. La couleur des mots « Auberge de la Baleine grise » était d'un bleu riche. Dessous, il y avait une baleine en train de faire des cabrioles, tandis que les côtés se voyaient ornés de roses sauvages. Au-dessus, elle avait reproduit l'auberge.

— C'est merveilleux, la complimentai-je d'un ton admiratif en caressant la petite plume qui sortait de l'évent de la baleine.

— Merci, ma chère, répondit Emmeline en souriant.

— J'aimerais bien que vous me le brodiez. Toutefois, dites-moi combien je vous dois.

Emmeline rougit.

— Oh, ce n'est rien. J'adore faire de la broderie..

— Non, j'insiste. Ce serait très joli dans mon hall d'entrée, mais je tiens à vous payer pour votre temps.

— Inutile, je n'aime pas accepter de l'argent de mes amies.

Amies. Je sentis une bouffée de chaleur m'envahir. Je détaillai le petit visage rond d'Emmeline pendant qu'elle prenait un sachet de thé dans une minuscule boîte métallique près de la cuisinière et lançai :

— Je suis honorée, Emmeline.

Elle me regarda par-dessus son épaule, les yeux brillants.

— En échange, j'aimerais bien avoir votre recette de carrés au chocolat. J'y ai goûté à l'épicerie et Henry les apprécie beaucoup, lui aussi.

— Je vous en ferai une copie et viendrai vous la porter demain, promis-je.

Un moment plus tard, tout en allumant le brûleur sous la bouilloire, Emmeline mentionna d'un ton négligent :

— J'ai remarqué que vous étiez allée à la maison de Polly, ce matin.

— Oh ?

Elle hocha la tête.

— J'avais l'intention de m'y rendre cet après-midi.

Tandis qu'elle parlait, un gros chat tigré apparut et alla se frôler à ses jambes.

— As-tu déjà vidé ton bol ? demanda-t-elle au chat brun en même temps qu'elle lui caressait le menton.

Au moins, l'un des chats semblait s'être trouvé une nouvelle demeure, songeai-je en souriant.

Emmeline me jeta un coup d'œil.

— On dirait bien que vous n'étiez pas la seule chez Polly.

— Ah non ? dis-je d'un ton innocent.

Elle esquissa un sourire et saisit une paire de poignées croche-
tées pour extraire le pouding Betty du four.

— Vous n'avez pas aperçu le promoteur? Celui qui séjourne
à votre auberge?

Je restai muette.

— Il se tenait là-bas avec un autre homme, juste devant la
maison, poursuivit-elle. C'est étrange que vous ne les ayez pas
entendus. Votre ouïe doit être plus mauvaise que la mienne.

Inutile de nier. Elle m'avait vue.

— Je ne peux rien vous cacher, je les ai vus, en effet, avouai-je
avec un petit sourire.

— Et vous n'étiez pas couverte de boue en vous rendant à cet
endroit, non plus.

— J'ai dû me camoufler sous la galerie un moment.

— Ils vous ont donc entendue?

— Les chats ont trahi ma présence.

Elle coupa deux parts bien chaudes de pouding et les déposa
dans des assiettes vertes, puis elle m'en tendit une.

— Je vais aller vous chercher une fourchette. Que faisaient-ils
là-bas? Avez-vous entendu quelque chose?

— Je vais vous le dire, mais de grâce, ne racontez rien à personne. Je n'ai pas encore de preuve.

Elle me remit une fourchette et s'assit en face de moi en
hochant la tête.

— C'est si grave que cela?

Je piquai ma fourchette dans une tranche de pomme dorée.
La garniture au beurre et à la cassonade était épaisse. Emmeline
se révélait vraiment une cuisinière hors pair.

Je levai les yeux vers mon hôte qui me fixait avec ses yeux
bruns, impatiente de connaître la suite.

— Il me manque certains détails, expliquai-je, mais je crois que Russell essaie de soudoyer l'évaluateur environnemental.

Emmeline se pencha au-dessus de son pouding au point que ses seins, protégés par le tablier, entrèrent presque en contact avec les pommes collantes.

— Que voulez-vous dire?

— Il lui donne de l'argent pour qu'il rédige un rapport affirmant qu'il n'y a pas d'espèces menacées dans le marais.

Elle serra les lèvres et secoua la tête, ce qui fit trembler ses grosses joues.

— Ce n'est vraiment pas bien.

— Je sais. Maintenant, il faut que je détermine ce que je vais faire à ce propos.

Emmeline demeura silencieuse un moment, le regard fixé au loin sur la petite maison de Polly.

— Croyez-vous que cette affaire pourrait être reliée à cette pauvre Polly? demanda-t-elle lentement.

— Vous voulez dire que Russell l'aurait tuée?

Emmeline plongea son regard dans le mien.

— Pour l'obliger à vendre sa maison. Il offre bien une belle somme d'argent au spécialiste de l'environnement. Qui sait s'il n'a pas décidé de se débarrasser d'elle également?

— J'y ai songé. Mais alors, pourquoi aurait-il tué McLaughlin?

— C'est peut-être quelqu'un d'autre qui a assassiné le révérend.

Je levai les yeux vers elle et j'eus soudainement l'impression qu'elle en savait plus qu'elle ne voulait le dire.

— Pourquoi, Emmeline?

Elle prit sa fourchette et l'examina en évitant mon regard.

— Je ne voulais rien dire auparavant, étant donné que vous êtes une grande amie de mademoiselle Charlene, de l'épicerie, mais certaines rumeurs courent.

— Quelles rumeurs ?

— Des rumeurs prétendant qu'il fréquentait possiblement quelqu'un qu'il n'aurait pas dû.

J'avalai ma salive en pensant à Charlene.

— Qui était-ce ?

Elle haussa les épaules.

— C'est ça, le problème. Nul ne le sait.

C'était la deuxième fois que j'entendais cette rumeur. Je repassai dans mon cerveau les femmes de Cranberry Island que je connaissais en essayant de voir qui aurait pu constituer une amoureuse potentielle du beau révérend. Je ne voyais personne à part Charlene.

— Ingrid Sorenson ? suggérai-je en pensant à la représentante du conseil municipal, une femme arrogante toujours vêtue avec élégance.

Elle se trouvait dans la fin cinquantaine et même si elle était beaucoup plus âgée que McLaughlin, cela ne l'empêchait pas d'être attirante. Emmeline releva les sourcils.

— Quoi, cette vieille prétentieuse ? J'espère que le révérend avait meilleur goût que *cela*.

J'éclatai de rire malgré mon bouleversement. Comment allai-je cacher cette information à Charlene ? Et devrais-je la lui cacher ? Après tout, il ne s'agissait que d'une rumeur…

— La difficulté, expliquai-je à Emmeline, c'est que je ne vois vraiment pas qui cela pourrait être. Personne n'arrive à la cheville de Charlene.

— Je sais. C'est réellement intrigant.

La bouilloire se mit à siffler et Emmeline se leva pour emplir la théière. En apportant celle-ci avec deux tasses décorées de carottes, elle posa son regard sur mon assiette, à laquelle je n'avais pas touché.

— Comment trouvez-vous le pouding?

Je considérai le dessert devant moi.

— Je ne sais pas encore, mais je vais vite le découvrir.

Je piquai ma fourchette dans les pommes et avalai une bouchée croustillante au goût de cannelle. Pendant les dix minutes qui suivirent, la cuisine fut plongée dans un silence interrompu uniquement par un bruit de mastication.

Après avoir ingurgité le dernier morceau de pomme qui restait dans mon assiette, je levai de nouveau les yeux vers Emmeline.

— C'était délicieux, complimentai-je.

Et elle n'avait fait aucune remarque sur ma taille de plus en plus épaisse.

— Quand vous en aurez l'occasion, pourriez-vous me copier aussi cette recette?

— Avec plaisir, répondit fièrement Emmeline. Je possède également une savoureuse recette de tarte à la citrouille dotée d'une garniture au caramel. Je vous la donnerai pareillement si vous la désirez.

— Si jamais j'ai besoin d'une cuisinière, je sais où la trouver.

Je m'octroyai une gorgée de thé puis l'aidai à débarrasser la table. Une fois la dernière assiette déposée dans l'égouttoir à vaisselle, elle enleva son tablier et l'accrocha près de la porte.

— Maintenant, allons dehors voir ces sentiers.

Je la suivis dans le hall d'entrée où elle troqua ses chaussures d'intérieur pour une paire de bottes en caoutchouc.

— Le sol est un peu boueux par là, expliqua-t-elle..

— Je sais, dis-je en observant tristement mes vêtements tachés.

Elle pouffa de rire.

— J'imagine que oui.

Un moment plus tard, elle refermait la porte derrière elle et nous nous engagions dans le chemin. Le vent s'était levé et lorsque nous parvînmes à la maison de Polly, je me trouvais encore prise de frissons. Emmeline s'était munie d'un blouson épais, tandis que de mon côté, je ne portais que deux chandails — à présent humides — que j'avais saisis avant de quitter l'auberge. Je commençais à croire que ce n'était vraiment pas une bonne journée pour une petite excursion à l'extérieur.

— Il existe deux sentiers, indiqua Emmeline. L'un se situe là-bas, près de la rangée d'arbres.

Elle désigna du doigt le fond du marais.

— L'autre ne se trouve pas trop loin derrière la maison, par là.

Elle se tourna vers la résidence et s'orienta légèrement à gauche de celle-ci, puis me regarda de nouveau.

— J'estime cependant que vous allez être complètement transie si vous empruntez l'un ou l'autre aujourd'hui. Je ne m'étais pas rendu compte que vous n'aviez pas de blouson. Ni que vous étiez du Texas, ajouta-t-elle en secouant la tête. Pourquoi ne rentrez-vous pas chez vous pour aller vous changer ? Vous savez maintenant où sont les sentiers et si jamais vous ne réussissez pas à les retrouver, eh bien, vous n'avez qu'à vous arrêter chez moi.

J'acquiesçai en enfouissant mes mains dans les poches de mon jean.

— Vous avez sans doute raison, agréai-je en claquant des dents.

Je trouvais bien alléchante l'idée de prendre un bon bain chaud et d'enfiler des vêtements secs.

— Je sais que j'ai raison, prononça-t-elle en saisissant mon coude pour me guider vers sa demeure. Vous pouvez attendre chez moi que Henry revienne avec sa camionnette.

— Non, non, l'interrompis-je. Je dois réintégrer l'auberge pour m'occuper de mes invités. Mais je vous remercie pour tout. Pour le pouding Betty, pour les recettes, dis-je en tapotant la poche où je les avais glissées avant de quitter sa maison, et pour m'avoir montré où se trouvaient les sentiers.

— Cela m'a fait plaisir, ma chère. Maintenant, dépêchez-vous de rentrer à votre auberge. Les sentiers seront encore là demain.

— Merci, Emmeline.

— Ah, ce n'est rien! Je fais un bout de chemin avec vous, du moins jusque chez moi.

En marchant aux côtés d'Emmeline en direction de sa résidence, je me sentis étrangement soulagée de m'être éloignée de celle de Polly. J'étais curieuse de savoir où menaient les sentiers, mais pour l'instant, j'étais heureuse que cela attende à un autre jour.

23

À MON RETOUR, CHARLENE ÉTAIT DÉJÀ partie, mais elle avait rangé la cuisine; les comptoirs brillaient et une odeur de citron flottait dans la pièce. Pepper et Biscuit m'accueillirent avec joie tout en s'ignorant l'une l'autre. Décidément, les choses semblaient progresser entre elles. Et au moins, les poils avaient cessé de voler dans les airs.

Après avoir vérifié comment Gwen se débrouillait dans les chambres, j'enlevai mon chandail et allai le porter dans la buanderie, puis je montai prendre une douche. Vingt minutes plus tard, je sortais de la salle de bains toute propre et réchauffée. J'enfilai un pantalon et un pull molletonnés que Charlene m'avait achetés sur le continent quelques semaines plus tôt, avant notre dispute à propos du domaine de Cranberry et de McLaughlin.

Ayant mis des bas de laine, je descendis à pas feutrés dans la cuisine en ressassant dans ma tête ce qu'Emmeline m'avait raconté. Grimes n'était pas le seul à avoir entendu dire que McLaughlin fréquentait une autre femme. Mais qui? Était-ce une femme du continent? Ou peut-être même quelqu'un de son passé?

Je regardai par la fenêtre la *Little Marian* amarrée au quai. Comme le moteur n'avait toujours pas été réparé, je n'aurais pas d'autre choix que d'emprunter le bateau courrier pour me rendre sur le continent si je voulais aller à la bibliothèque. Je voulais consulter les journaux pour voir s'il y avait des articles parlant de McLaughlin lorsqu'il se trouvait en fonction à Boston. Je n'avais pas eu l'occasion de suggérer à John d'examiner mon bateau — et de fait, depuis la mort de McLaughlin, je l'avais très peu vu. Et comme le *Mooncatcher* n'était pas à l'acre, John ne devait sûrement pas être chez lui non plus, participant probablement à l'enquête policière. Je me jurai de lui tirer les vers du nez à son retour et de lui demander de m'aider à remettre en état mon bateau. Peut-être pourrais-je le soudoyer avec des carrés au chocolat.

Je jetai encore une fois un coup d'œil à la *Little Marian* et je songeai alors qu'Eleazer White saurait sans doute identifier le problème. Il rafistolait les bateaux de l'île — c'était d'ailleurs lui qui m'avait vendu l'embarcation. De toute manière, je ne l'avais pas vu depuis un certain temps; j'aurais ainsi une bonne excuse pour aller prendre de ses nouvelles et peut-être aussi me faire raconter quelques potins du coin. Je composai donc son numéro et il répondit immédiatement. Il me promit qu'il viendrait sous peu.

Après avoir préparé du café et retiré du congélateur un pain aux canneberges et aux noix — il s'agissait du gâteau préféré d'Eleazer étant donné que, contrairement à sa femme, j'y mettais du sucre —, je sortis de la poche de mon chandail les bouts de papier qu'Emmeline m'avait donnés. Ils contenaient les recettes du pain aux bananes et des biscuits aux brisures de chocolat, de même que le numéro du refuge d'animaux. Je déposai les recettes dans une chemise portant la mention «à classer bientôt». Puis, je lissai la bande de papier du refuge et composai le numéro tout en regardant Pepper.

J'observai la petite chatte en attendant que quelqu'un décroche à l'autre bout du fil. Elle semblait s'être remise de la mort de sa maîtresse et comme Biscuit et elle ne s'affrontaient plus ouvertement, je songeais à l'adopter. Pendant que Pepper bâillait et s'étirait, j'entendis une voix se manifester.

— Maison d'hébergement pour femmes battues, bonjour ! Comment puis-je vous aider ?

Je demeurai sans voix, la main serrée sur le combiné.

— Bonjour ? Puis-je vous aider ?

— Non, répondis-je. Non, je suis désolée. J'ai dû me tromper de numéro.

Je déposai le combiné et fixai Pepper. Pourquoi Polly avait-elle affiché sur la porte de son réfrigérateur le numéro de la maison d'hébergement pour femmes battues ? Je revis alors la valise ouverte sur son lit et les vêtements éparpillés à côté. Polly avait-elle eu l'intention de quitter l'île pour fuir quelqu'un ? Je haussai les épaules. Si c'était le cas, elle n'avait pas réussi à partir à temps. Je pris la petite chatte dans mes bras. Si seulement les chats pouvaient parler. J'étais certaine que Pepper savait ce qui s'était passé. Le problème, c'est que je ne pouvais pas le lui demander.

Pepper ronronnait tandis que je lui grattais le cou. McLaughlin avait-il été contraint de changer de paroisse parce qu'il était violent ? Avait-il battu Polly — et peut-être quelqu'un d'autre aussi — et en avait-il payé le prix en se faisant assassiner ?

Tout en caressant les oreilles délicates de Pepper, je regardai encore une fois par la fenêtre la *Little Marian*. Il fallait absolument que j'aille à la bibliothèque. Si jamais Eleazer ne parvenait pas à réparer mon bateau, je serais bien obligée de prendre le bateau-courrier jusqu'à Northeast Harbor pour ensuite rouler jusqu'à Somesville. Au moins, je trouverais quelques réponses à la bibliothèque, j'en étais persuadée.

Le téléphone sonna un instant plus tard et je décrochai aussitôt.

— Allô, Natalie?

C'était Matilda.

— Bonjour, Matilda. Comment allez-vous?

— J'ai effectué une petite recherche pour savoir à qui d'autre appartenaient les initiales J. S., expliqua-t-elle.

— J'ai découvert deux noms au cimetière.

— Bien. Nous pouvons alors comparer. J'ai trouvé Jeremiah Sarkes et Jonah Selfridge.

— Ce sont les deux noms que j'ai trouvés.

Je réfléchis un moment.

— Je sais que Jeremiah a épousé une certaine Elizabeth Mary, mais pourriez-vous retracer la date? m'enquis-je.

— J'ai justement le document. Laissez-moi vérifier.

Je l'entendis tourner les pages.

— Ils se sont mariés en 1876. Ils étaient plutôt âgés pour l'époque.

— Cela signifie donc que Jeremiah était célibataire en 1875?

— Il avait peut-être déjà épousé une autre femme auparavant… mais le registre n'en fait aucune mention.

— Et vous êtes sûre qu'il n'y avait pas d'autre J. S. sur l'île?

— Aucune autre personne étant inscrite dans le registre, en tout cas. J'ai également vérifié le recensement de cette année-là.

Jonah Selfridge. Je pris une profonde inspiration et levai les yeux au plafond. Si le journal du prêtre disait vrai, l'ancêtre de Murray Selfridge avait commis un meurtre au-dessus de ma tête.

Je me mis à trembler en serrant très fort le combiné dans ma main.

— Merci, Matilda. Cela m'aide… beaucoup.

— En passant, avez-vous eu l'occasion de me faire une copie du journal ?

— Hum… j'ai bien peur qu'il ait disparu.

— Disparu ? Vous voulez dire que vous l'avez perdu ?

— C'est une longue histoire. Et croyez-moi, ce n'est pas de ma faute.

— Comment avez-vous pu égarer un document historique…

Je lui coupai la parole.

— Merci à nouveau, Matilda. Je vais venir vous voir dans quelques jours et je vous raconterai tout.

— Mais…

— Vous m'avez été d'un grand secours. On se reparle bientôt !

Elle balbutiait encore quand je raccrochai.

Je m'appuyai contre le comptoir, le corps frissonnant, et fixai l'eau grise devant moi en essayant d'assimiler ce que Matilda venait de me divulguer. L'arrière-arrière-grand-père de Murray Selfridge était un meurtrier. Je jetai derechef un coup d'œil au plafond en tentant de ne pas penser dans quel état devait être la chambre — ma chambre — au moment où le corps de la cuisinière avait été retrouvé. Était-ce la découverte du journal qui mettait Annie dans tous ses états ? En présumant, bien entendu, qu'un fantôme était à l'origine des bruits que je percevais la nuit. Et de la pagaille dans le garde-manger.

Je me concentrai de nouveau sur la scène devant moi — il s'agissait sans doute de la même vue qu'avait Annie quand elle vaquait à ses tâches quotidiennes. Je savais qui l'avait tuée.

Toutefois, le journal qui le prouvait avait disparu. Je posai ma main sur la bosse derrière ma tête. Quelqu'un d'autre tenait donc autant que moi au journal au point de vouloir m'assommer pour ensuite le voler. La révélation contenue dans le journal aurait-elle pu pousser quelqu'un à commettre un deuxième — et peut-être même un troisième — meurtre?

Un coup frappé à la porte vint interrompre mes réflexions. Eleazer attendait sur la galerie. Son visage ridé se voyait éclairé par son petit sourire de travers.

Le vent froid s'engouffra dans la maison lorsque je le laissai entrer. Il retira sa vieille casquette en grimaçant tandis que la porte se refermait derrière lui.

— C'est un peu frisquet pour aller sur l'eau.

— Je sais, convins-je, mais je dois aller sur le continent.

Je désignai le gâteau sur le comptoir.

— Puis-je te servir du thé et une tranche de pain aux canneberges?

Il jeta un coup d'œil dehors.

— Je vais d'abord aller voir si je peux réparer ton bateau. Mais je ne dirai pas non après.

Je saisis mon coupe-vent accroché à proximité de la porte et le suivis jusqu'au quai où son propre bateau se tenait amarré à côté du mien. J'avançais courbée sur le petit quai, secouée par les rafales.

— Qu'est-ce qui ne va pas? s'informa-t-il.

— Le moteur ne veut pas démarrer.

Il émit un grognement et monta à bord de l'embarcation.

— As-tu vérifié le niveau d'essence?

— D'essence?

Il dévissa le bouchon du réservoir et en scruta l'intérieur.

— Ça me semble bien vide là-dedans.

— Ne me dis pas que je t'ai fait venir ici alors que mon seul problème est que je n'ai plus d'essence ?

Eleazer éclata de rire et me fit un clin d'œil.

— C'est tout de même mieux que d'avoir encore une fois arraché ton hélice.

Je rougis en me rappelant les dommages que j'avais causés à mon bateau lors d'une de mes premières sorties sur l'eau. À mon grand étonnement, il avait réussi à le réparer de manière à ce qu'il puisse encore flotter.

— Je reviens. J'ai un bidon d'essence dans l'atelier.

Quelques minutes plus tard, il tira sur la corde et le moteur se mit à vrombir.

— Eh bien, c'est réglé, dit Eleazer. Tu le prends maintenant ?

— Retournons à l'auberge pour nous réchauffer quelques minutes. Somesville peut bien patienter un peu.

Il éteignit le moteur et remonta la colline avec moi jusqu'à l'auberge.

Après avoir refermé la porte de la cuisine, j'enlevai mon coupe-vent et allai faire bouillir de l'eau pour le thé.

— Ne dis pas à Claudette que je t'en ai donné, conseillai-je en coupant une tranche épaisse de pain aux canneberges et en la glissant dans une assiette.

Sa femme cuisinait beaucoup, mais utilisait rarement du sucre et grondait Eleazer chaque fois qu'il se permettait des petites gâteries.

— Je n'ouvrirai pas la bouche, indiqua-t-il en me décernant un clin d'œil puis en me démontrant le contraire en s'octroyant une grosse bouchée.

— Comment va Claudette ces jours-ci ?

Il avala sa bouchée et s'essuya les lèvres.

— Beaucoup mieux, à présent qu'elle est grand-mère..

— Grand-mère ? Que veux-tu dire ?

Quelques mois plus tôt, Claudette m'avait avoué qu'avant d'épouser Eleazer, elle avait eu un enfant — un fils unique — en dehors des liens du mariage. Sa mère l'avait obligée à donner son enfant en adoption et bien qu'elle eût passé sa vie à se renseigner sur son fils et qu'elle eût aimé le rencontrer, elle n'avait jamais communiqué avec lui. Personne sur l'île n'était au courant — pas même Eleazer. Quand nous en avions discuté, je l'avais encouragée à entrer en contact avec son fils, mais elle avait repoussé ma suggestion.

— Elle m'a finalement parlé de son fils, expliqua Eleazer.

— De son fils ? répétai-je prudemment.

Il hocha la tête.

— De son fils à Bangor.

Je m'assis sous l'effet de la surprise tandis qu'Eleazer poursuivait.

— Après votre conversation, elle m'a mentionné qu'il y avait une chose que je devais savoir. Puis, elle m'a tout raconté à propos de son fils.

Il secoua tristement la tête.

— Pauvre Claudie. Tout ce qu'elle a dû supporter sans jamais pouvoir le dire à personne. Et nous qui n'avons jamais pu avoir d'enfant !

Eleazer mordit encore une fois dans son gâteau avant de continuer la bouche pleine.

— Eh bien, je lui ai suggéré de lui écrire une lettre et c'est ce qu'elle a fait, à mon grand étonnement. Après toutes ces années. Il l'a appelée une semaine plus tard, heureux d'entendre parler d'elle, puis elle est allée lui rendre visite à deux reprises. Il y a maintenant des photos partout dans la maison. De Liam et de Sarah. C'est le nom de nos petits-enfants.

Il prit une autre bouchée.

— Ils sont supposés venir passer une semaine ici l'été prochain.

— C'est merveilleux! m'exclamai-je.

Elle avait beau ne pas mettre de sucre dans son pain aux canneberges, Claudette n'en était pas moins une femme chaleureuse qui possédait un grand cœur.

— Et elle s'entend bien avec son fils?

— Brad? Leur relation était un peu tendue au début, mais quand elle lui a exposé les motifs pour lesquels elle avait dû le donner en adoption, il a compris et tout va bien à présent.

— Comme je suis ravie de l'apprendre.

Et je l'étais réellement. Après tous les bouleversements que nous avions connus ces dernières semaines, c'était bien de savoir que Claudette avait repris contact avec son enfant abandonné. Enfin, quelque chose de positif survenait sur l'île.

— Par contre, ce que vit Charlene est terrible, enchaîna Eleazer en introduisant l'ultime morceau de pain aux canneberges dans son gosier.

— Je sais, confirmai-je en lui coupant une autre tranche. Elle est vraiment affectée par ce qui est arrivé à McLaughlin.

Il hocha la tête pendant que je déposais la tranche dans son assiette.

— Je me demande cependant pourquoi le sergent l'a arrêtée.

Je figeai sur place.

— Quoi?

— Tu ne le savais pas?

Le couteau glissa de ma main et tomba avec bruit sur le plancher.

— Il a *arrêté* Charlene?

— Tu ne le savais donc pas?

— Je l'ignorais complètement, soufflai-je en m'appuyant contre le comptoir de la cuisine. Comment est-ce arrivé? Quand?

— Il était environ midi, expliqua-t-il. La police s'est rendue à l'épicerie et lui a passé les menottes. Devant tous les habitants de l'île. Apparemment, ce serait son couteau qui aurait été enfoncé dans le corps du bon révérend.

Le couteau. Je le savais.

Il secoua la tête.

— C'est absolument terrible.

— Seigneur. Pourquoi ne pas me l'avoir dit?

— Je croyais que tu le savais. Je me disais que c'était sans doute pour cette raison que tu voulais prendre ton bateau.

Charlene se trouvait en prison. Pas étonnant que John n'ait pas été chez lui de toute la matinée. Il essayait probablement de la faire libérer. Mes pensées défilèrent à toute vitesse dans mon cerveau, s'attardant au passage dans le journal intime. Puis, sur le numéro de la maison d'hébergement pour femmes battues.

Je bondis de ma chaise et me précipitai vers la porte en saisissant mon coupe-vent, puis la poignée.

— Je dois partir, Eleazer. Tu pourras quitter quand tu voudras!

La porte se referma avant même qu'il puisse répondre.

Je me dirigeai vers le quai en trébuchant dans les marches tandis que je m'efforçais de rassembler mes idées. Ils avaient appréhendé Charlene. Je savais qu'ils détenaient la mauvaise personne, mais comment pourrais-je le prouver? Le journal contenant la confession de Jonah Selfridge avait disparu et je savais que Polly avait noté le numéro d'une maison d'hébergement pour femmes battues ; mais qu'est-ce que cela démontrait ? De plus, j'ignorais qui — si c'était le cas — s'en était prise à elle.

Maintenant qu'Eleazer avait réglé mon problème de panne d'essence, le moteur démarra du premier coup. Je détachai les amarres et filai en direction du continent. Le vent soufflait en rafales pendant que le bateau évoluait sur la houle. L'eau était agitée et les vagues étaient bordées d'écume. Plus je m'éloignais de Cranberry Island, plus l'eau devenait mouvementée. En temps normal, j'aurais rebroussé chemin, mais pas aujourd'hui.

Même si je me déplaçais à la vitesse maximale, je mis presque une demi-heure à atteindre les eaux plus paisibles du fjord de Somes Sound. Mes mains étaient engourdies par le froid et j'avais le menton enfoncé dans le col de mon coupe-vent. Où se trouvait Charlene à l'heure actuelle ? Encore au poste de police ? Ou bien l'avaient-ils transférée ailleurs ? Je frissonnai en y songeant. Après ce qui me parut des heures, j'aperçus enfin le petit quai de Somesville. En ce temps-ci de l'année, il y avait peu de yachts amarrés dans le port et la plupart des maisons luxueuses alignées le long de la rive semblaient désertes.

Après avoir accosté, je sautai hors du bateau et l'attachai au quai. Puis, je dissimulai mes mains dans mes poches et me ruai vers la bibliothèque.

En pénétrant à l'intérieur, à l'abri du vent frigide qui balayait la rue principale de Somesville, l'odeur poussiéreuse des livres me réconforta, mais ne diminua en rien la colère qui bouillait en moi. Tous les postes informatiques étaient occupés. J'attendis patiemment tandis qu'une femme âgée examinait une recette de tarte aux pacanes. Je résistai à la tentation de la propulser en bas de sa chaise. Finalement, elle se leva et marcha à petits pas jusqu'à l'imprimante en murmurant sur son passage : « Vous pouvez le prendre. »

Je me glissai sur la chaise et allai immédiatement consulter le site de Lexis Nexis. Mes doigts tapèrent frénétiquement Boston et Richard McLaughlin, et une longue liste de liens apparut sur-le-champ. Il avait *vraiment* été prospère ; plusieurs articles de magazines d'affaires s'affichèrent, décrivant son évolution au sein d'une entreprise de plomberie de New York. Je fis défiler l'écran — il y avait même un article sur sa décision de tout abandonner pour entrer au séminaire. « J'avais besoin de plus dans la vie — d'une façon de rendre à la société ce qu'elle m'avait donné », avait-il raconté au journaliste. Bien que les motifs de McLaughlin m'eussent toujours paru suspects, j'éprouvai du chagrin en pensant à cet optimisme aujourd'hui disparu.

Plus je parcourais les articles, plus je devenais frustrée. La plupart se voulaient élogieux — ils ne comportaient aucune histoire scabreuse. Je me familiarisai rapidement sur l'existence de McLaughlin et ne fus pas surprise de ce que je lus. De toute évidence, le diocèse le considérait comme un prêtre compétent — après son ordination, il avait été affecté à l'église St-Jude, au centre-ville de Boston. Il possédait autant de charisme comme curé qu'en tant que vendeur d'accessoires de plomberie — je pris connaissance de nombreux articles rapportant ses propos sur différents sujets paroissiaux tels que des dons et des organismes de charité interreligieux.

Je parcourus un article qui parlait de McLaughlin et de ses paroissiens de l'église St-Jude dans l'espoir d'y découvrir des révélations sur sa réaffectation, mais je ne trouvai rien. D'après le *Globe*, la quantité de gens fréquentant l'église avait augmenté depuis qu'il s'occupait de prononcer les sermons et tout allait bien dans le meilleur des mondes. Arrivée à la fin des deux pages de l'article, je n'avais toujours rien déniché susceptible de m'indiquer pourquoi il avait été transféré — et d'après les écrits encenseurs que je lisais, il aurait fallu qu'il commette quelque chose de vraiment grave. L'église s'était peut-être arrangée pour que l'histoire ne paraisse pas dans les journaux.

J'étais sur le point de changer de moteur de recherche lorsqu'un article attira mon attention. Je cliquai dessus et retins mon souffle.

Pas étonnant que McLaughlin ait été réaffecté sur une petite île. Juste avant de quitter Boston, il avait fait l'objet d'une enquête pour une histoire de conduite indécente — avec une adolescente de treize ans.

24

Quinze minutes plus tard, le moteur de la *Little Marian* vrombissait de nouveau et je reprenais la direction de Cranberry Island. Les pages de l'article que j'avais fait imprimer craquèrent dans ma poche quand j'allai me recroqueviller à l'arrière de mon bateau, me demandant quoi faire avec cette information. Les parents de l'adolescente de Boston s'étaient peut-être vengés — mais cela n'expliquait pas la mort de Polly. Et je ne savais toujours pas pourquoi elle avait appelé à la maison d'hébergement pour femmes battues.

Bien que McLaughlin ait été acquitté des accusations d'attentat à la pudeur, l'Église croyait de toute évidence qu'il y avait suffisamment de preuves pour l'affecter ailleurs. Était-ce vrai, dans ce cas, qu'il n'y a pas de fumée sans feu ? Et le meurtre de McLaughlin pouvait-il être lié à cette histoire ?

C'est en quittant le fjord de Somes Sound pour me diriger vers le large qu'il y eut un déclic dans ma tête. D'après la rumeur, McLaughlin fréquentait quelqu'un d'autre. Polly ne semblait pas être son genre de femme… mais je revis alors le visage de la jeune fille en larmes que j'avais aperçue près du presbytère le jour du décès de McLaughlin. Mon estomac se noua. Avait-il récidivé?

Et les parents de l'adolescente l'avaient-il appris — pour ensuite tuer l'homme qui avait violé leur enfant?

Mon esprit s'emballa. Polly avait peut-être découvert le pot aux roses et cela constituait la raison pour laquelle McLaughlin lui avait rendu visite à plusieurs reprises dans le but de la convaincre de ne rien mentionner aux parents. N'avait-il pas essayé de me museler chaque fois que je l'interrogeais à propos de Polly? Quant au numéro du centre d'hébergement pour femmes battues, Polly l'avait-elle noté pour la jeune fille? Elle avait possiblement l'intention de l'accompagner dans un lieu sûr où elle recevrait de l'aide, et McLaughlin l'ayant su, il l'avait assassinée avant qu'elle ne puisse agir.

Mais dans cette hypothèse, comment expliquer la mort subséquente de McLaughlin?

Le moteur gémit au moment où je me mis à accélérer. Peut-être était-il déjà trop tard lorsqu'il avait tué Polly. Ou peut-être l'adolescente avait-elle déjà tout raconté à ses parents.

Une chose était certaine. Il fallait que je sache qui était la jeune fille que j'avais distinguée ce jour-là à proximité du presbytère.

Tania le saurait sûrement.

Au lieu de retourner à l'auberge de la Baleine grise, je m'orientai vers le quai de Cranberry Island. La *Island Princess* était en train d'accoster à l'instant où j'amarrais mon bateau. Je saluai George McLeod et passai en courant devant la rangée de petites boutiques fermées pour l'hiver afin de me rendre à l'épicerie.

En ouvrant la porte, l'odeur familière d'épices et de café me rappela mon amie et mon cœur se serra.

Tania se tenait assise derrière la caisse enregistreuse. Des larmes coulaient sur son visage blême.

— Natalie ! cria-t-elle en reniflant et en essuyant son nez avec un mouchoir. Ils ont emmené tante Charlene ! Ils sont venus me le dire pendant que j'étais à l'école...

— Je sais, répondis-je. Mais je crois que nous allons pouvoir la tirer de là.

Elle me regarda par-dessus son mouchoir.

— Comment ?.

— J'ai besoin de ton aide.

Je lui décrivis l'adolescente que j'avais aperçue non loin du presbytère le jour du poignardage de McLaughlin.

— Sais-tu qui c'est ?

— Pourquoi ? Qu'est-ce que cela a à voir avec tante Charlene ?

— Je ne peux pas te le dire maintenant. Mais fais-moi confiance.

Elle hocha la tête.

— Deux filles correspondent à votre description. Attendez, je pense que tante Charlene a rangé les photos de la rentrée scolaire quelque part.

Elle alla fouiller dans le tiroir sous la caisse enregistreuse et en sortit une pile de photographies.

Je repérai la fille au milieu de la pile.

— C'est Tiffany Jeans, révéla Tania.

— Sais-tu où elle habite ?

— Près du phare. Sur Seal Point Road.

Tania jeta un coup d'œil à sa montre.

— Cependant, elle ne va pas quitter l'école avant une bonne demi-heure.

— Merci, dis-je en me dirigeant vers la porte.

— Allez-vous revenir ? cria Tania.

— Dès que je le pourrai, indiquai-je.

La clochette au-dessus de la porte tinta et je retournai dehors dans le froid.

. . .

Mes mains étaient presque congelées quand la vieille porte verte de l'école de Cranberry Island s'ouvrit pour laisser passer une douzaine d'enfants. Tiffany fut la dernière à sortir avec une autre fille. Je la reconnus aussitôt — c'était bien le visage que j'avais distingué l'autre jour au presbytère.

Elle était manifestement svelte, même avec son épais manteau d'hiver, et sa figure irradiait la jeunesse et l'innocence avec ses joues roses et ses yeux bleus. Une vague de tendresse m'envahit lorsque je la vis se pencher pour relacer sa chaussure gauche avec ses membres trop longs et maladroits, son jean trop court permettant d'entrevoir quelque peu ses chaussettes grises. J'espérai alors que McLaughlin n'avait posé aucun geste pour détruire cette innocence.

Après avoir échangé quelques paroles, les deux filles se quittèrent. Je marchai derrière la jeune fille blonde et mince. Je la rattrapai au moment où elle s'apprêtait à tourner sur Seal Point Road.

— Tiffany ?

Elle pivota en sursautant.

— Je suis Natalie Barnes, dis-je en lui tendant ma main glacée.

Elle la considéra, puis leva les yeux vers moi.

— Je suis la propriétaire de l'auberge de la Baleine grise.

Son regard était méfiant.

— Que voulez-vous ?

— Je veux seulement te parler.

Elle transféra son sac à dos sur son autre épaule.

— Parler de quoi ?

— Puis-je marcher avec toi quelques minutes ?

— Si vous voulez, répondit-elle en se traînant les pieds, les yeux fixés sur ses baskets usés.

En passant devant les pommiers, je me demandai pour la centième fois comment évoquer McLaughlin. Je me montrais mal à l'aise de m'adresser à elle en dehors de la présence de ses parents, mais j'avais peur qu'elle ne me dise rien devant eux.

— Je t'ai vue près du presbytère l'autre jour.

Elle tourna la tête vers moi.

— Quoi ?

— Le jour de la mort du révérend McLaughlin, précisai-je doucement.

Elle se remit à fixer le sol, avançant d'un bon pas comme si elle essayait de me fuir. Le rose de ses joues s'était légèrement estompé.

— Est-ce que tu le connaissais bien ? m'informai-je.

Elle haussa les épaules.

— Il était gentil. Mes parents se disputent parfois. Il était le seul à qui je pouvais parler..., dit-elle sans élaborer davantage.

Nous marchâmes en silence pendant un moment.

— Et maintenant, il est parti.

Nous demeurâmes silencieuses encore plus longtemps.

— Je suis désolée, dis-je finalement. C'est difficile de perdre quelqu'un qui nous aime bien.

Tiffany hocha brusquement la tête en s'essuyant le nez avec son gant bleu usé.

— Depuis combien de temps étiez-vous amis? questionnai-je.

— Depuis un mois ou deux seulement, indiqua-t-elle en reniflant. Une ou deux fois par semaine, je sortais en cachette alors que mes parents me croyaient endormie. Je dois rentrer à la maison aussitôt après l'école pour aider ma mère à prendre soin de mon petit frère, Charlie. Et puis, maman et papa… eh bien, il leur arrive de se chicaner le soir et j'avais uniquement besoin d'un endroit où aller…

Elle renifla encore une fois.

— Il se montrait tellement gentil. Il m'écoutait et me disait que ce n'était pas de ma faute. Il me donnait du chocolat chaud, puis me disait que je ne devais pas sortir ainsi à la dérobée.

Ma gorge se noua. Du chocolat chaud. Des sorties en catimini le soir. Que diable lui avait fait McLaughlin?

Je saisis mon courage à deux mains.

— Tu te sentais confortable pour lui parler?

— Le révérend McLaughlin était super. Il avait l'intention de discuter avec mes parents. Il voulait nous aider, révéla-t-elle en reniflant. Quand il est mort, c'était tellement… tellement *terrible*. Qui a pu faire une chose aussi horrible?

— Je l'ignore. C'est ce que j'essaie d'élucider.

— Ils ont arrêté la tante de Tania, lança-t-elle d'un ton violent. Ils disent que c'est elle la coupable. Mais je ne les crois pas. Je l'ai vu avec elle, et mademoiselle Charlene l'aimait. Elle n'aurait jamais pu faire cela!

— Je sais qu'elle n'est pas coupable. Je tente de savoir qui l'a tué. Sais-tu si quelqu'un lui en voulait?

Elle secoua la tête.

— Il se montrait gentil avec tout le monde.

Je pris une profonde inspiration.

— Il ne t'a jamais… il n'a jamais posé envers toi un geste qui t'a rendue mal à l'aise ?

Elle me regarda d'un air surpris.

— Qui ? Le révérend McLaughlin ?

Elle agita la tête d'une manière déterminée.

— Jamais.

Il n'y avait aucune hésitation dans sa voix.

Dieu merci.

Sans m'en rendre compte, j'avais retenu mon souffle, mais je pouvais respirer plus librement à présent. Puis, une autre pensée surgit dans ma tête. Une mauvaise pensée.

— On dirait bien que tu avais une relation spéciale avec lui, dis-je tout en m'efforçant de garder un ton léger.

Elle approuva de la tête.

— Oui.

— Lui est-il aussi arrivé d'aider quelqu'un parmi tes amies ?

— Je ne crois pas. Pourquoi ?

Je remerciai Dieu à nouveau. Pour une fois, le jury avait peut-être eu raison et McLaughlin ne constituait pas un danger public. Je mis ma main sur l'épaule fragile de Tiffany et la serrai doucement.

— Pour rien.

Le vent balaya un nuage de feuilles dans notre direction tandis que nous passions devant une rangée de pins vert foncé.

— Tu sais, articulai-je lentement, si tu éprouves le besoin de te confier à quelqu'un, tu peux toujours venir à l'auberge.

Elle baissa la tête et continua de marcher, les yeux rivés sur ses baskets usés.

— Je sais que c'est difficile quand tes parents se disputent. Cela se produisait également avec les miens.

Tiffany me regarda à travers ses cheveux.

— C'est vrai ?

— C'est vrai. Je sais combien c'est pénible, surtout lorsque tu n'as personne à qui parler.

Elle poussa un soupir en fixant de nouveau ses souliers.

— J'essaie d'en parler à Ginny, mais elle ne comprend pas. Je veux dire que sa famille est tout le temps heureuse.

— Tu n'as qu'à venir chez moi quand tu voudras. J'adorerais discuter avec toi. Et puis, je fais un excellent chocolat chaud.

— Mais ma mère…

— Je pourrais lui parler. Je pourrais lui dire que je t'enseigne la cuisine.

Elle repoussa ses cheveux derrière ses oreilles et me sourit timidement.

— J'aimerais beaucoup cela. C'est bien vous qui faites les bons biscuits et les carrés au chocolat qu'ils vendent à l'épicerie ?

— C'est moi.

— Je ne sais pas si elle va être d'accord, mais je vais le lui demander. Peut-elle vous appeler si jamais elle accepte ?

— Bien sûr, répondis-je. Et si tu veux, je pourrais lui téléphoner. Tu n'as qu'à le mentionner à Tania. Elle me le fera savoir.

— *Cool* !

Un autre nuage de feuilles s'envola devant nous et je frissonnai de froid. Mes bras et mes jambes se trouvaient engourdis et je m'interrogeai afin de savoir si je réussirais un jour à me réchauffer.

— Je devrais rentrer avant de mourir gelée, fis-je en claquant des dents. Mais j'ai été heureuse de faire ta connaissance, Tiffany.

Je lui tendis ma main glacée.

Cette fois-ci, elle la serra d'une main étonnamment ferme.

— Moi aussi, Mademoiselle Barnes.

— Appelle-moi Natalie.

— Entendu, dit-elle en donnant un coup de pied dans un tas de feuilles. Natalie.

— Viendras-tu bientôt me voir ?

— Si ma mère accepte.

— J'espère bien qu'elle voudra. J'aimerais bien te revoir prochainement. Et ne te fais pas de souci à propos de Charlene. Nous allons la sortir de là.

— Bien, prononça-t-elle en esquissant un sourire. Tania était vraiment inquiète. J'imagine que je le serais également.

— Allez, cours vite à la maison pour demander à ta mère quand tu peux venir.

— J'y vais. Merci, Mademoiselle... je veux dire Natalie.

Elle me sourit timidement encore une fois avant de se concentrer de nouveau sur ses baskets. Puis, elle enfonça ses mains dans ses poches, ajusta son sac à dos et reprit la route en direction de son domicile.

Malgré le vent glacial qui secouait mon coupe-vent trop léger, je la regardai s'éloigner jusqu'à ce qu'elle s'éclipse dans une courbe. Je n'avais rien fait pour aider Charlene et toutes mes théories venaient de s'écrouler.

Mais lorsque je vis la jeune fille mince dans son manteau épais disparaître derrière une rangée d'épinettes décharnées, je me dis que j'étais heureuse.

· · ·

Je ressassai le problème dans ma tête en me précipitant vers le quai. La personne qui avait tué Polly avait pareillement tué McLaughlin. J'en étais presque sûre. Polly avait affiché le numéro d'une maison d'hébergement pour femmes battues sur son réfrigérateur et s'apprêtait à partir en voyage. McLaughlin savait que quelque chose n'allait pas, mais il ne voulait pas me le dire.

Et maintenant, Charlene était en prison et je ne disposais d'aucun suspect valable en vue.

Ébranlée par une rafale de vent, je serrai mon coupe-vent contre moi en essayant de réfléchir. Qui pouvait bien posséder un motif ? Russell Lidell avait soudoyé un évaluateur environnemental pour obtenir l'autorisation de construire son domaine. Polly avait refusé de lui vendre sa résidence. Avait-il tué Polly, puis McLaughlin parce que ce dernier en savait trop ? Mais comment Russell s'était-il retrouvé avec le revolver de Polly ? À moins qu'elle ne s'en soit servi pour se défendre et qu'il eût réussi à retourner l'arme contre elle…

Et Murray Selfridge ? Quelqu'un m'avait subtilisé le journal alors que je quittais le presbytère. McLaughlin avait-il deviné à qui appartenaient les initiales J. S. et avait-il confronté Selfridge à propos du journal ? Était-ce pour cette raison que Selfridge payait les rénovations du presbytère — afin que McLaughlin garde le silence ? Toutefois, cela n'expliquait pas la mort de Polly.

Et cela ne me révélait pas non plus qui avait tenté de pénétrer dans ma cuisine l'autre soir, ou qui avait dérobé les balles dans la commode de Polly après ma conversation avec McLaughlin. Ç'aurait pu être McLaughlin… mais pourquoi ? À moins qu'il n'en ait parlé à quelqu'un d'autre…

En passant rapidement devant les boutiques sur le quai, je pensai encore une fois aux sentiers derrière la maison de Polly. La personne qui avait fouillé dans la commode de Polly n'avait pas emprunté le chemin — j'en avais la certitude. Les sentiers pouvaient déboucher n'importe où — y compris sur un chemin, ce qui ne m'aiderait en rien à identifier le meurtrier. Par contre…

Je montai à bord de la *Little Marian*, détachai les amarres et démarrai le moteur. Transie jusqu'aux os, j'empoignai le gouvernail avec mes doigts engourdis. Mais au lieu de réintégrer l'auberge, je pris plutôt la direction de Cranberry Point et du marais situé de l'autre côté de l'île.

• • •

Ce n'est qu'en apercevant la demeure de Polly que je pris conscience que j'avais omis un détail dans mon plan. Je ne me trouvais qu'à quelques mètres de la rive et je ne voyais aucun endroit où attacher mon bateau.

Je dépassai le marais, puis revins en arrière pour repasser devant en examinant bien la berge. Il devait bien y avoir un vieux taquet ou quelque chose auquel je pourrais amarrer mon bateau. Après tout, sur une île comme celle-ci, la plupart des gens ne circulaient-ils pas en bateau?

Un tas de rochers attira mon attention et après être passée devant à quelques reprises, je décidai qu'il s'agissait du meilleur site où accoster. Je manœuvrai la *Little Marian* le long des rochers en grimaçant à chaque fois que j'entendais ceux-ci frôler la peinture blanche de mon embarcation. Eleazer allait me tuer.

Je lançai une corde avec mes doigts frigorifiés. À ma troisième tentative, je parvins à agripper un rocher. Après avoir failli tomber tête première dans l'eau froide, je réussis au bout de quelques minutes à attacher mon bateau à un amas de blocs de granit. Je bondis hors de mon embarcation et contournai les rochers pour me rendre au marais en m'efforçant d'ignorer le bruit de la coque qui heurtait les rochers à répétition et en me demandant pourquoi je ne rentrais pas tout simplement à l'auberge pour aller revêtir un manteau plus chaud et revenir ensuite à pied au marais.

Même si la température se situait à proximité du point de congélation, le marais était détrempé et mes pieds s'enfoncèrent dans le sol spongieux tandis que je me dirigeais vers la résidence de Polly. J'essayai de faire abstraction de l'eau glacée qui s'infiltrait dans mes chaussures tout en me questionnant afin de savoir si j'étais saine d'esprit. Pour quelle raison étais-je venue ici exactement? Je connaissais déjà la réponse. Par désespoir.

J'étais trempée jusqu'aux mollets lorsque j'arrivai à la petite maison abandonnée. De toute évidence, les chats se montraient plus intelligents que moi — puisque aucun d'entre eux ne vint à ma rencontre, j'en conclus qu'ils devaient sûrement être couchés, bien au chaud à l'intérieur. Je passai devant la galerie arrière pour me rendre jusqu'à l'ouverture entre les épinettes qui indiquait le début du sentier le plus près. J'enfonçai profondément mes mains dans mes poches, penchai la tête et fonçai droit devant, laissant derrière moi le modeste domicile qui avait appartenu à Polly.

Le sentier le plus proche de la maison était étroit, mais quelqu'un l'empruntait — ou l'avait emprunté — régulièrement. Quelques jeunes arbres ayant tenté de prendre racine s'étaient vus piétinés et il y avait de nombreuses empreintes sur le sol mouillé. D'après celles-ci, certaines devaient appartenir à un homme costaud chaussé de bottes; d'autres, à une femme. Beaucoup de gens utilisaient-ils ce sentier? C'était fort possible. Après tout, c'était la saison des canneberges.

À quelques occasions, le sentier semblait vouloir se diviser en plus petites pistes, mais comme celles-ci se voyaient de nouveau recouvertes d'herbe, je décidai de rester sur le sentier principal. Au bout de vingt minutes à serpenter ainsi parmi les arbres, je perçus un dégagement au milieu des branches, de même qu'un reflet métallique.

Je ralentis en essayant de ne pas écraser de feuilles et je me rapprochai en regardant à travers les branches. Le sentier ne menait pas à un chemin, mais à une maison.

En fait, pas vraiment à une maison. Il s'agissait plutôt d'une vieille caravane entourée de vieux appareils ménagers, de cages à homards et de piles de cartons moisis. Je n'avais aucune idée de l'endroit où je me retrouvais sur l'île — je n'étais jamais venue ici. Oubliant le froid, je me penchai et continuai d'avancer dans le sous-bois. Nulle lumière n'apparaissait aux fenêtres. Les lieux semblaient déserts.

Je m'approchai de la caravane et jetai un coup d'œil à l'intérieur par l'une des fenêtres. J'y distinguai un canapé enfoncé recouvert de pyramides de vêtements. Sur une petite table, des plateaux de repas congelés sales et des douzaines de canettes de Miller vides s'empilaient. Les rideaux pendouillaient comme s'ils avaient été arrachés et les murs lambrissés étaient troués ici et là comme si on y avait fait des entailles.

J'allai à une autre fenêtre et regardai prudemment à l'intérieur pour reconnaître une chambre à coucher. Il y avait un matelas taché sans drap et des vêtements se trouvaient éparpillés un peu partout dans la pièce. Mes yeux furent attirés par une chemise à carreaux bleue qui traînait au centre du plancher. Un frisson me parcourut le corps. Était-ce le même plaid bleu porté par la personne qui m'avait assommée ?

J'aperçus d'autres canettes de Miller High Life et un cendrier en verre jaune débordant de mégots. Je fronçai le nez de dégoût. Je contournai un vieux matelas abandonné et fis le tour de la caravane. Elle paraissait vide. Mais quelque chose clochait.

En arrivant de l'autre côté, je remarquai une petite remise cachée dans le sous-bois. De vieux pneus s'appuyaient contre elle, à proximité de la carcasse rouillée d'un réfrigérateur tout aussi usagé. La minuscule cabane en ruine semblait délaissée — à part les traces de pas dans la boue qui allaient de la caravane à la porte en métal de la remise. Le résident de la caravane y venait souvent. Pour quelle raison? Je pataugeai dans la boue en me rendant à la cabane.

On distinguait une petite fenêtre. Malheureusement, elle se situait au-dessus d'un framboisier. Je vérifiai la porte — elle était cadenassée. Je n'avais pas le choix : il me fallait regarder par la fenêtre.

Je repoussai les branches mortes du framboisier en m'égratignant les mains, puis je m'élevai sur la pointe des pieds pour atteindre la fenêtre. Des douzaines d'épines s'agrippèrent à mon jean comme autant de dents acérées, mais chaque fois que j'essayais d'en retirer une, trois autres s'accrochaient à moi. Je m'empressai donc d'essuyer avec ma manche la saleté adhérant sur la fenêtre dans le but de jeter un coup d'œil à l'intérieur. Je n'avais pas envie de demeurer longtemps dans cette position.

J'aperçus un amas d'outils et de ferraille ainsi qu'une pile de vêtements entassés dans un coin. D'après ce que je voyais, il n'y avait rien de vraiment précieux. Dans ce cas, pourquoi le résident y venait-il aussi fréquemment?

En examinant encore une fois le contenu de la remise, je vis quelque chose bouger dans le tas de vêtements. Je reculai malgré moi et de nouvelles épines s'incrustèrent dans mon jean. Je repris vite ma position précédente devant la fenêtre en grimaçant de douleur. C'était sans doute un rat. Je jetai à nouveau un coup d'œil à l'intérieur.

Ce n'était pas un rat.

C'était une personne.

Je frappai à la fenêtre. L'individu emprisonné là-dedans devait mourir de froid. Il faisait à peine 4 °C et la cabane n'était pas chauffée.

— Allô! Vous m'entendez?

La pile de vêtements remua et quelque chose ressemblant à un visage en émergea. La peau se trouvait recouverte d'ecchymoses et les yeux étaient si enflés que je ne distinguai que deux minces fentes.

— Mon Dieu! soufflai-je, au bord de la nausée. Il faut vous sortir de là.

Mais comment? J'essayai d'imaginer une solution. À moins de pouvoir briser le cadenas, je n'arriverais jamais à enfoncer la porte : elle était en métal. La fenêtre était suffisamment grande, mais il fallait que je déniche quelque chose pour la fracasser. De plus, la personne retenue prisonnière à l'intérieur ne semblait pas en état de grimper et de s'échapper par celle-ci.

J'avais besoin d'aide.

— Je reviens le plus vite possible, criai-je. Je vais vous extraire d'ici. Je vais tenter de trouver un téléphone.

La personne hocha faiblement la tête et je quittai la fenêtre pour retourner à la caravane. J'espérais y découvrir un téléphone en état de marche. J'espérais aussi que celui qui y habitait ne reviendrait pas de sitôt.

Contrairement à la remise, la porte de la caravane n'était pas verrouillée et la puanteur se répandit à l'extérieur. L'odeur d'aliments pourris et de relents de bière était envahissante. Je remontai le col de mon chandail sur mon nez et avançai pour repérer un téléphone. J'en aperçus un à côté d'une pile de vaisselle sale qui traînait dans l'évier de la cuisine.

Il n'y avait aucune tonalité.

Je raccrochai brusquement. Je n'avais pas d'autre choix que de retourner chez Polly. Je n'avais pas envie d'abandonner la personne dans la remise, mais je ne pouvais rien faire sans assistance. John possédait sans doute un coupe-boulon qui viendrait à bout du cadenas…

Je m'apprêtais à quitter la cuisine quand la porte de la caravane s'ouvrit.

25

JE REGARDAI AUTOUR DE MOI AFIN de déceler un endroit où me réfugier. Mais il n'y avait ni garde-manger, ni table, ni recoin — rien.

Impossible de me cacher.

Une arme. Je jetai un coup d'œil à la pyramide de vaisselle sale dans l'évier. J'entendis des pas lourds venir du salon. Soudain, je vis un couteau à steak couvert de graisse. Je le saisis au moment où les pas se rapprochaient.

Je pivotai et m'appuyai contre l'évier juste à l'instant où la personne pénétrait dans la cuisine.

C'était Eddie O'Leary.

— Que faites-vous ici ?

Il portait une chemise en flanelle sale et un jean troué. Il me dévisagea avec ses petits yeux ternes et méchants.

J'avalai difficilement ma salive et pris un ton nonchalant.

— J'étais allée cueillir des canneberges dans le marais. Je me suis trompée de chemin et j'ai abouti ici. Veuillez me pardonner si je suis entrée — la porte n'était pas verrouillée. Je voulais appeler à l'auberge pour leur dire que je rentrerais tard.

Ses yeux se rétrécirent. Je pouvais sentir son odeur par-dessus la puanteur de la cuisine — une odeur de sueur, de poisson mort et de quelque chose d'autre — quelque chose de pourri.

— Où sont les canneberges?

— Pardon?

— Vous avez dit que vous étiez allée cueillir des canneberges.

Ma main se mit à trembler.

— J'ai dû les laisser dehors.

— Montrez-les-moi.

J'avalai encore une fois ma salive.

— Bon, d'accord.

Je passai devant lui pour me rendre à la porte en serrant le couteau dans ma main. J'avais l'intention de m'enfuir en courant. Parviendrais-je à le semer? C'était mon seul espoir de partir d'ici. Je songeai à la pauvre femme dans la remise. Je réalisai maintenant qu'il s'agissait sans doute de Marge. Que lui avait-il fait? Mes mains se mirent à trembler de nouveau. *Qu'allait-il me faire?*

Il me suivit de près jusqu'à l'extérieur de la caravane.

— Elles sont là-bas, indiquai-je en marchant rapidement vers le sentier.

Puis, je pris mes jambes à mon cou.

Les branches égratignèrent ma figure sur mon passage à mesure que je m'enfonçais dans la forêt. Je percevais les pas d'Eddie O'Leary derrière moi, mais je ne me retournai pas. Il fallait que je réussisse à le distancer. *De grâce, Seigneur, donnez-moi la force de me rendre jusque chez Polly.* Si j'arrivais à verrouiller la porte et à le maintenir dehors le temps que je contacte la police, peut-être alors que…

Je sautai par-dessus une branche. En atterrissant, mon pied glissa dans la boue. Je m'agrippai à un arbre pour retrouver mon équilibre, puis je fonçai de nouveau droit devant moi. Je courais si vite que l'air me brûlait les poumons.

— Vous n'y parviendrez pas! cria-t-il avec fureur. J'aurais dû vous achever hier!

Hier. Près du presbytère. C'était donc lui.

Ses pas se rapprochèrent.

Ils étaient beaucoup trop près.

Cours, Natalie. Cours vite.

J'aperçus enfin une tache de couleur. C'était la maison de Polly. J'étais presque rendue. J'accélérai ma course — il fallait que j'augmente suffisamment l'écart entre nous pour avoir le temps de pénétrer dans le domicile et de verrouiller la porte. C'est à ce moment-là que je trébuchai. Mon corps fut projeté au sol, mais je réussis à me relever de peine et de misère et à foncer droit devant.

Mais il était trop tard.

Une main charnue saisit mon bras gauche et me tira vers l'arrière comme une poupée de chiffon. Je balançai mon bras droit. Le couteau trancha l'air, puis il y eut un fracas et tout devint sombre autour de moi.

• • •

C'est le froid qui me réveilla. J'ouvris les yeux dans le noir, et une odeur d'essence et de corps sale — et de quelque chose d'encore plus nauséabond — me donna la nausée. Je ravalai ma salive et essayai de me soulever avec mes mains. Impossible de les bouger. Elles étaient attachées.

— Allô? appelai-je d'une voix enrouée tout en claquant des dents.

Je tentai de me défaire des cordes qui entouraient mes poignets, mais elles étaient tellement serrées qu'elles s'incrustaient dans ma peau. Ma tête m'élançait et je sentais une douleur aiguë au-dessus de mon oreille gauche. Quelqu'un marmonna et la peur m'envahit. Malgré la noirceur, je savais exactement où j'étais. Dans la remise, à côté de la femme d'Eddie O'Leary.

— Marge? demandai-je, la voix chevrotante.

— Qui est là? murmura-t-elle.

— Natalie.

Elle étouffa un sanglot.

— Oh non! Il s'en est pris à vous aussi.

Ses pleurs furent remplacés par une toux saccadée. Elle s'exprimait d'une voix faible.

— Mais pourquoi? Pourquoi êtes-vous ici?

— Je l'ignore, dis-je en m'efforçant de trouver une position plus confortable sur le plancher de bois glacial.

Bien que j'eusse une petite idée. C'était parce qu'Eddie O'Leary était un meurtrier.

Mes pieds se voyaient engourdis par le froid. Contrairement à Marge, je n'avais pas une pile de couvertures sales pour me réchauffer.

— Qu'est-il arrivé? l'interrogeai-je. Depuis combien de temps êtes-vous ici?

— Je ne sais pas. Je crois que cela fait deux nuits.

— Comment est-ce survenu?

— Je…

Elle réprima un sanglot.

— Il m'a surprise.

— Surprise ?

— Il a découvert que… je savais tout à propos de Polly.

— Il a tué Polly ?

— Ils couchaient ensemble…, ajouta-t-elle d'une voix voilée.

Je clignai des yeux. Puis, tout devint clair dans ma tête.

— Il voyait Polly, n'est-ce pas ? dis-je lentement. Et elle avait l'intention de quitter l'île.

Je revis la valise à moitié faite, le numéro du centre d'hébergement pour femmes battues, le rasoir dans la salle de bains avec des poils noirs collés aux lames. Quant au revolver, Polly avait sans doute essayé de s'enfuir et avait tiré sur lui sans l'atteindre. Et après…

Marge renifla.

— La garce, siffla-t-elle.

Je fus abasourdie du ton de sa voix. Son mari l'avait battue et attachée, puis abandonnée dans une remise glaciale pendant deux nuits. Et elle se montrait encore jalouse de sa maîtresse — la maîtresse qu'il avait tuée. Une pensée désagréable me traversa l'esprit. Puisqu'il avait assassiné sa maîtresse pour l'empêcher de déserter l'île, qu'envisageait-il de nous faire ?

— Comment tout cela a-t-il commencé ? m'informai-je.

— Il y a quelques mois. Du jour au lendemain, il s'est mis à rentrer tard le soir. Parfois, il ne venait même pas coucher à la maison.

— Et comment l'avez-vous appris ?

— Je l'ai suivi, murmura-t-elle.

— L'a-t-il su ?

— Il l'ignorait jusqu'à avant-hier. Je ne sais plus quand… Il m'a accusé de faire les yeux doux à Tom Lockhart et cela m'a échappé. Au sujet de Polly. Puis…

Elle s'interrompit, mais je pouvais imaginer la suite.

— A-t-il déjà parlé à McLaughlin ?

— Le révérend ? Je ne sais pas.

Elle renifla avec amertume.

— Je ne vois pas pourquoi il lui aurait adressé la parole.

Je regardai dans le vide. Marge l'ignorait, mais moi, je le savais. O'Leary avait probablement découvert que McLaughlin rendait visite à Polly — en fait, c'étaient sans doute ses visites à la petite maison qui se trouvaient à l'origine des rumeurs affirmant qu'il fréquentait une autre femme. Je comprenais maintenant que la raison pour laquelle il se déplaçait chez Polly consistait à aider une femme perturbée et battue. Cela expliquerait son commentaire relativement aux « détails sordides » de la vie de Polly.

Et McLaughlin est mort quelques heures après que je lui eus révélé ma théorie à propos du nombre de balles dans le revolver. Même s'il n'avait rien laissé paraître, ma conversation devait l'avoir ébranlé suffisamment pour qu'il contacte O'Leary et lui pose des questions précises. O'Leary avait dû paniquer et l'avait tué pour le réduire au silence. C'était O'Leary qui était venu dans la maison ce jour-là et qui avait volé les balles dans la commode de Polly. J'en étais certaine.

Je me rappelai alors le visage que j'avais aperçu à la fenêtre de la cuisine de l'auberge, ainsi que les traces de boue sur la galerie. J'avais dû poser trop de questions au sujet du décès de Polly. Cela me donna froid dans le dos. Il m'avait attaquée hier et m'avait subtilisé le journal. Mais pourquoi ?

Je frissonnai de froid. Je savais qui était le meurtrier, mais à moins de découvrir une façon de sortir d'ici, cela n'avait aucune importance.

— Je peux me coller un peu ? demandai-je à Marge. Pour me réchauffer ?

— Bien sûr, répondit-elle. J'ai aussi des couvertures.

Je me traînai quelque peu et me retrouvai vite dos à dos avec elle. À force de gigoter, je réussis à tirer quelques bouts de couvertures sur moi.

Nous demeurâmes silencieuses quelques minutes à écouter le vent glacial qui sifflait dans les coins de la remise. Puis, je demandai doucement :

— Depuis combien de temps vous bat-il, Marge ?

Son corps bien enrobé frémit contre le mien.

— Depuis le début.

— Pourquoi êtes-vous restée ?

— Avais-je le choix ? dit-elle d'un ton résigné. Ma vie est ici. Ma famille, mes amis. Je n'ai nulle part où aller.

Cela me fit penser à autre chose.

— C'est lui également qui a agressé le pêcheur de homards, n'est-ce pas ? Celui qui se trouve à l'hôpital. Et c'est Eddie qui a lancé la guerre des territoires de pêche ?

— Oui, confirma-t-elle. Et ce n'est pas la première fois. Il a tout un tempérament, Eddie.

J'eus de la peine pour la femme appuyée contre moi. Je ne l'avais jamais aimée. C'était une langue de vipère qui jugeait toujours les autres, mais à présent, je comprenais pourquoi. Elle était prisonnière de sa propre existence.

— D'après vous, que va-t-il faire maintenant ? m'enquis-je.

Je sentis son corps se raidir.

— Je ne sais pas.

Elle demeura silencieuse un moment. Le vent hurlait dehors. Puis, elle murmura :

— Je crains fort qu'il ne nous tue.

Je frissonnai de peur. Nous restâmes immobiles quelques minutes, puis je me mis à songer à toutes sortes de choses affreuses. Allais-je passer les dernières heures de ma vie dans cette remise sale ? Pour ensuite être assassinée par un homme qui battait sa femme et avait tué sa maîtresse ?

— Marge. Nous devons sortir d'ici.

— Inutile, Natalie.

La résignation dans sa voix me donna la chair de poule.

— Nous ne pouvons pas nous échapper.

— Non. Vous avez tort, Marge.

Je réussis à m'asseoir en me tortillant. Le sang fit battre mes tempes. J'avais été frappée à deux reprises en deux jours et les terminaisons nerveuses dans ma tête me le faisaient sentir. Je patientai silencieusement jusqu'à ce que la douleur s'apaise et que je puisse parler.

— Je vais tenter de libérer vos mains.

Je remuai pour atteindre ses poignets et j'explorai avec mes doigts les cordes qui les entouraient. On aurait dit un cordon de téléphone ou quelque chose du genre.

— Je vais peut-être pouvoir les détacher. Si l'une d'entre nous parvient à se libérer…

— La porte est cadenassée.

— Il y a une fenêtre. Si j'arrive à sortir…

— Inutile, Natalie.

— Nous devons essayer. Une fois que j'aurai délié vos mains, vous pourrez faire de même avec les miennes. Je pourrai par la suite m'évader par la fenêtre pour aller chercher de l'aide.

— J'imagine que c'est possible, convint-elle.

Je m'efforçai de dénouer les cordes qui ceinturaient les poignets gras de Marge avec mes doigts gelés, mais ceux-ci ne faisaient que glisser sur les cordes lisses et les nœuds résistaient.

— Il nous faut un objet pointu. Y a-t-il des outils dans la remise? demandai-je.

— Sur le mur du fond. Mais je ne peux pas me lever — je crois que j'ai des côtes fracturées.

— Je vais y aller.

La tête m'élança lorsque je me hissai debout. Il faisait tellement noir que je ne pouvais même pas distinguer où se situait la fenêtre. C'était fort probablement la nouvelle lune.

— Où est-ce?

— Derrière moi, indiqua-t-elle.

O'Leary m'avait attaché les mains, mais pas les pieds. J'enjambai le corps massif de Marge et avançai lentement vers ce que j'espérais être le mur du fond, jusqu'à ce que mon épaule heurte quelque chose de rigide.

— Je pense que je viens de trouver le mur. Vous rappelez-vous exactement ce qui y est accroché?

Elle émit un soupir.

— Non, pas vraiment. C'est un véritable fouillis.

— Je vais voir ce que je peux dénicher.

Le dos tourné au mur, j'étendis les bras derrière moi et essayai d'atteindre un objet suffisamment pointu pour me permettre de couper les cordes qui liaient mes mains.

Après une minute de tâtonnement, mes doigts effleurèrent une forme aux rebords irréguliers et tranchants. Une scie. Comme la poignée était trop haute pour que je puisse m'en emparer, je saisis la lame et tentai de soulever la scie pour la retirer du mur. Les dents pénétrèrent dans ma peau. Je grimaçai en souhaitant être encore immunisée contre le tétanos, bien que cela n'eût sans doute aucune importance, étant donné le sort qu'Eddie O'Leary nous réservait vraisemblablement.

— J'ai trouvé une scie, annonçai-je.

— Bravo.

Pour la première fois, il y avait un peu d'espoir dans la voix de Marge.

— Elle est grosse, mais si je la tiens bien, vous devriez réussir à couper vos cordes en les frottant dessus..

— Je vais essayer.

Je tâtai la scie jusqu'à ce que j'atteigne la poignée, puis je revins à l'aveuglette vers Marge. Une ou deux minutes plus tard, nous étions de nouveau dos à dos. Je serrai fortement la poignée de la scie pendant que Marge appuyait ses poignets contre la lame.

Soudain, elle poussa un cri.

— Qu'y a-t-il?

— Je me suis coupée.

— Moi aussi. Au moins, c'est coupant.

Elle rit tout bas et je tins la poignée encore plus fermement tandis qu'elle frottait ses liens dessus.

— Je ne sais pas si ça fonctionne, murmura-t-elle.

— Continuez.

Mes doigts commençaient à s'engourdir quand Marge souffla :

— Ça se desserre. Je crois que ça marche!

Je relâchai légèrement ma prise.

— Pouvez-vous les enlever?

— Je pense…

Nous figeâmes en entendant des pas lourds approcher. Un rayon de lumière éclaira le plafond couvert de toiles d'araignées. Je laissai tomber la scie. Marge émit un gémissement. Puis, la porte s'ouvrit brusquement, laissant pénétrer le vent froid à l'intérieur. Le faisceau de la lampe de poche balaya mon visage, puis s'éloigna. Je demeurai étendue, frigorifiée, le cœur battant. Je pouvais percevoir son souffle au-dessus de nos têtes. Puis, je reçus un coup dans l'estomac.

— Salope, siffla-t-il.

Pliée en deux, je m'efforçai de retrouver ma respiration.

Il me frappa encore une fois et la douleur explosa dans mon ventre. Je ne pouvais plus respirer.

Sa voix était rocailleuse.

— Vous ne pouviez pas vous empêcher de tenter de vous enfuir, hein ? Eh bien, vous allez le payer, maintenant.

Marge pleurnichait à côté de moi.

— Eddie… non… je t'en supplie.

— Ferme-la ! beugla-t-il.

J'entendis un bruit sourd et Marge poussa un cri.

— Vas-tu un jour apprendre à fermer ta grande gueule ?

— Je suis désolée… tellement désolée…

Il la frappa à nouveau.

— J'ai dit : FERME-LA !

Encore haletante, j'essayai de parler malgré la douleur.

— Pourquoi êtes-vous venu chez moi l'autre soir ? Et pourquoi avez-vous volé le journal intime ?

— Vous vous mêliez de choses qui ne vous regardent pas.

— Pourquoi…

Je cherchai mon souffle.

— Pourquoi avoir pris le journal ?

— J'ignorais ce que c'était. Et puis, je voulais m'assurer que ce rétin de révérend n'avait rien écrit à mon sujet. Mais il ne contient que des bêtises. Rien que des vieilles histoires.

Continue de le faire parler, Natalie.

— Et le pêcheur qui se trouve à l'hôpital ?

— Il a eu ce qu'il méritait, indiqua-t-il brièvement. Assez jacassé, à présent. Nous avons des choses à faire.

— Une autre question… comment vous êtes-vous procuré le couteau ?

— Le couteau ? répéta-t-il avec un petit rire rauque. Ah, cette bonne vieille Marge l'a dérobé pour moi. N'était-ce pas gentil de sa part ? Elle l'a pris à l'épicerie de votre amie. Un vol à l'étalage en bonne et due forme. Et je savais que si je m'en servais…

Il toussa en se raclant la gorge.

— Certaines personnes disent que je suis stupide. Mais je suis beaucoup plus intelligent qu'elles ne le croient. Beaucoup plus intelligent.

Je m'efforçais de trouver autre chose à dire quand il me saisit par l'épaule.

— Debout.

Je tentai de me lever, mais j'avais les jambes molles comme de la guenille. Mes genoux plièrent et je m'effondrai au sol..

— MAINTENANT !

Il me frappa au visage et me fit valser aux côtés de Marge, qui se tenait recroquevillée sous les couvertures.

— Debout toutes les deux !

Je me relevai en chancelant, la respiration sifflante, pendant que Marge se tortillait pour essayer de se mettre à la verticale.

— Grosse salope. Tu ne peux même pas te lever ?

— Eddie…

— Je t'ai dit de te la fermer, cria-t-il.

Il déposa sa lampe de poche sur une chaise au dossier brisé près de la porte, et saisit brusquement Marge pour la soulever su ses jambes. Le faisceau de la lampe éclairait sa figure et celle de Marge. Ses yeux étaient inexpressifs dans leurs cavités sombres tandis que ceux de Marge se révélaient à peine visibles tellement son visage était tuméfié.

Il avait l'intention de nous tuer.

Marge se redressa maladroitement sur ses pieds et il recula.

— C'est mieux, indiqua-t-il en reprenant sa lampe de poche.

Elle vacilla et je me penchai pour l'attraper juste avant qu'elle ne s'effondre.

— Avancez, maintenant, ordonna-t-il en éclairant la porte.

Marge s'appuya contre moi et nous nous traînâmes jusqu'à l'entrée de la remise. J'éprouvais encore de la difficulté à respirer et j'avais envie de vomir. Nous étions à présent dehors. Mais où nous emmenait-il? Et Marge avait-elle réussi à couper ses liens? J'aurais dû lui demander de tenir la scie, songeai-je alors. Si j'avais les mains libres, je pourrais... *Tu pourrais faire quoi, Natalie?*

Je pourrais nous sortir d'ici. Qui sait, j'en avais peut-être toujours la possibilité.

— Où allons-nous? m'enquis-je d'un ton rauque.

— Là où se trouve votre bateau.

— La *Little Marian*?

— Assez de questions.

Il me poussa durement. Je fus projetée en avant et repris pied juste à temps, mais Marge, qui s'appuyait contre moi, trébucha et chuta..

— Quelle imbécile! Debout!

Elle gémit de douleur lorsqu'il la saisit de nouveau.

— Elle ne peut pas, dis-je. Elle a trop mal.

— Ce n'est qu'une fichue paresseuse. Elle l'a toujours été.

— Eddie, murmura Marge.

— La ferme ! Je ne veux plus t'entendre gémir. Cela fait dix ans que tu me casses les oreilles. Debout, maintenant !

Je me précipitai pour l'aider à se relever.

— Êtes-vous parvenue à détacher vos liens ? chuchotai-je dans son oreille.

— Pas vraiment.

O'Leary me donna une tape dans le cou.

— Fermez vos gueules et avancez.

Nous nous mîmes péniblement en mouvement. O'Leary marchait derrière nous en nous éclairant avec sa lampe de poche.

— Par là, marmonna-t-il, et nous suivîmes le faisceau lumineux qui nous indiquait la forêt.

À part le bruit des feuilles écrasées et le hululement occasionnel d'un hibou, nous fîmes le trajet en silence en nous efforçant de ne pas trébucher sur les racines des arbres. Marge tomba plus d'une fois et O'Leary la releva chaque fois en la maudissant. Une fois, il la cogna à la figure avec une telle violence que du sang se mit à couler de sa bouche.

Je tâchais de me concentrer sur le sentier devant moi. J'avais encore mal à la tête et au ventre, mais cela ne m'empêchait pas de réfléchir à une façon de nous enfuir.

O'Leary n'avait pas menti ; nous nous dirigions à l'endroit où j'avais attaché mon bateau quelques heures plus tôt. J'avais l'impression que cela faisait plutôt des jours. Mais pourquoi ? Où avait-il l'intention de nous emmener ? Si seulement je pouvais m'esquiver et courir jusque chez Emmeline pour demander de l'aide. Le vent glacial balaya derechef dans ma direction l'odeur nauséabonde d'Eddie O'Leary. J'étais blessée et mes mains étaient liées. Et puis, il courait plus vite que moi.

Il me fallait une autre solution.

Mais laquelle ?

J'avais beau chercher, je n'en trouvais pas. Mais je devais absolument en découvrir une, sinon Marge et moi allions mourir.

Le sol devenait plus mou sous nos pieds — nous étions dans le marais. Je me retournai pour essayer d'apercevoir la maison de Polly, mais il faisait trop noir. Les étoiles brillaient dans le ciel et j'entendais les vagues tout près. Je percevais aussi parfois le bruit d'une coque en train de heurter les rochers — c'était la *Little Marian*. Nous nous rapprochions.

Je ne pouvais plus rester silencieuse.

— Où nous emmenez-vous ?

Il s'esclaffa derrière nous et son rire me glaça le sang.

— Nous partons pour un aller simple, Madame.

— Que voulez-vous dire ?

— Vous allez rencontrer Davey Jones.

— Non…, gémit Marge. Tu ne peux pas nous faire cela.

— Ce n'est pas à toi de me dire ce que je peux ou ne peux pas faire.

J'entendis un autre bruit sourd. Il l'avait encore frappée et Marge étouffait ses pleurs.

Puis, O'Leary s'adressa de nouveau à nous.

— Avancez. Il fait froid ici et j'ai hâte de rentrer à la maison.

Davey Jones. J'ignorais ce que cela signifiait, mais je n'avais pas vraiment envie de le savoir.

Par contre, je savais que je n'avais plus de temps à perdre. J'essayai de défaire mes liens. Si seulement je réussissais à libérer mes mains, je pourrais le frapper avec l'ancre du bateau et l'assommer, ou quelque chose du genre. En traversant le marais boueux, je tirai de toutes mes forces sur mes poignets pour tenter de desserrer les cordes. Mais nous atteignîmes la *Little Marian* avant que j'y parvienne.

— Montez, dit-il.

Voyant que Marge ne l'écoutait pas, il la poussa et elle tomba dans l'embarcation en produisant un bruit sourd. Je me dépêchai de grimper à bord avant qu'il ne fasse de même avec moi et je trébuchai sur quelque chose qui ne m'était pas familier. Je retrouvai mon équilibre juste à temps et pris place sur le banc de bois.

— Qu'est-ce que c'est? m'informai-je.

— Des cages à homards.

— Des cages à homards?

Il éclata d'un rire glacial.

— J'ai pensé que nous pourrions aller à la pêche.

Il éclaira les deux cages qui se trouvaient à mes pieds et mon estomac se noua. Maintenant, je savais ce qu'il voulait dire par « aller simple ».

Les deux cages étaient pleines de briques.

26

La panique s'empara de moi quand O'Leary monta à bord du bateau et entreprit de démarrer le moteur. Il avait l'intention de nous attacher aux cages et de nous noyer. Pas de cadavres à examiner cette fois-ci. Mon embarcation serait repérée vide et voguant à la dérive. Et Marge ? Eddie pourrait toujours prétendre qu'elle avait disparu.

Qui pourrait le savoir ?

Je me dis que le moteur refuserait peut-être de fonctionner ce coup-ci. Je fermai les yeux et effectuai une courte prière. *De grâce, Seigneur, faites qu'il ne démarre pas.*

Pas de chance. Le moteur rugit à la première tentative. Je rabaissai les paupières. Le vent froid balayait mon visage tandis que j'emplissais mes poumons d'air. Morte par noyade. Je pouvais déjà sentir l'eau glacée envahir mes poumons et me brûler la poitrine avant de...

Non.

Mes mains étaient liées, mais pas mes pieds. Il ne nous avait pas encore entravées aux cages. Et je savais nager.

Mais Marge le pouvait-elle également ?

J'entendais le moteur ronronner derrière moi. Nous nous dirigions vers le large. Marge se tenait assise à côté de moi, au milieu du bateau ; je sentais sa cuisse pressée contre la mienne.

— Marge, murmurai-je.

Elle ne répondit pas.

— Marge !

Elle poussa un grognement.

— Savez-vous nager ? soufflai-je.

Elle demeura silencieuse un moment. Puis, elle murmura tout bas, si bas que sa réponse se perdit presque dans le vent.

— Non.

Mince alors. Je ne pouvais pas l'abandonner ici. Je scrutai l'eau à la recherche d'une lueur, d'un signe de la présence d'un autre bateau. Il n'y avait rien.

O'Leary accéléra le moteur et le nez du bateau se souleva. La *Little Marian* était très basse sur l'eau ; elle n'était pas construite pour supporter le poids de trois passagers et d'une tonne de briques. Je songeai avec colère qu'au moins, sa charge serait plus légère à son retour.

Arrête, Natalie.

Il fallait que je réfléchisse. Marge ne savait pas nager, mais si l'une d'entre nous n'essayait pas de fuir, nous étions assurées de mourir. Si seulement il y avait un autre bateau...

Je scrutai l'eau encore une fois pour tenter de distinguer quelque chose dans la noirceur. Rien. J'attendais avec crainte l'instant où O'Leary couperait le moteur, mais l'embarcation continuait de s'éloigner de l'île. Soudain, j'aperçus une lueur. Elle disparut, puis brilla de nouveau.

Un autre bateau?

O'Leary n'avait rien vu — nous poursuivîmes notre route vers elle. Elle devint rapidement de plus en plus visible. Il y avait une lumière blanche et un lumière rouge plus petite. Une autre embarcation allait croiser notre trajectoire.

Le problème, c'est que je n'étais plus la seule à l'avoir vue. O'Leary ralentit et prit une autre direction pour s'en écarter.

C'était maintenant ou jamais.

— Je vais aller chercher de l'aide, murmurai-je à Marge.

Puis, je me penchai sur le côté du bateau et plongeai tête première dans l'eau glacée.

Le froid me coupa le souffle. Je luttai pour sortir ma tête hors de l'eau. Le bateau était en train de rebrousser chemin. Je fouillai l'horizon pour repérer la lumière — elle était là, tout près. Le moteur de l'embarcation grondait derrière moi et un faisceau lumineux passa au-dessus de ma tête, puis revint aussitôt se poser sur moi. O'Leary me cherchait avec sa lampe de poche.

Je pris une grande bouffée d'air et plongeai de nouveau. Je sentis la coque du bateau heurter mon pied tandis que je m'enfonçais dans l'eau sombre. Quand je fus sur le point de manquer d'oxygène, je battis des pieds pour remonter. Mes vêtements m'entraînaient vers le fond. *C'est toujours mieux qu'une cage à homards*, me dis-je. Mais combien de temps allais-je survivre?

J'émergeai à la surface encore une fois. Mon pied était blessé, mais je pouvais toujours m'en servir pour nager. Ma tête m'élançait et le froid commençait à engourdir mes jambes. J'avais de la difficulté à respirer à cause des coups de pied au ventre qu'O'Leary m'avait donnés précédemment. Je ne savais pas combien de temps j'allais tenir.

Pendant que je nageais sur place, haletante, le faisceau lumineux me balaya de nouveau. Le bateau fonçait sur moi. J'avalai le plus d'air possible et m'immergeai derechef en battant des jambes aussi fort que je le pouvais.

Le bateau passa au-dessus de moi, mais cette fois-ci, je m'étais suffisamment enfoncée dans l'eau pour qu'il ne puisse me toucher. Lorsque je remontai à la surface une troisième fois, je perçus un autre bruit — un bruit de moteur plus faible que celui de la *Little Marian*. C'était l'autre bateau..

— À l'aide! criai-je en m'étouffant avec l'eau d'une vague.

Je crachai et criai encore.

— À l'aide! Par ici!

Le faisceau lumineux m'éclaira et le bateau revint vers moi. Je regardai dans la direction du moteur plus faible — je vis une lumière rouge. Puis une lumière verte. Il venait vers moi.

C'est alors que j'entendis le moteur de la *Little Marian* rugir derrière moi. Je plongeai mon corps transi par le froid, mais O'Leary fut plus rapide. Je sentis ma tête exploser.

Puis, je sombrai dans l'eau.

• • •

— Natalie?

Je luttais au fond de l'eau pour remonter, mais les algues enroulées autour de mes chevilles me retenaient. Je voyais de la lumière au-dessus de moi... Il fallait que je l'atteigne...

— Elle a bougé!

C'était la voix de Charlene.

Charlene? Où étais-je? J'ouvris les yeux et j'aperçus une lumière bleutée. Et le visage de Charlene penché au-dessus de moi.

— Où suis-je? Suis-je en prison avec toi?

Marge. Qu'était-il arrivé à Marge? J'essayai de m'asseoir.

— Marge. Il garde Marge prisonnière.

— Marge va bien, expliqua-t-elle. Et nous ne sommes pas en prison. Calme-toi maintenant, sinon ils vont me chasser d'ici.

Un moment plus tard, une nuée d'infirmières pénétra dans la chambre.

— Elle est sortie du coma, indiqua Charlene.

— C'est une bonne nouvelle! Je vais l'annoncer au médecin, dit une voix féminine.

Charlene me serra la main et je lui rendis son étreinte.

Pendant que les infirmières s'affairaient autour des appareils situés à proximité de mon lit, je fermai les yeux et enfonçai ma tête dans les oreillers en pensant à ce que je venais d'apprendre. Marge allait bien.

— C'était lui, dis-je à Charlene. O'Leary. C'est lui qui les a tués. Polly et Richard. Et c'est aussi lui qui s'en est pris au pêcheur de homards. Celui qui se trouve à l'hôpital.

— Nous le savons. La police l'a arrêté.

— Ce n'est pas le moment, prononça une voix d'un ton réprobateur. Elle vient d'émerger du coma.

— Désolée, bredouilla Charlene.

Je relevai à nouveau les paupières. Je souffrais d'élancements dans ma tempe droite et la figure de Charlene disparaissait et réapparaissait dans l'éblouissement de la lumière au-dessus de moi. Je refermai les yeux.

— Comment... Qu'est-il arrivé?

— Je te raconterai tout plus tard. Tu dois te reposer, maintenant. La garde côtière t'a découverte. Ils étaient à la recherche de ceux qui coupaient les cordes des cages. Ils ont vu le faisceau de la lampe de poche et se sont rapprochés pour savoir qui se trouvait là. Ils ont failli te passer sur le corps.

— Et Marge ?

— Elle se tenait encore dans le bateau. Avec ces horribles cages.

Je frissonnai en me rappelant les cages à homards pleines de briques dans la *Little Marian*. Si je n'avais pas plongé dans l'eau, je reposerais présentement au fond de l'océan — attachée à l'une d'entre elles. Et personne ne le saurait.

— Mais Marge va bien, ajouta Charlene en serrant encore une fois ma main. Il te faut récupérer, maintenant. Je vais rester ici. Quand tu te sentiras mieux, je t'en dirai davantage.

— D'accord, agréai-je en laissant mon esprit dériver.

Marge allait bien. Et O'Leary se trouvait en détention. Je pouvais donc dormir, à présent.

J'étais en sécurité.

· · ·

J'ignore combien de temps je fus plongée dans le sommeil, mais lorsque je me réveillai, John se tenait assis à côté de mon lit. Je lui souris faiblement.

— Salut.

Ses yeux verts exprimaient de l'inquiétude.

— Comment te sens-tu ?

— Beaucoup mieux, maintenant. Merci. Tout va bien à l'auberge ?

Il éclata de rire.

— Tu as failli finir au fond de l'océan, tu as été heurtée par un bateau et tu as sombré dans le coma… et tu veux savoir si tout va bien à l'auberge ?

Je pouffai, mais la douleur m'arrêta.

— Tu ne devrais pas rire, prévint-il. Tu as des côtes fracturées.

— C'est O'Leary, expliquai-je. Il m'a frappée. Il a aussi frappé Marge.

Il hocha sèchement la tête, le visage soudainement dur.

— J'aurais aimé que tu me dises où tu allais. Je t'aurais accompagnée.

— Je ne le savais pas moi-même, révélai-je.

Il saisit ma main et la serra très fort. J'essayai d'adopter un ton léger.

— Et à présent, vas-tu me dire si tout va bien à l'auberge ?

— Eh bien, j'ai trouvé ton fantôme.

— Annie ?

Il haussa les sourcils.

— J'imagine que tu pourrais l'appeler Annie. Mais elle ressemble davantage à un bandit masqué, selon moi. Tu pourrais peut-être l'appeler Bonnie — comme dans Bonnie et Clyde ?

— Un bandit masqué ?

Il me fit un large sourire.

— C'était un raton laveur. Il s'était introduit dans l'espace entre le grenier et le plafond de ta chambre. Il s'est même faufilé dans le système de chauffage et a découvert le moyen d'aller dans la cuisine.

— Le garde-manger…

— Exactement.

Je me remis à rigoler jusqu'à ce que ma douleur aux côtes se manifeste à nouveau.

— Ainsi, tout ce temps que j'étais convaincue qu'il y avait un fantôme, il s'agissait en fait d'un raton laveur.

Il opina de la tête.

— Mais le journal intime….

— Quel journal?

Je changeai de position contre les oreillers afin d'être plus confortable.

— Le journal que j'ai découvert au presbytère. Un meurtre a été commis à l'auberge. C'est Jonah Selfridge le coupable.

Je tentai de me relever un peu. John allongea le bras et pressa le bouton pour activer le mécanisme et soulever la tête de mon lit.

— La police ne l'a pas trouvé chez O'Leary?

Il secoua la tête.

— Pas à ce que je sache. Et même s'ils l'avaient trouvé, ils n'auraient pas cru que c'était important. Ils savent qui a tué Polly et McLaughlin, indiqua-t-il les lèvres serrées. Les Selfridge n'ont rien à voir dans cette histoire.

Un signal d'alarme sonna dans ma tête. Selfridge. Le marais de canneberges. La maison de Polly.

— John. J'ai quelque chose à dire à la police.

— Tu auras tout le temps de le faire quand tu iras mieux. Marge a fourni à la police suffisamment d'informations…

— C'est au sujet d'autre chose. Du projet de développement immobilier. Russell Lidell a soudoyé l'évaluateur environnemental.

À ma grande surprise, John hocha la tête.

— Inutile de t'inquiéter. Emmeline a déjà donné l'alerte. Le projet est mort. Ils ont congédié le gars de l'environnement et vont intenter une poursuite.

— Emmeline l'a dénoncé?

— Apparemment, elle ne souhaitait pas qu'il y ait de nouveaux lots au bout de son chemin. Parlant de nouveaux lots, j'ai mené ma propre enquête.

— Que veux-tu dire?

— Ces rénovations au presbytère. Je les considérais plutôt excessives. Je me suis renseigné… Étant donné que McLaughlin semblait être tellement copain-copain avec Selfridge, je me demandais s'il n'y avait pas anguille sous roche.

— Tu menais toi aussi ta propre enquête? répétai-je.

— En douce, précisa-t-il. Mais peu importe. J'ai découvert que Murray Selfridge avait accepté de payer le coût des réparations… en échange du soutien de McLaughlin pour le projet de développement.

— C'est ce que j'avais deviné, mentionnai-je. Combien cela lui a-t-il coûté?

— Cent mille dollars.

— Ouf! Il y tenait vraiment, à son projet de développement!

— Au fait, Emmeline m'a prié de te dire qu'elle avait une nouvelle recette de pain aux canneberges à te faire goûter. Une fois que tu iras mieux, bien entendu.

— Parlant de ma santé, combien de temps ont-ils l'intention de me garder ici?

— Je me demandais bien quand tu allais poser cette question.

Il se leva.

— Veux-tu que j'aille chercher l'infirmière?

— Attends une minute, dis-je.

— Quoi?

Il se tourna vers moi. Il semblait intimidé et cela le rendait complètement irrésistible.

— Viens ici.

Il s'approcha du lit et je tendis la main pour m'emparer de son bras et l'attirer vers moi.

Il hésita.

— Et tes côtes?

— Tant que tu ne me fais pas rire, je crois que ça va aller.

． ． ．

Ils ne me laissèrent rentrer à l'auberge que quatre jours plus tard. Comme Charlene et John m'aidaient à grimper les marches de la porte avant, je réalisai alors que je n'avais pas entendu parler de mon ex-fiancé depuis un bon moment. Ni de Candy et du Bord de la falaise. Et il me vint à l'esprit que je n'avais pas reçu d'appel de la compagnie d'assurances non plus.

— Allstar a-t-elle téléphoné à propos des dommages?

Charlene ouvrit la porte et je fus accueillie par une odeur de bois fraîchement coupé. Deux ouvriers en train de scier des planches nous sourirent.

— Ils ont autorisé les travaux le jour de ton hospitalisation. J'ai demandé à Candy de contacter la compagnie d'assurances et elle les a convaincus qu'il s'agissait bel et bien d'un accident. Ils vont payer tous les frais de réparation.

— Et les invités?

— Ils sont tous partis.

— Candy aussi? m'enquis-je en avalant ma salive. Et Benjamin?

— Il y a une lettre pour toi dans la cuisine, mentionna Charlene en posant une main sur mon épaule.

Ils m'emmenèrent dans la pièce et me déposèrent sur une chaise. Puis, Charlene leva les yeux vers John.

— Et si nous allions voir si tout se passe bien à l'étage ?

— Bonne idée, répondit-il.

Après m'avoir jeté un dernier regard, il sortit de la cuisine avec elle, me laissant seule avec ma lettre.

Benjamin avait écrit mon nom en gras sur l'enveloppe. Je l'ouvris délicatement et dépliai la lettre.

Chère Natalie,

Je suis désolé d'être revenu dans ta vie sans crier gare et j'espère que tu me pardonneras d'avoir voulu bouleverser tes plans. Tu as créé un endroit merveilleux ici et je n'avais pas le droit de te demander de changer ton existence pour moi. Je t'en ai déjà trop demandé. Je dois maintenant tirer ma révérence et te laisser vivre ta vie.

Si jamais tu viens à Austin, fais-moi signe. Nous pourrions aller manger ensemble en souvenir du bon vieux temps...

Je te garderai toujours dans mon cœur,

Benjamin.

Je repliai la lettre et la remis dans l'enveloppe, les yeux pleins de larmes. J'étais triste, mais simultanément, j'éprouvais un sentiment de paix. Je savais que ma relation avec Benjamin était malsaine. Nous n'étions pas faits l'un pour l'autre.

Mais qu'est-ce qui l'avait incité à partir ?

Quelqu'un frappa légèrement à la porte de la cuisine.

C'était Charlene.

— Que dit la lettre ?

Je la lui tendis.

— Tu peux la lire.

Elle me sourit d'un air embarrassé.

— Je l'ai déjà lue, admit-elle. Comment te sens-tu?

— Je suis peinée, bien sûr… Notre relation était boiteuse, mais je l'ai vraiment aimé… Mais je suis heureuse en même temps. C'était la bonne décision, ajoutai-je en essuyant mes yeux. Par contre, je me demande ce qui l'a fait changer d'idée.

— Je ne crois pas que tu vas être contente…

Soudain, je compris.

— C'est Candy, n'est-ce pas?

Elle hocha la tête.

— Ils vont ouvrir une auberge ensemble à Austin. Je ne sais pas s'ils sont fiancés, mais ça ne saurait tarder.

— Elle n'a donc plus l'intention d'inaugurer une auberge ici, sur l'île?

— Non. Elle a décidé de déménager au Texas.

Je poussai un long soupir.

— Dieu merci.

Charlene cligna des yeux.

— Quoi?

— Mais c'est la solution idéale, voyons! Les deux clients qui me donnaient du fil à retordre ont quitté pour Austin et j'ai l'île à moi toute seule, maintenant. De plus, ils vont bien ensemble. Il ne sait pas cuisiner et elle ne mange pas.

Charlene me fixa un long moment. Puis, elle éclata de rire. Je me mis à rigoler également, mais je m'arrêtai aussitôt en sentant la douleur dans mes côtes.

— Ne me fais pas rire, suppliai-je.

— Désolée, pouffa-t-elle. Je ne peux pas m'en empêcher.

Moi non plus. Et c'est ainsi que John nous trouva quelques minutes plus tard lorsqu'il pénétra dans la cuisine. Pliées en deux, les larmes aux yeux, en train de rire — et moi, de gémir de douleur.

• • •

Le service funèbre de Richard McLaughlin se déroula un mardi soir. Bien que sa famille eût réclamé son corps et l'eût fait enterré dans sa ville natale en Pennsylvanie, Charlene avait insisté pour qu'un service funèbre soit célébré sur l'île.

Les lys et les œillets embaumaient la petite église et la voix nasillarde du jeune et maigre pasteur ne ressemblait en rien à la voix mélodieuse du révérend McLaughlin. John se tenait assis à ma gauche, un bras passé autour de mes épaules. Charlene se trouvait à ma droite. Je serrai sa main pendant que les habitants de l'île vinrent à tour de rôle rendre hommage au révérend pour ses bonnes actions. Heureusement, Gary Sarkes ne se présenta pas au pupitre.

J'avais croisé Eleazer avant le service et il m'avait transmis de bonnes nouvelles. Maintenant que le projet de développement se voyait annulé, la compagnie avait accepté de vendre la maison au fils de Claudette. Il pourrait ainsi venir plus souvent avec sa famille. Je me montrais ravie que la résidence de Polly ne soit pas démolie — et serve aussi à aider les membres d'une famille à se rapprocher. Mais qu'allait-il advenir des chats ? Je ne leur avais toujours pas déniché de foyer — à part Pepper, que Charlene avait adoptée, et le gros chat tigré qu'Emmeline avait accueilli chez elle —, mais je savais que les habitants de l'île découvriraient une solution.

Je saluai de la tête Tiffany Jeans quand vint son tour d'aller au pupitre. Elle s'adressa à la foule d'une voix tremblante. Richard

McLaughlin n'avait pas séjourné ici longtemps, mais il avait laissé une empreinte dans la vie des gens. Je m'appuyai contre le dossier de mon banc et fermai les yeux, attristée par les pertes que nous venions de subir — deux bonnes personnes étaient mortes à cause d'un homme ignoble. Je priai pour ne pas avoir à assister à d'autre service funèbre avant longtemps.

Nous sortîmes de l'église en file et une fois dehors dans la nuit froide, j'offris à Charlene de rester avec elle. Elle me sourit tristement et secoua la tête négativement.

— J'ai besoin de passer un peu de temps seule.

— Je comprends.

Elle nous déposa à l'auberge, John, Gwen et moi, quelques minutes plus tard. John me serra une dernière fois dans ses bras et se dirigea vers l'ancienne remise pour voitures à chevaux. Gwen et moi nous précipitâmes dans l'auberge et je refermai la porte. À l'extérieur, le vent glacial soufflait, annonçant la venue d'un autre orage.

Gwen monta prendre un bain pendant que je faisais bouillir de l'eau pour me préparer une tasse de camomille. En retirant le sachet de la boîte, une forte odeur de roses me vint aux narines et un frisson me parcourut le dos. Je laissai tomber le sachet et me retournai.

Là, au pied de l'escalier, se tenait une jeune femme au visage pâle. Elle était vêtue d'une robe longue et ses cheveux tombaient en cascade sur ses épaules.

— Annie, murmurai-je avec un pincement au cœur.

Le journal contenant la preuve de son assassinat s'était envolé. Je l'avais eu en ma possession, mais on me l'avait dérobé. Et j'étais l'unique personne à savoir ce qui était vraiment survenu.

Comme si elle lisait dans mes pensées, elle me regarda et se mit à me sourire, en levant sa main droite comme pour me dire... Je crois bien que c'était merci.

Et puis, elle disparut.

FIN

RECETTES

Gâteau aux pêches et aux framboises

480 ml (2 tasses) de farine tout usage
15 ml (1 c. à table) de poudre à pâte (levure chimique)
2 ml (½ c. à thé) de sel
30 ml (2 c. à table) de sucre
80 ml (⅓ tasse) de beurre
1 œuf
240 ml (1 tasse) de lait
120 ml (½ tasse) de beurre fondu
60 ml (¼ tasse) de cassonade bien tassée
2 ml (½ c. à thé) de cannelle
480 ml (2 tasses) de pêches, en quartiers minces
80 ml (⅓ tasse) de crème sure
125 ml (½ tasse) de confiture aux framboises

Dans un grand bol, mélanger avec une fourchette la farine, la poudre à pâte, le sel et le sucre. Avec un coupe-pâte, incorporer le beurre. Dans un autre bol, battre l'œuf et le lait ; incorporer les ingrédients secs sans trop mélanger. Réserver.

Mélanger le beurre fondu, la cassonade et la cannelle. Étendre ce mélange dans le fond d'un moule graissé de 23 cm x 23 cm (9 po x 9 po). Disposer les quartiers de pêches en quatre rangées. Verser la moitié de la pâte sur les pêches. Lisser la pâte. Mélanger la crème sure et la confiture aux framboises et verser sur la pâte. Verser à la cuillère le reste de la pâte sur le mélange de crème sure et de confiture, et lisser la pâte.

Faire cuire au four à 180 °C (350 °F) pendant 50 minutes. Laisser refroidir 15 minutes sur une grille, puis renverser le gâteau dans une assiette de service.

CARRÉS AU CHOCOLAT ET
AUX CERISES BONS À EN MOURIR

2 œufs
5 ml (1 c. à thé) d'extrait de vanille
240 ml (1 tasse) de sucre
225 g (8 oz) de chocolat noir de bonne qualité, en copeaux
120 ml (½ tasse) de beurre
120 ml (½ tasse) de farine
60 ml (¼ tasse) de cacao non sucré
120 ml (½ tasse) de cerises séchées
120 ml (½ tasse) de chocolat noir, en copeaux

Battre les œufs, la vanille et le sucre jusqu'à l'obtention d'un mélange lisse. Dans un bain-marie, faire fondre 225 g de chocolat et le beurre; ajouter au mélange d'œufs et battre. Dans un autre bol, mélanger avec une fourchette la farine et le cacao; incorporer au mélange précédent. Incorporer les cerises et les copeaux de chocolat. Étendre dans un moule carré de 20 cm x 20 cm (8 po x 8 po) graissé ou tapissé d'un papier parchemin et faire cuire à 180 °C (350 °F) pendant 20 à 25 minutes.

Ces carrés sont si chocolatés qu'ils sont délicieux même sans glaçage. Mais si vous êtes fou du chocolat, vous pouvez ajouter le glaçage au chocolat et aux cerises et servir les carrés au chocolat avec la glace à la vanille Bluebell (si vous pouvez vous en procurer).

GLAÇAGE AU CHOCOLAT ET AUX CERISES

112 g (4 oz) de chocolat noir, en copeaux
120 ml (½ tasse) de crème
5 à 10 ml (1 à 2 c. à thé) de liqueur de cerises (facultatif)

Amener la crème à ébullition sur un feu moyen-élevé. Ajouter le chocolat; retirer du feu et laisser reposer quelques minutes. Mélanger doucement jusqu'à ce que le chocolat soit complètement fondu; ajouter la liqueur de cerises et étendre sur les carrés au chocolat refroidis.

FLAN À LA VANILLE

Enduit végétal en aérosol
4 œufs
1 pincée de sel
480 ml (2 tasses) de lait
8 ml (1½ c. à thé) d'extrait de vanille
150 ml (10 c. à table) de sirop de maïs
90 ml (6 c. à table) de cassonade

Verser de l'eau jusqu'à mi-hauteur dans un moule de 33 cm x 23 cm (13 po x 9 po); placer le moule au centre du four et préchauffer celui-ci à 180 °C (350 °F). Vaporiser 6 ramequins d'enduit végétal. Casser les œufs dans un bol de grosseur moyenne; ajouter le sel et fouetter légèrement jusqu'à ce que les jaunes soient brisés. Verser lentement le lait et la vanille; continuer de fouetter. Vaporiser une cuillère d'enduit végétal; servez-vous-en pour mesurer le sirop de maïs. Incorporer le sirop de maïs tout en continuant de fouetter jusqu'à ce que vous ayez ajouté les 150 ml (10 c. à table). Presser 15 ml (1 c. à table) de cassonade au fond de chaque ramequin, puis répartir le flan dans chacun. Déposer les ramequins dans le moule empli d'eau chaude. Faire cuire 35 à 40 minutes ou jusqu'à ce qu'un couteau inséré dans le flan (à mi-chemin entre le bord et le centre) en ressorte propre. Retirer le moule du four et déposer les ramequins sur une grille pour les laisser refroidir. (J'utilise des poignées pour saisir les bords des ramequins, car ils sont très chauds!) Laisser refroidir à la température ambiante; passer la lame d'un couteau sur le pourtour des ramequins et renverser sur les assiettes de service en prenant soin de laisser couler le sirop complètement! Servir froid ou à la température ambiante. (Vous pouvez décorer avec des framboises fraîches au bord de l'assiette.)

Ce dessert s'avère excellent au petit déjeuner, mais il constitue aussi une bonne conclusion à un repas mexicain.

Pain aux bananes et à la cardamome d'Emmeline

480 ml (2 tasses) de farine tout usage

4 ml (¾ c. à thé) de bicarbonate de soude

2 ml (½ c. à thé) de sel

120 ml (½ tasse) de sucre

120 ml (½ tasse) de cassonade bien tassée

60 ml (¼ tasse) de beurre ramolli

2 œufs

3 bananes écrasées

80 ml (⅓ tasse) de crème sure

5 ml (1 c. à thé) de cardamome

160 ml (⅔ tasse) de noix

Dans un grand bol, défaire en crème le beurre, le sucre et la cassonade. Ajouter les œufs un à la fois en battant chaque fois. Ajouter les bananes, la crème sure et la cardamome. Battre jusqu'à l'obtention d'un mélange lisse. Dans un autre bol, mélanger avec une fourchette la farine, le bicarbonate de soude et le sel. Incorporer les ingrédients secs au mélange de bananes sans trop mélanger. Ajouter les noix et verser la pâte dans un moule à pain de 23 cm x 13 cm (9 po x 5 po) préalablement enduit d'antiadhésif. Faire cuire au four à 180 °C (350 °F) pendant une heure ou jusqu'à ce que le centre soit ferme au toucher. Laisser refroidir sur une grille pendant 10 minutes et démouler.

Strata de l'auberge de la Baleine grise

225 g (½ lb) de chair à saucisses
8 tranches de pain coupées en dés (sans la croûte)
340 g (¾ lb) de fromage Monterey Jack râpé
4 œufs
360 ml (1 ½ tasse) de lait
2 ml (½ c. à thé) de sel
5 ml (1 c. à thé) de moutarde de Dijon
1 pincée de poudre de Cayenne
2 ml (½ c. à thé) de sauce Worcestershire
45 ml (3 c. à table) de beurre fondu

Faire cuire la chair à saucisses dans une poêle et la défaire avec une fourchette. Égoutter sur une serviette en papier. Graisser un plat à soufflé de 1,5 l. Déposer un tiers du pain coupé en dés dans le fond et saupoudrer dessus un tiers du fromage. Recouvrir le fromage de la chair à saucisses et recouvrir celle-ci d'un tiers du pain coupé en dés. Saupoudrer un tiers du fromage, puis recouvrir la strata avec le reste du pain coupé en dés. Presser légèrement les couches de pain, de fromage et de saucisses ensemble.

Dans un bol, battre les œufs, le lait, le sel, la moutarde, la poudre de Cayenne et la sauce Worcestershire. Verser sur la strata et saupoudrer le reste de fromage. Arroser de beurre fondu. Couvrir et réfrigérer une heure ou toute la nuit.

Sortir du réfrigérateur et laisser reposer à la température ambiante pendant 30 minutes. Déposer le moule à soufflé dans un moule de 33 cm x 23 cm (13 po x 9 po) empli d'eau bouillante jusqu'à la mi-hauteur. Faire cuire au four à 180 °C (350 °F) pendant une heure ou une heure et demie, ou jusqu'à ce que la strata soit dorée.

Muffins streusel aux petits fruits et au citron de Barbara Hahn

Garniture streusel

60 ml (¼ de tasse) de beurre fondu
120 ml (½ tasse) de farine
30 ml (2 c. à table) de sucre
8 ml (1½ c. à thé) de zeste de citron, râpé finement

Muffins

500 ml (2½ tasses) de farine
10 ml (2 c. à thé) de poudre à pâte (levure chimique)
5 ml (1 c. à thé) de bicarbonate de soude
320 ml (1⅓ tasse) de sucre
15 ml (1 c. à table) de zeste de citron
1 œuf
240 ml (1 tasse) de babeurre
120 ml (½ tasse) de beurre fondu
15 ml (1 c. à table) de jus de citron
360 ml (1½ tasse) de petits fruits congelés (fraises, bleuets, mûres et framboises) légèrement décongelés
15 ml (1 c. à table) de farine

Préchauffer le four à 200 °C (400 °F).

Dans un petit bol, mélanger tous les ingrédients du streusel de manière à former une pâte friable. Réserver.

Dans un bol de grosseur moyenne, mélanger les ingrédients secs des muffins et le zeste de citron. Dans un autre bol de grosseur moyenne, mélanger tous les ingrédients liquides. Incorporer aux ingrédients secs et remuer pour humecter, pas plus.

Couper en morceaux les gros fruits légèrement décongelés. Laisser en un seul morceau les fruits plus petits. Saupoudrer les fruits de 15 ml

(1 c. à table) de farine de manière à les enrober, puis incorporez-les à la pâte sans trop mélanger.

Recouvrir les moules à muffins (grand format) de moules en papier. Verser la pâte dans les moules sans les emplir. Vous n'utiliserez que neuf des douze moules. Emplir d'eau les moules vides jusqu'à un centimètre du bord.

Ajouter la garniture streusel sur chaque muffin. Faire cuire 15 minutes et réduire la chaleur à 180 °C (350 °F); faire cuire encore 10 minutes où jusqu'à ce que les muffins soient dorés et fermes au toucher. Laisser refroidir 5 minutes dans les moules, puis démouler.

Donne 9 gros muffins.

À propos de l'auteure

Bien qu'elle vive présentement au Texas avec son époux et leurs deux enfants, Karen MacInerney est née et a grandi dans le Nord-Est des États-Unis et elle y retourne le plus souvent possible. Quand elle ne se trouve pas dans le Maine en train de manger du homard, elle mène une vie agréable à Austin grâce à ses livres de cuisine, sa famille, son ordinateur et le sentier de randonnée pédestre local (pas nécessairement dans cet ordre). Vous pouvez communiquer avec elle à l'adresse karen@macinerney.com ou visiter son site Internet : www.karenmacinerney.com.

Aussi disponible